btb
Aus Freude am Lesen

btb

Buch

Georges Lyons führt ein geregeltes Dasein ohne Auffälligkeiten an der Seite seiner Frau Martha in Genf. Doch der Schein trügt – denn hinter der bürgerlichen Fassade lebt er ein Doppelleben, von dem niemand etwas ahnt. Bisher war alles glattgelaufen, doch als sich Georges eines Tages zur Vorbereitung eines neuen Coups in Brüssel aufhält, widerfährt ihm plötzlich ein schockierendes Erlebnis: Er glaubt Martha auf der Straße in Begleitung eines anderen Mannes gesehen zu haben. Von diesem Zeitpunkt an geraten die Dinge aus dem Lot. Nicht nur, daß sich sein Komplize Max als hochgefährlicher Widersacher erweist, der nun erbarmungslos Jagd auf ihn macht, auch Marthas Verhalten wird immer rätselhafter. Ahnt sie etwas von seinen Machenschaften? Oder ist er im Begriff, den Verstand zu verlieren? Als Georges auf das Foto eines Mannes stößt, der das Spiegelbild seiner selbst ist, glaubt er in ihm seinen früh verstorbenen Zwillingsbruder Gregory zu erkennen. Liegt der Schlüssel zur Lösung in der mysteriösen Identität dieses Doppelgängers?

Autorin

Brigitte Aubert, 1956 geboren, zählt zu den profiliertesten Krimiautorinnen Frankreichs. Sie schreibt neben Romanen auch Drehbücher und ist Produzentin der erfolgreichen »Série noire«, einer Koproduktion von Gallimard und dem französischen Fernsehen TF1. 1996 wurde sie mit dem französischen Krimipreis ausgezeichnet.

Von Brigitte Aubert liegt bereits bei btb vor:

Im Dunkel der Wälder (72163)
Die vier Söhne des Doktor March (72240)

Brigitte Aubert

Marthas Geheimnis

Aus dem Französischen von
Eliane Hagedorn und Barbara Reitz

btb

Die französische Originalausgabe erschien 1993
unter dem Titel »La Rose de Fer« bei Éditions du Seuil, Paris

Die Übersetzerinnen sind Mitglied im Kollektiv Druck-Reif

Umwelthinweis:
Alle bedruckten Materialien dieses Taschenbuches
sind chlorfrei und umweltschonend.

btb Taschenbücher erscheinen im Goldmann Verlag,
einem Unternehmen der Verlagsgruppe Bertelsmann.

2. Auflage
Deutsche Erstveröffentlichung August 1998

Umschlaggestaltung: Design Team München
Umschlagfoto: Tony Stone Bilderwelten, McConnell
Satz: IBV Satz- und Datentechnik GmbH, Berlin
CN · Herstellung: Augustin Wiesbeck
Made in Germany
ISBN 3-442-72341-8

Erster Tag – Donnerstag, 8. März

Der Kaffee dampfte im grauen Morgenlicht. Ich saß mit der Tasse in der Hand in der dunklen Küche. Gleich nach dem Aufstehen das grelle elektrische Licht zu ertragen, fällt mir immer schwer, ich bewege mich lieber im Halbdunkel. Etwa dreihundert Meter entfernt, auf der anderen Straßenseite, ging in der Küche der Brundels das Licht an. In den vier Jahren, die ich hier lebte, hatte ich sicher nicht öfter als zweimal das Wort an sie gerichtet. Nicht etwa weil sie mir unsympathisch waren, sondern weil es besser war, meine Beziehung zu den Nachbarn auf ein Minimum zu beschränken.

Ich sah auf meine Uhr: 7.00 Uhr. Ich war spät dran. Wenn ich an diesem Morgen gewußt hätte, was mir bevorstand, wäre mir die Uhrzeit wahrscheinlich egal gewesen. Und vielleicht hätte ich sogar alles getan, um diesen Tag nicht erleben zu müssen. Aber leider hatte ich trotz allem, was man über die Verbreitung übernatürlicher Kräfte liest, nie die geringste Vorahnung, nicht einen Schimmer von Telepathie. Also war ich in aller Unbewußtheit bereit, meinem Schicksal zu folgen.

Martha erschien schlaftrunken in der angelehnten Tür. Eine Strähne ihres schwarzen Haars hing ihr in die dunklen Augen. Sie lächelte mir zu und zog fröstelnd den Morgenmantel aus roter Seide über ihrem weißen, nackten Körper zusammen. Ich reichte ihr eine Tasse Kaffee. Während sie ihn trank, waren ihre großen Augen nachdenklich auf mich gerichtet. Morgens nach dem Aufstehen erinnerte Martha mich an ein kleines Kätzchen, das sich räkelt. Sie unterdrückte ein Gähnen und schnippte dann, als ihr wieder einfiel, was sie mir sagen wollte, plötzlich mit den Fingern:

»Georges, du denkst doch daran, auf dem Heimweg bei der Reinigung vorbeizufahren?«

Ich nickte, leerte meine Tasse und erhob mich. Als Martha mir die Arme entgegenstreckte, beugte ich mich zu ihr herab und küßte ihren Hals an jener Stelle, an der ich ihren Geruch besonders liebte: hinter dem Ohr, dicht neben den feinen Nackenhärchen. Dann flüsterte ich:

»Bis heute abend. Sei schön brav.«

Sie seufzte:

»Du kannst ganz unbesorgt sein, ich fahre heute zu Maman.«

Marthas Mutter war behindert. Sie lebte fünfzig Kilometer von uns entfernt in einem kleinen Dorf, das sie auf keinen Fall verlassen wollte. Wenn ich nicht da war, fuhr Martha oft zu ihrer Mutter, um ihr Vorräte zu bringen und ihr Gesellschaft zu leisten. Martha war ein wenig scheu. Meines Wissens hatte sie keine Freunde. Ihre Welt, die aus Kunst, Musik, Literatur und meiner Person bestand, schien ihr zu genügen. Sie sah zu, wie ich meinen braunen Tweed-Zweireiher zuknöpfte, betrachtete mein Hemd aus bronzefarbener Seide, die Kaschmirkrawatte mit dem diskreten Muster und erlaubte sich ein kleines Lächeln:

»Betreibst du diesen Aufwand für deine Sekretärin?«

»Ich habe einen wichtigen Termin.«

»Das sieht man…«

Zweifelnd und spöttisch verzog sie das Gesicht. Ich widerstand der Versuchung, sie in die Arme zu schließen – dann hätte ich mich definitiv verspätet –, warf ihr statt dessen mit den Fingerspitzen einen Kuß zu und trat in die kalte Morgenluft hinaus.

Ich betätigte den elektrischen Türöffner der Garage und

stieg eilig in den nachtblauen Lancia. Es war kalt, und ich drehte die Heizung ganz auf. Die Windschutzscheibe beschlug sofort, und die Straßengräben waren mit weißem Rauhreif überzogen.

Wir wohnten außerhalb von Genf in einem sehr vornehmen Viertel, das mitten in einem riesigen Wald lag. Die Villen waren so weit voneinander entfernt, daß sie die Illusion von Abgeschiedenheit vermittelten. Jede verfügte über ein eigenes Schwimmbad, das im Augenblick mit einer Plane abgedeckt war. Martha schwamm sehr gerne. Ansonsten verabscheute sie jegliche Art von Sport und begleitete mich nie bei einer Wanderung oder einer Kajaktour.

Die Heizung verbreitete den üblichen, unangenehmen, leicht verbrannten Geruch, der rasch verfliegen würde. Eine Elster flatterte kreischend aus dem Gestrüpp auf. Um die Scheibe einen Spaltbreit zu öffnen, drückte ich auf einen Knopf und atmete tief die feuchte Morgenluft und den Duft des Unterholzes ein.

Schnell fuhr ich auf die Autobahn. Bald darauf zeigte ein Schild die Ausfahrt 22 an. Dort befand sich der Hauptsitz der Firma SELMCO, für die ich angeblich arbeitete. Ein großes Import-Export-Unternehmen, in dem ich die Stelle eines internationalen Beraters »innehatte«. Das brachte häufige Geschäftsreisen und sehr unregelmäßige Arbeitszeiten mit sich. Dieser Meinung zumindest war Martha, ebenso wie unsere wenigen Bekannten. Ich war im Besitz eines in Plastik geschweißten Ausweises mit meinem Foto und einer fast echten Identifikationsnummer. Und Martha war im Besitz einer Telefonnummer, unter der sie mich erreichen konnte, wenn es nötig war. Dort hatte sie ein Mädchen am Apparat, das dafür bezahlt wurde, jedesmal zu antworten, ich sei abwesend oder in einer Konferenz, und mögliche Nachrichten weiterzuleiten. Nie versäumte ich es, diese bei ihr abzufragen, ehe ich mich auf den Heimweg machte.

Diesmal fuhr ich in aller Ruhe an der Ausfahrt 22 vorbei und bog fünfhundert Meter später zum Flughafen ab. 7.29 Uhr. Ich war spät dran. Ich schaltete den Blinker ein und fuhr zum Parkplatz 2, wo die Parkdauer auf höchstens vierundzwanzig Stunden beschränkt war. Schnell ergriff ich meinen Aktenkoffer und lief zum Schalter. Die Angestellte, die gerade ihrer Nachbarin von ihren Erlebnissen am Vorabend berichtete, lächelte mir mechanisch zu, überprüfte mein Ticket und reichte mir zerstreut eine Bordkarte. Fünfzehn Minuten später überflog ich Genf in Richtung Brüssel.

Das Flugzeug landete um 9.04 Uhr. Nachdem ich die auf ein Minimum reduzierten Zollformalitäten hinter mich gebracht hatte, fuhr ich mit der U-Bahn zum Brüsseler Hauptbahnhof, den ich um genau 9.55 Uhr erreichte. Ich ging zu den Toiletten. Beim Eintreten warf ich einen schnellen Blick in den Raum. Max war schon da; ich sah seine Schuhe unter der dritten Tür. Wir hatten uns um 10 Uhr verabredet. Ich schloß mich in der Kabine neben der seinen ein und schob meinen Aktenkoffer unter der Trennwand durch. Max schob mir ein Köfferchen zurück. Als ich es öffnete, um mich umzuziehen, konnte ich ein Lächeln nicht unterdrücken. Meine neue Aufmachung würde mein Äußeres radikal verändern: ein schmutziges T-Shirt, ein zerrissener Blouson, eine helle Perücke, eine Wollmütze und eine Einkaufstasche aus Plastik mit verschiedenen Lebensmitteln, unter anderem einem Liter billigen Rotwein. Ich schmierte mir Hände und Gesicht mit schmutzigem Fett ein, klebte mir einen dicken Schnauzbart unter die Nase und setzte eine Brille mit dunklen Gläsern auf. Als ich fertig war, klappte ich den weißen Stock auseinander, klopfte damit wie im Theater dreimal auf den Boden und schob Max das Köfferchen zurück. Ich hörte, wie sich die Tür öffnete, seine Schritte hallten auf dem Fliesenboden wider, und ich wartete, bis sie sich entfernt hatten, ehe auch ich meine Tür öffnete. Meine Aufmachung stank nach billigem Fusel, und ein gutgekleideter Herr wich angewidert einen Schritt zurück.

Um 10.35 Uhr erreichte ich in dieser Verkleidung die Grande Place. Sofort entdeckte ich Phils hochgewachsene, schlaksige Gestalt, die in ihren Lumpen zu schwimmen schien. Er malträtierte sein Akkordeon, um ihm eine schwungvolle Walzermelodie zu entlocken, mit der er die Ohren der Schaulustigen quälte. Mit meinem Stock bewegte ich mich mit unsicherem Schritt tastend auf ihn zu. Er sprach mich mit der jovialen Stimme eines Berufstrinkers an, und wir wechselten ein paar Worte, dann ging Phil auf seinem Instrument klimpernd davon. Er konnte sich nicht länger als eine halbe Stunde auf dem Platz aufhalten, ohne von der Polizei verjagt zu werden. Er hatte mir den Hund dagelassen. Eine Promenadenmischung, zu deren Vorfahren ein deutscher Schäferhund gehört haben mußte, mit hängenden Ohren und einem Geschirr, wie es jeder gute Blindenhund hat. Ich ließ mich an einer schmutzigen Fassade nieder, stellte ein Tellerchen neben mir auf und beobachtete im Schutz meiner dunklen Gläser das Bankgebäude.

Das europäische Bankenkonsortium glänzte in all seiner Pracht, an den schwarz verspiegelten Fenstern und Türen prangten goldene Lettern. Seit vier Tagen wurde es von uns streng überwacht. Ich würde bis vier Uhr bleiben, dann würde Benny mich ablösen, der, als Diplomat verkleidet, in einem der unzähligen Cafés, die den Platz säumten, seinen Tee trinken würde.

Ich dachte kurz an Martha, die mich in das Studium eines Aktenberges vertieft glaubte. Doch ich hatte mein Geld noch nie anders verdienen können. Seit ich die Armee verlassen hatte, hatte ich mich eigentlich nur mit einer Sache beschäftigt: mich in der schwierigen und präzisen Kunst des Einbruchs zu vervollkommnen. Ich fühlte mich wie eine Art Uhrmacher, dessen Arbeit es nicht war, die Uhrwerke zu reparieren, sondern sie zu zerstören. Dabei hatte ich keine Schuldgefühle. Immerhin waren die Banken versichert, und ich war fast der Auffassung, daß meine Tätigkeit der der Versicherungsgesellschaften nicht unähnlich war. Außerdem führten wir ein luxuriöses, angenehmes Leben, und selbst wenn ich nicht wesentlich besser verdiente, als wenn ich tatsächlich für die SELMCO gearbeitet hätte, hatte ich doch mehr Spaß.

Es war ein kalter Tag: Ein eisiger, schneidender Wind trieb dicke Wolken über den blauen Himmel. Aber zumindest regnete es nicht. Wenn alles gutging, würde ich morgen um 13.10 Uhr 250000 belgische Francs kassieren. Mein Anteil. Sorgfältig entfernte ich die Cellophanverpackung, die mein Cervelat-Sandwich umhüllte, und biß kräftig hinein. Inzwischen war ein Bulle aufgetaucht, doch er warf mir nur einen zerstreuten Blick zu. Dutzende von Touristen bevölkerten, den Blick starr auf ihren Führer oder die Videokamera gerichtet, den Platz, und der Polizist hatte vor allem ein Auge auf die Gruppen junger, fingerfertiger Jugoslawen, die in der Menge herumlungerten.

Die Zeit verging langsam. Meine Muskeln schmerzten, und ich war halb erfroren. Doch dank unseres Überwachungssystems entging uns kein Detail, und wir hätten den genauen Zeitplan eines jeden Bankangestellten und der Sicherheitskräfte wiedergeben können. Eine blonde Dame in einem Pelzmantel ließ ein Geldstück auf mein Tellerchen fallen. Ich dankte ihr mit einem kräftigen Kopfnicken. Im Schutz meiner dunklen Brille schielte ich zu der großen Rathausuhr. 15.45 Uhr, bald hatte ich es geschafft.

Ich reckte mich unauffällig und griff nach meinem Stock. Sogleich schüttelte sich Adolf und wedelte mit dem Schwanz. Ich klopfte ihm den Rücken. Er streckte sich und leckte meine Hand. Adolf war ein guter Hund. Er hatte einem humorvollen, alten blinden Österreicher gehört, der sein Land 1937 verlassen hatte und dann vierzig Jahre lang durch ganz Europa gereist war. Eines Tages war er in Brüssel gelandet, und dort hatte er Max kennengelernt, der, wie er, in verschiedene kleine Gaunereien verwickelt war. Emil – so hieß der Alte – hatte ihm den Hund überlassen, da er der Auffassung war, er habe ohnehin nicht mehr lange zu leben. Und tatsächlich wurde er zwei Tage später von einer Gruppe verrückter Skinheads, die sehr der SS ähnelten, vor der er vor so langer Zeit geflohen war, bei lebendigem Leib verbrannt. Ein eisiger Windstoß riß mich aus meinen Gedanken.

»Gedulde dich noch fünf Minuten«, flüsterte ich Adolf zu, der leise knurrte. Ich gab ihm den Rest von meinem Sandwich, den er mit einem Bissen verschlang. In diesem Augenblick verließ ein dicker Mann die Bank, der an einem Bündel Geldscheine herumnestelte und es in seinem Portemonnaie zu verstauen versuchte. Ein heftiger Windstoß entriß ihm einen der Scheine und wirbelte ihn über das Trottoir. Der Mann nahm die Verfolgung auf, und ich mußte mich beherrschen, um nicht laut loszulachen angesichts seiner ungeschickten Versuche, den Schein wieder einzufangen. Schließlich landete er genau vor meinen Füßen, doch da ich blind war, rührte ich mich nicht. Es war eine Hundert-Dollar-Note. Der Kerl, der sich gerade zu einer unfreundlichen Bemerkung anschickte, bemerkte meine dunkle Brille und meinen Stock und schwieg. In der Sekunde, als er sich bückte, trieb ein neuer Windstoß den Geldschein auf die andere Straßenseite, wo er auf einem der Tische der großen Brasserie an der Ecke liegenblieb.

Belustigt hatte ich seinen Flug aus dem Augenwinkel verfolgt. Die Banknote war sanft bei einem Paar gelandet: Die Frau konnte ich fast nur von hinten sehen, der Mann, der mir das Gesicht zuwandte, hatte kurzgeschnittenes, sorgfältig gekämmtes blondes Haar, ein rundes Schweinsgesicht mit einer kleinen, breiten Nase, blaue Augen und einen akkurat gestutzten, blonden Schnauzer. Der Prototyp eines Konsulatsangestellten, der gerne Armeegeneral geworden wäre. Von der Frau sah ich nur das rote Haar, das dunkle Kostüm und die gepflegte Hand, die die Tasse umschloß. Der Typ trank ein Bier, die Frau einen Kaffee. Beide trugen jene Art teurer Konfektionskleidung, die zur Uniform der *middle class* geworden ist, und mein innerer Computer katalogisierte sie sogleich: gehobene Angestellte, die ein verlängertes Wochenende in Brüssel verbringen. All diese Details hatte ich unbewußt registriert, sozusagen aus Gewohnheit. Phil hatte mir schon oft gesagt, ich hätte lieber Bulle werden sollen. Darum hatte ich vielleicht auch gleich das Gefühl, daß da etwas nicht stimmte. Keiner der beiden, weder der Mann noch die Frau, schenkte dem Geldschein die geringste Aufmerksamkeit. Dabei schienen sie wirklich nicht zu jener Art von Leuten zu gehören, die sich mit einer Hundert-Dollar-Note die Zigarette anzünden.

Als es dem Dicken endlich gelungen war, die Straße zu überqueren, stürzte er sich förmlich auf ihren Tisch, und seine dicken Wurstfinger grapschten nach dem Geldschein. Die Frau wandte sich um, schüttelte den roten Haarschopf und lächelte ihm automatisch, wenn auch völlig unpassend, zu. Mein Herzschlag setzte aus.

Es war Martha! Es war Martha, die dort zehn Meter von mir entfernt saß, Martha, die ihre Hand auf den Arm ihres Gefährten legte, ihm etwas sagte und sich erhob. Beinahe wäre ich aufgesprungen, doch gerade rechtzeitig erinnerte ich mich noch daran, daß ich eigentlich blind war und nicht aufgrund einer einfachen Ähnlichkeit zwei Monate Vorbereitungsarbeit verderben durfte. Aber es war mehr als eine Ähnlichkeit, es war Martha selbst mit ihren mandelförmigen Augen, ihrem vollen Mund, den schmalen Hüften und dem üppigen Busen, Martha in einem strengen Kostüm, das ich nicht kannte, Martha, jetzt mit leuchtendrotem Haar, die sich zu dem Unbekannten beugte und ihn auf den Mund küßte.

Erstarrt blickte ich dem Paar nach, das sich langsam entfernte. Mein Sicherheitsinstinkt erinnerte mich daran, daß ich den Kopf nicht wenden durfte, doch aus den Augenwinkeln entdeckte ich Bennys elegante Gestalt, der steif und anscheinend in die *Times* vertieft, vor seiner Teetasse saß. Benny! Ich mußte gehen. Ich erhob mich, von dem Schock waren meine

Beine zittrig, und ich mußte mich an Adolfs Geschirr festhalten, der sogleich den Weg zum Bahnhof einschlug. Durch einen unverhofften Glücksfall ging das Paar etwa zehn Meter vor mir. Marthas Doppelgängerin blieb vor der Auslage eines Schmuckgeschäfts stehen, flüsterte dem Mann etwas ins Ohr und beide lachten. Der Mann fügte etwas mit tiefer Stimme in einer Sprache hinzu, die ich als Deutsch erkannte.

Zwei Jugendliche mit kahlgeschorenem Kopf rempelten mich unverschämt an, doch meine Rolle hinderte mich daran zu reagieren. Sie entfernten sich mit höhnischem Gelächter. »Martha« wandte sich um, und ihr Blick streifte mich, ohne daß sie die geringste Regung zeigte. Beinahe hätte ich laut losgebrüllt, doch dann fiel mir meine Verkleidung ein: Sie hatte mich einfach nicht erkannt. Sie ging jetzt wieder neben ihrem Begleiter, der sie an sich zog. Der Anblick, wie Martha sich an diesen Mann schmiegte, war mir derart unerträglich, daß mir fast übel wurde. Plötzlich wandten sie sich um und gingen in entgegengesetzter Richtung weiter. Meine Beine schlugen instinktiv denselben Weg ein, und ich mußte mich zwingen, diesem Impuls nicht nachzugeben. Ich durfte Max nicht am Bahnhof warten lassen. Und ich durfte unseren Plan nicht wegen einer Halluzination gefährden. Denn es konnte sich nur um ein Mißverständnis handeln. Um einen unglaublichen Zufall, aber dennoch um einen Zufall.

Ich erreichte den Bahnhof in abwesendem Zustand und begab mich mechanisch zu den Toiletten. Max war da. Wir wiederholten unser kleines Spielchen, und bald stand ich erneut in meinem eleganten Tweedanzug und meinen teuren Slippern da. Ich reinigte mein Gesicht und meine Hände mit ein paar feuchten Wegwerf-Tüchlein. Max schob meinen Aktenkoffer unter der Trennwand durch, ich nahm meinen Paß wieder an mich und steckte ihn in meine Innentasche. Adolf jaulte. Auch er hatte genug. Ich nahm ihm das Geschirr ab, legte ihm ein feines gelbes Lederhalsband um und verstaute das Geschirr in dem Köfferchen, das ich Max zurückgab. Ich hörte, wie er sich, gefolgt von dem Hund, entfernte. Dann zählte ich bis fünf und verließ die Toilettenkabine.

Nur ein Mann in einem blauen Regenmantel stand da, der urinierte. Er wandte sich nicht um und schien ganz in die Betrachtung der weißen Fliesen versunken. Im Spiegel über dem Waschbecken sah ich mein Bild: ein stattlicher Geschäftsmann mit vollem, kurzgeschnittenem braunem Haar, einem männlichen, von Narben gezeichnetem Gesicht (eine Erinnerung an meine Boxkämpfe), dessen tiefliegende schwarze Augen einen verblüfften Ausdruck hatten. Ich atmete tief durch, um wieder die Kontrolle über mich zu gewinnen, und ging.

Eilig begab ich mich zur Flughafenschnellbahn. Max hatte das Ticket in meinen Paß geschoben, und während ich es dem Kontrolleur vorlegte, trat mir unwillkürlich wieder dieses unglaubliche Bild vor Augen. Martha in Brüssel, am Arm eines fremden Mannes... War ich vielleicht wahnsinnig geworden?

Starker Nebel führte zu einer fünfzehnminütigen Verspätung meines Fluges. Ich sah auf die Uhr. 17.02 Uhr. Ich hatte also Zeit genug zu telefonieren. Ich mußte Gewißheit haben. Ich ging zu einer freien Kabine, atmete tief durch und wählte die Nummer von Marthas Mutter. Das Klingelzeichen. Zweimal. Dreimal. Viermal. Mein Herz klopfte zum Zerspringen. Plötzlich wurde abgehoben.

»Hallo? Hallo?«

Es war Martha. Ich war also tatsächlich wahnsinnig geworden. Wortlos hängte ich wieder ein. Meine Kehle war völlig ausgetrocknet, ich mußte etwas trinken. Ich schüttete einen großen Krug flämisches Bier hinunter. Dann zündete ich mir eine Zigarette an. Sie schmeckte strohig, und ich drückte sie in einem roten Plastikaschenbecher aus. Ich durfte mich von diesem Zufall nicht aus der Fassung bringen lassen. Morgen war der große Tag. Ich mußte ruhig, völlig ruhig sein. Um mich zu entspannen, führte ich eine Reihe von Atemübungen durch, und langsam fühlte ich mich dank der Atmung und des Biers besser.

Während des Flugs gelang es mir, ein wenig zu schlafen. Ich hatte schon immer die Gabe, schlafen zu können, wenn ich mit einem bedrückenden Problem konfrontiert war und abschalten wollte. Meistens wachte ich dann erholt und mit einer möglichen Lösung auf. Und so fühlte ich mich auch diesmal beim Erwachen besser. Ich war einfach nur von einer verblüffenden Ähnlichkeit genarrt worden. Ich mußte aufhören, all diese Thriller zu lesen, die Martha als »Bahnhofslektüre« abqualifizierte. Ein wenig Spinoza oder Kant würden mir anstelle von *Der Mann ohne Gesicht* oder *Die blutrote Piazza* guttun.

Auf dem Rückweg hielt ich im Dorf, um Marthas Mantel von der Reinigung abzuholen. Draußen herrschte eine trockene, schneidende Kälte, die einen sofort davon abhielt, die Hände aus den Taschen zu nehmen. Ich trage nicht gerne Handschuhe, und die wenigen Male, die ich wegen unserer »Operationen« gezwungen war, welche anzuziehen, hatte ich das Gefühl gehabt, Prothesen an den Armen zu haben.

Um 19.14 Uhr bog ich in unseren Weg ein, der im Frühling von einer blühenden Hecke gesäumt ist, und fuhr langsam zur Garage. Im Haus brannte kein Licht. Wieder überkam mich ein heftiges Angstgefühl, und so blieb ich eine Weile im Lancia sitzen und lauschte dem Knistern des Schnees, der von den Zweigen rieselte. Schließlich zuckte ich die Schultern. Ich wurde langsam zu alt für diesen Job. Ich ließ mich leichter beeindrucken als ein Kind.

Ich betätigte die Fernbedienung, und das Garagentor schloß sich quietschend. Ich betrachtete das dunkle stille Haus und schob dann den Schlüssel ins Schloß. Die erlesene Eichentür sprang geräuschlos auf. Alles war still. Ich ging über den Flur, ohne daß das gebohnerte Parkett knarrte, vorbei an dem kleinen, in Schwarz und Safrangelb gehaltenen Wohnraum und am Eßzimmer, dessen große Fenster auf den Wald hinausgingen. Das Haus hatte einem Modearchitekten gehört, und ich hatte nichts an seiner Ausstattung geändert, nur einzelne Möbelstücke waren ausgetauscht worden. Solange die Umgebung, in der ich lebte, mein Auge nicht beleidigte, maß ich ihr wenig Bedeutung bei.

Ich ging an der Küche vorbei, die mit den modernsten Gerätschaften ausgestattet war, warf einen Blick in das große, geflieste Badezimmer und stieg dann die Treppe hinauf in den ersten Stock. Eine dumpfe Angst bedrängte mich. Die Hand auf dem Knauf der Schlafzimmertür zögerte ich einen Augenblick, ehe ich ihn langsam herumdrehte. Die Tür öffnete sich und glitt lautlos über den dicken schwarzen Teppich. Der japanische Futon zeichnete sich vor dem hellen Rechteck des Fensters ab, gegen das jetzt große Schneeflocken flogen. Ich erkannte die große, zusammengerollte Bettdecke. Ein rauher Schrei zerriß die Dämmerung und ließ mich zusammenfahren:

»Georges! Hast du mich erschreckt!«

Im Gegenlicht sah ich, wie Martha mit wirrem Haar unter der Bettdecke hervorkam. Sie gähnte.

»Ich habe gelesen und bin darüber eingeschlafen. Wie spät ist es?«

»19.28 Uhr.«

»Georges, kannst du mir nicht einfach sagen, wie spät es ist? Du bist doch keine Stoppuhr.«

Sie lächelte, der Bademantel glitt über der nackten Brust leicht auseinander.

»Es ist heiß hier. Ich mag diese Wärme, wenn es draußen schneit, fast auf unsere Köpfe...«

Ich trat einen Schritt vor. Die Worte brannten mir auf den Lippen: ›Weißt du, heute habe ich geglaubt, dich auf der Straße zu sehen...‹ Aber sie würde mich fragen, wo. Und ich müßte lügen, denn es gab keinen Grund, warum ich mich in Brüssel aufgehalten haben könnte. Niemand, nicht einmal Martha, durfte vermuten, daß ich einen Fuß in diese Stadt gesetzt hatte. Ich dachte an den Paß in meiner Tasche, der auf den Namen Axel Bayern, Weinhändler, ausgestellt war. Aber dann dachte ich an Marthas Arme, die sich mir entgegenstreckten. Ich beugte mich über sie und dachte schließlich an gar nichts mehr.

Viel später, als ich schon glaubte, sie sei eingeschlafen, seufzte sie tief und verbarg ihr Gesicht an meiner Schulter. Ich hob ihr Kinn leicht an:

»Martha, liebst du mich?«

»Zweifelst du noch daran?«

»Martha, was auch immer geschehen mag, ich möchte, daß du weißt, daß ich dich liebe.«

»Ich dich auch, Georges, aber was soll denn schon geschehen?«

Dann brach sie in fröhliches Gelächter aus, das im krassen Gegensatz zu ihrer vorhergehenden Traurigkeit stand, und sprang mit einem Purzelbaum aus dem Bett.

»Ich habe Hunger, großer Chef. Kleine Squaw wird Happi-Happi aufwärmen.«

Singend ging sie davon. Ich streckte mich. Es war kalt. Oder besser gesagt, mir war kalt. Mein weißer, von alten Narben wie ein Zebra gestreifter Bauch hatte eine Gänsehaut. Ich beschloß, daß eine gute Flasche Bordeaux jetzt das beste wäre und erhob mich ebenfalls.

Wir aßen ruhig zu Abend. Im Kamin flackerte ein Feuer. Marthas dickes, schwarzes Haar war zu einem Knoten zusammengefaßt, ihre nackten Schultern und ihr Moirékleid schimmerten im Kerzenschein, und ich fand sie schön. Wie immer zu schön für mich. Ich hatte mich schon oft gefragt, wie ein so verführerisches Mädchen wie Martha sich mit unserem ruhigen, zurückgezogenen Leben zufriedengeben konnte. Wie sie sich hatte bereit finden können, ihr Schicksal mit mir, Georges F. Lyons, zu verbinden, der weder außergewöhnlich schön noch intelligent war. Und sie ahnte nicht einmal etwas von meinen Nebentätigkeiten und konnte darin also auch nichts Aufregendes innerhalb unseres sonst eher eintönigen Lebens sehen.

Ich hatte Martha im Jahr zuvor bei einem Vortrag über äthiopische Kunst kennengelernt. Ich interessierte mich für eine Malachit-Statue, die ich für einen südamerikanischen Sammler entwenden sollte. Martha machte sich Notizen. Sie bereitete ihren Studienabschluß in Kunstgeschichte vor. Wir saßen nebeneinander. Ihr aufregendes Gesicht hatte mich betört: die hohen Wangenknochen, der große, volle Mund, der durchdringende Blick, die dunkle Haut, die ihr das Aussehen einer orientalischen Prinzessin verlieh, das Gesicht, das an eine abessinische Katze erinnerte, und die Spur von Ironie, die etwas von Scarlett O'Hara hatte. Sogleich fing ich ein Gespräch mit ihr an. Wider alle Erwartungen antwortete sie mir. Und langsam wurden wir Freunde. Und dann, an einem regnerischen Oktoberabend, als draußen das welke Laub umherwehte und das Wasser an den Fenstern herunterrann, wurden wir schließlich ein Liebespaar, gewissermaßen unsere persönliche Oktoberrevolution.

Martha hatte ihre Prüfung bestanden und mehrere Angebote von verschiedenen Museen im Ausland bekommen. Sie hatte sich noch für keines entschieden, denn sie wollte, wie sie mit einem spöttischen Lächeln bemerkte, zunächst etwas von mir profitieren. Dagegen hatte ich nichts einzuwenden. Und wenn ich auch wußte, daß es Wahnsinn war, in einer festen Beziehung zu leben, hatte ich nicht die Kraft zu widerstehen. Ich *brauchte* Martha, ihr Lächeln, ihre Freude, ihre stille Schönheit.

An all das dachte ich, während ich ihr einen Bordeaux einschenkte. Der rubinrote Wein breitete sich in dem Glas aus wie ein Meer warmen Blutes. Sie lächelte mir zärtlich zu. Gern hätte ich mit meinem Finger die Konturen ihrer Lippen nachgezeichnet. Wie hatte ich nur glauben können, sie in Brüssel gesehen zu haben? Vielleicht litt ich an einem

Hirntumor, der Wahnvorstellungen auslöste... Einer meiner Freunde war im Krankenhaus an so etwas gestorben. Er hatte den Pfleger für seinen Vater gehalten und ihn für einen Fehler, den er fünfunddreißig Jahre zuvor begangen hatte, um Verzeihung gebeten! Mein Gott, am nächsten Tag mußte ich in Form sein, also Schluß mit dem Trübsalblasen! Ich erhob mich, um eine Platte aufzulegen, eine alte Jazz-Platte von Cab Calloway, die mir immer meinen Seelenfrieden zurückzugeben vermochte.

Zweiter Tag – Freitag, 9. März

Der Wecker klingelte um sechs Uhr. Ich wachte mit trockenem Mund und schwerem Kopf auf. Zuviel Bordeaux. Und der darauffolgende Cognac hatte die Dinge sicherlich nicht gerade besser gemacht. Martha drehte sich im Halbschlaf um und öffnete die Augen:

»Gehst du schon?«

»Ja, schlaf weiter. Bis heute abend. Und vergiß nicht, daß ich dich zum Essen einlade. Reservier einen Tisch, wo es dir gefällt.«

Sie nickte und schloß wieder die Augen. Um einen klaren Kopf zu bekommen, stürzte ich mich unter die kalte Dusche und massierte mich widerwillig. Ich haßte kaltes Wasser. Ich haßte Duschen am frühen Morgen, wenn ich noch verschlafen war. Und ich haßte es noch mehr, an einem so wichtigen Tag einen Kater zu haben. Ich kleidete mich sorgfältig an, stürzte eine Tasse bitteren Kaffee hinunter und ergriff meinen Aktenkoffer. Die Sache war entschieden.

Auf der Autobahn herrschte dichter Nebel. Für einen Augenblick beschäftigte mich der Gedanke, das Flugzeug könnte deshalb vielleicht nicht starten. Doch es hob pünktlich ab. Ich beobachtete, wie der Morgen graute, wie die Bergwipfel im fahlen Tageslicht schimmerten, und dachte daran, daß ich vielleicht in wenigen Stunden mit einigen Kugeln im Körper tot daliegen oder für die nächsten fünfundzwanzig Jahre ins Gefängnis wandern könnte. Ich hätte die Stewardeß rufen und eine Flasche Champagner bestellen sollen, um die letzten Augenblicke der Freiheit und Schönheit, die mir sicher waren, gebührend zu feiern. Doch ich tat nichts dergleichen und kaute vielmehr fleißig meinen klebrigen Kaugummi, die Hände lagen brav auf den Knien, und da ich die Augen schließen mußte, weil mir übel war, sah ich nicht einmal, wie die Sonne aufging. Solche Umstände führen manchmal dazu, daß Menschen nicht zur Legende werden.

Max war auf seinem Platz. In zwei Minuten schlüpfte ich in meine Verkleidung. Und wie immer in dem Augenblick, wenn die Würfel gefallen sind, übermannte mich jene Welle von Angst und Erregung, die wie eine Droge auf mich wirkt.

Phil schien völlig ruhig, doch die Intensität seines metallischen Blickes widerlegte seine äußere Lässigkeit. Er übergab mir Adolf und schlenderte in seinen Beatnik-Hosen davon. Ich setzte mich. Adolf gähnte. Spürte er meine Nervosität? Mit aufgerichteten Ohren sah er mich aufmerksam an. Ich kraulte ihm den Kopf und machte es mir bequem. Jetzt begann das Warten. Der Revolver in meinem Hosenbund schnürte mir den Magen ein. Ich hoffte, ihn nicht benutzen zu müssen. Mir waren Stichwaffen lieber. Und meine allerliebste Waffe waren noch immer meine Fäuste. Damit konnte ich wirklich einigen Schaden anrichten. Als ich an Martha dachte, die mich für einen Intellektuellen hielt, dessen gewalttätigste Aktion darin bestand, einen Strafzettel zu zerreißen, mußte ich lächeln.

Die Stunden zogen sich zäh dahin. Auf meinem Tellerchen häuften sich die Geldstücke. Heute waren die Leute großzügig, vielleicht wegen der stechenden Kälte und des Nieselregens, der mich mit seinen feinen Tröpfchen bis auf die Knochen durchnäßt hatte. Die meisten Cafés, die den Platz säumten, hatten die Markisen über ihren Terrassen heruntergelassen. Ich beobachtete, wie der große Zeiger der Rathausuhr eine Minute vorsprang, auf halb zwölf. Der Klang der Glocke scheuchte einen Schwarm Spatzen auf. Benny nahm ganz in meiner Nähe an einem Tisch Platz. Er trug einen beigefarbenen Regenmantel, und ein falscher blonder Spitzbart zierte sein feines Gesicht. Eine viereckige Brille gab ihm vollends das Aussehen eines steifen, pedantischen Diplomaten, und er sah mehrmals mit einer ungeduldigen Bewegung auf seine Uhr, eine extraflache Rolex. Der Polizist auf dem Platz, ein breitschultriger, rotwangiger Kerl, würdigte ihn keines Blikkes. Mich im übrigen auch nicht. Ich störte niemanden und begnügte mich damit, im Nieselregen dazusitzen und mit dem Kopf zu wackeln. Ein armseliges Wrack, das sich an seinem Hund festhielt.

Um 12.27 Uhr verließ der letzte Kunde die Bank, um Punkt 12.30 Uhr folgten die Angestellten. Nur einer von ihnen würde bis 13.30 Uhr bleiben und an seinem Computer arbeiten, während er darauf wartete, daß die Bank wieder öffnete und seine Kollegen ihn ablösten. Es war ein magerer, blasser Typ mit einem Vollbart, der einen häßlichen, braunen Anzug trug und mir ganz den Eindruck machte, als leide er an einem Magengeschwür und überraschenden Migräneanfällen. Gedankenverloren schloß er die Türen. Um 12.48 Uhr fuhr ein gepanzerter Lieferwagen auf den Platz und rumpelte in Richtung Bank über das Kopfsteinpflaster.

Zwanzig Meter vom Eingang entfernt stand eine offene beigefarbene Plastikmülltonne. Phil hatte Adolf allmorgendlich trainiert. Er gab ihm die Papiertüte, in der sein Sandwich verpackt gewesen war, und Adolf warf sie zur Freude der Schaulustigen, auf den Hinterbeinen stehend, hinein. Um 12.54 Uhr hielt ich Adolf die Papiertüte mit dem Sprengstoff hin. Er nahm sie ins Maul und lief sofort zur Mülltonne. Der gepanzerte Lieferwagen hatte inzwischen vor der Bank angehalten. Das Heck zeigte zu den Türen, und während einer der Begleitfahrer, die Hand auf dem Revolver, den Platz überwachte, lud der andere die Geldsäcke ein. Adolf legte die Papiertüte in die Mülltonne, was dem Wachmann trotz seiner Nervosität ein Lächeln entlockte, und kam zu mir zurück. Ich betete, daß sich kein Passant der Tonne nähern möge. Dieser Teil des Plans gefiel mir nicht. Es war Max' Idee gewesen.

In dem Moment, als Adolf das Paket in die Mülltonne fallen ließ, trat Phil in einem grünen Parka mit Reißverschlüssen, die Kapuze über den Kopf gezogen, aus dem Rathaus. In der Hand trug er einen Reiseführer, um den Hals einen Fotoapparat, sein Blick wanderte nachdenklich und bewundernd über den Platz. Den Kopf in den Nacken gelegt, näherte er sich langsam dem Polizisten, der mitten auf dem Platz stand. Zur selben Zeit legte Benny die Hand auf seine granatrote Diplomatentasche und öffnete den Verschluß. Dann erhob er sich und ging langsam auf die Bank zu. Adolf legte sich neben mich.

Um 12.58 Uhr und 58 Sekunden zog Phil einen Revolver aus seiner geräumigen Parkatasche und ließ ihn auf den Kopf des dicken Polizisten sausen, der in sich zusammensackte. Um 12.59 Uhr explodierte der von Max gebaute Sprengsatz. Der Druck der Explosion ließ die Fensterscheiben und Türen der Bank zerspringen. Instinktiv warfen sich die beiden Wachmänner auf den Boden. Ich erhob mich und lief zum Wagen. Mit zwei Sätzen war Benny bei ihnen, hatte seine Maschinenpistole aus der Diplomatentasche gezogen und richtete sie auf die benommenen Begleitmänner. Da ihnen sein Blick sagte, daß es ihm bitterernst war, rührten sie sich nicht. Die Türen der Bank waren in tausend Scherben zersplittert, und der einzige Angestellte erschien verängstigt auf der Schwelle. Phil schob ihn mit vorgehaltener Waffe zurück ins Innere und drängte ihn an eine Wand. Der Fahrer war aus dem Wagen gesprungen und lief unvorsichtigerweise zum Heck. Im Handumdrehen war ich bei ihm, und in diesem Augenblick sah ich sie.

In einem eleganten roten Kostüm ging sie, anscheinend von dem Drama, das sich hier abspielte, völlig unberührt, eilig inmitten all der schreienden, fliehenden Menschen über die andere Seite des Platzes.

Den Bruchteil einer Sekunde betrachtete ich sie verblüfft.

»Achtung!« Phils Ruf schreckte mich auf, und ich duckte mich genau in dem Augenblick, als der Fahrer auf den Abzug drückte. Ich rammte ihm meinen Kopf in den Unterleib, so daß er nach hinten taumelte, und versetzte ihm im Fallen einen heftigen Handkantenschlag in den Nacken. Dann sprang ich auf den Fahrersitz. Der Schlüssel steckte im Zündschloß, und ich ließ den Motor an. Adolf bellte laut und aufgeregt. Phil ließ den blassen Angestellten, der sich mit ungläubiger Miene den Magen massierte, stehen und kam zu mir gelaufen. Ich hatte ihm die Tür geöffnet, und er setzte sich auf den Beifahrersitz. Benny sprang in den Laderaum, nicht ohne zuvor einige Schüsse in die Luft gefeuert zu haben, angesichts derer sich die beiden erschrockenen Sicherheitsleute wieder auf den Boden warfen. Die Hecktüren des Lieferwagens schlugen zu. Es war 13.04 Uhr.

»Fahr los!« brüllte Benny.

Ich fuhr mit quietschenden Rädern an.

Hinter uns erklangen Schüsse, die jedoch dem gepanzerten Wagen nichts anhaben konnten. Ich raste schon durch eine Nebenstraße. Phil schaute mich weiß vor Wut an:

»Verdammt noch mal, Georges, bist du verrückt oder was? Beinahe hättest du alles versaut. Wo hast du denn bloß hingesehen, verflucht?«

Ich konnte ihm schlecht antworten: ›Zu meiner Frau.‹ Also antwortete ich gar nicht. Verbissen konzentrierte sich Phil wieder auf die Straße. Der Lieferwagen war breit, die Straßen schmal, und so riß ich einem schlecht geparkten Mercedes den Kotflügel weg. Kein Kommentar. Es machte mich nicht eben glücklich, Phil in Wut gebracht zu haben. Ehe er sich auf Überfälle verlegte, war er ein gedungener Killer gewesen. Doch seit ihm einige Typen, bei denen er Spielschulden hatte, die Knochen beider Hände gebrochen hatten, hatte er seine Treffsicherheit verloren. So hatte er umsatteln müssen. Doch sein übler Charakter und sein Hang zum Morden waren ihm geblieben. Man könnte sagen, Phil in Zorn zu versetzen war in etwa so, als würde man einer Klapperschlange auf den Schwanz treten.

Die Ampel sprang auf Rot. Unter wildem Gehupe schoß der Wagen über die Kreuzung. Ich bog links in eine kleine gepflasterte Straße, und nachdem wir eine Weile durchgerüttelt worden waren, erreichten wir das große Tor, das zum Innenhof eines alten Patrizierhauses führte. Es stand offen. Unter den verdutzten Blicken einiger Passanten raste ich auf den Hof. In der Ferne hörte man die ersten Polizeisirenen – wie eine Rudel Wölfe, das seine Beute jagt.

Es war ein großer Hof, und da in dem Haus nur noch verstaubte Archive untergebracht waren, gab es hier, außer einem alten Angestellten in einem blauen Kittel, keine Menschenseele. Darum hatten wir es uns auch als Garage ausgesucht. Der Alte dämmerte jetzt bewußtlos neben seinem Schreibtisch. Max, der uns erwartete, schloß sofort das Tor hinter uns. Die Sirenen heulten durch die Stadt und kamen näher. Benny war schon aus dem Wagen gesprungen und warf die Säcke mit den Banknoten in einen der beiden Kombis, einen grauen Mercedes, der mit einem doppelten Boden ausgerüstet war. Phil gesellte sich zu ihm und machte sich daran, den anderen Wagen, einen blaßblauen Renault, Typ Société, zu beladen, bei dem die Rückscheiben entfernt worden waren. Innerhalb von vierzig Minuten hatten wir den Gegenwert von 700 000 Dollar umgeladen. Phil warf eine Plane über den Boden des Renaults und Gipssäcke auf die Plane. Während der kurzen Fahrt im Geldtransporter hatte er seinen Parka und seine Jeans ausgezogen und stand nun in einem farbverkleckstem Maleroverall da. Benny hatte seinen falschen Bart abgerissen, sich statt dessen einen wunderbaren graumelierten Schnauzbart angeklebt und die dazu passende Perücke übergestreift.

Und wieder öffnete Max das große geschnitzte Holztor, das den Innenhof abschloß, und Phil fuhr, gefolgt von Benny, hinaus. Jeder von beiden in eine andere Richtung. Ich hatte die Blindenverkleidung abgelegt und trug nun wieder meinen Weinhändler-Anzug. Nachdem er die schweren Torflügel geschlossen und zur Sicherheit einen Balken vorgelegt hatte, kam Max zu mir zurückgelaufen.

»Los, schnell«, rief er atemlos.

Während draußen aufgeregte Schreie erklangen, liefen wir über einen langen vergilbten Gang, der zu einem Durchgang im hinteren Teil des Hauses führte. Dumpfe Schläge hallten gegen das Tor. Die Meute war da... Die Tür am Ende des Ganges war gewöhnlich abgeschlossen, doch Max hatte eine halbe Stunde zuvor das Schloß aufgebrochen. Ich stieß sie mit der Schulter auf, und wir standen in einer alten gewundenen Gasse, an der Lagerräume und geschlossene Geschäfte lagen. Ein Viertel, das auf die Sanierung wartete... Mit gemäßigtem Schritt entfernten wir uns. Ich nach links, Max nach rechts. Gott weiß, wohin.

Max würde mit dem Zug nach Frankreich zurückfahren. Benny hatte ein Versteck in einer Nobelbleibe ganz in der Nähe des Europa-Parlaments gemietet. Es gab einen Aufzug, der direkt von der Tiefgarage zu den Appartements führte, und dort würde er sich mit dem Geld verstecken, bis sich die Lage wieder beruhigt hatte. Phil wohnte am Stadtrand in einem kleinen Häuschen mit Garage, wo er das Geld in einen speziell ausgestatteten Transportwagen für Rennpferde umladen würde, um dann in drei oder vier Tagen in aller Ruhe über die Grenze zu fahren. Benny würde es ihm gleichtun, und in genau sechs Tagen würden wir uns vor der *Banque des Cantons Helvétiques* in Genf treffen. Um dort ein wenig Geld einzuzahlen... So wie wir es seit drei Jahren regelmäßig taten.

Ich hatte zuerst mit Benny gearbeitet, den ich auf recht ungewöhnliche Weise kennengelernt hatte. Als ich eines Nachts völlig betrunken das Spielkasino verließ, sprach mich eine elegante junge Frau mit rauher Stimme an, die in einen weiten Mantel gehüllt war, dessen Kapuze ihr Gesicht im Schatten ließ. Ihr Wagen, ein roter Porsche, der ein wenig weiter entfernt geparkt war, habe eine Panne. Ob ich sie wohl nach Hause bringen könne. Eilig hatte ich mich bereit erklärt. Das wenige, was ich von ihren Zügen gesehen hatte, ließ ein klassisches, gutgeschnittenes Gesicht vermuten. Ich hatte gerade völlig legal ein hübsches Sümmchen gewonnen und Lust, mich zu amüsieren.

Nach drei Kilometern, als wir durch eine verlassene Gegend fuhren, zog die junge Frau einen beeindruckenden Revolver aus der Handtasche und befahl mir, anzuhalten. Mehr aus Neugierde als aus Angst gehorchte ich. Sie verlangte meine Brieftasche, und ich gab sie ihr, wartete aber nur auf eine Gelegenheit, das Blatt zu meinen Gunsten zu wenden. Und die gab sie mir, als sie die Tür öffnete, um zu einem Wagen zu laufen, der im Schatten der Bäume geparkt war.

Mit einem Satz war ich bei ihr und umklammerte ihr Handgelenk. Sie drückte ab, doch die Kugel schlug ins Gebüsch, und wir wälzten uns auf dem Boden. Zu meiner Überraschung hatte sie einen eisernen Griff, und plötzlich wurde ich mit einem Kinnhaken außer Gefecht gesetzt, während eine unverkennbar männliche Stimme auf englisch eine Flut von Flüchen ausstieß.

Wütend und verblüfft richtete ich mich gerade rechtzeitig auf, um zu beobachten, wie meine schöne Unbekannte mit zerrissenen Strumpfhosen, dem falschen Busen vor dem Bauch und verrutschter Perücke auf der Suche nach ihrem Revolver auf allen vieren durch das Gras kroch. Ich brach in schallendes Gelächter aus. Benny, denn um ihn handelte es sich, sah mich erstaunt an, um nach einer Weile ebenfalls loszulachen. Zwei Stunden darauf waren wir die dicksten Freunde und bereiteten unseren ersten Coup vor. Später erfuhr ich, daß er sich auf Transvestitenauftritte spezialisiert und damit die Verbrecherkartei der Polizei gehörig durcheinander gebracht hatte.

Benny hatte dann Phil kennengelernt, und dieser hatte uns wiederum im letzten Jahr Max gebracht. Ich konnte mich nicht beklagen, die Geschäfte gingen gut. Und das Gefühl, jedesmal alles auf eine Karte zu setzen, vermittelte mir ein Gefühl von Lebensintensität, das ich brauchte wie eine Droge. Ich brauchte die Gefahr, um zu spüren, daß ich existierte; das war vielleicht, wie Lanzmann behauptete, auf meine qualvolle Kindheit zurückzuführen, die mich von der Unbeständigkeit des Lebens überzeugt hatte. Ich schüttelte den Kopf, um diese Gedanken zu vertreiben und mich wieder auf die Gegenwart zu konzentrieren. Die Straße war voller unbekannter Passanten, die ihren Beschäftigungen nachgingen, die sich aber ebensogut jederzeit in eine mitleidlose Meute verwandeln konnten.

Langsam ging ich weiter und betrachtete die Auslagen der Schaufenster: Es war besser, sich unauffällig zu verhalten. Mein Flugzeug ging in eineinhalb Stunden. Das Bild der Frau in Rot, Marthas Doppelgängerin, war mir unaufhörlich vor Augen. Wieder schüttelte ich den Kopf. Einfach nur eine Ähnlichkeit, Punkt, aus! Und durch dieses kurze Abgelenktsein hätte ich beinahe alles kaputtgemacht! Ich dachte an Adolf und an seinen verwunderten Blick, als ich losgelaufen war. Der arme Hund. Sicher irrte er auf dem Platz umher und erwartete uns. Ich hoffte, daß ihn irgendein netter Mensch aufnehmen würde. Er hatte etwas Besseres verdient, als für eine Bande alter Gauner Bomben zu legen. Wenn er Glück hatte und die Polizisten ihn mochten, könnte er seine Tage als Polizeihund beenden ... So weit war ich in meinen Gedanken, als ich plötzlich wieder jenes Schockgefühl empfand, ganz so, als würde ich von einer eisernen Hand geohrfeigt.

Zwanzig Meter von mir entfernt überquerte Marthas Double in dem bordeauxroten Chanelkostüm die Straße, die Füße in den schwarzen Pumps schritten elegant über das Pflaster, das lange, rote Haar wehte im Wind. Mein Herz schlug zum Zerspringen. Drei Polizeiwagen fuhren mit Sirenengeheul an uns vorbei. Gerne hätte ich »Martha!« gebrüllt, doch etwas hielt mich zurück. Sie wandte sich nach den Sirenen um, und ich erkannte deutlich ihr Gesicht. Es war Martha, sie war es! Martha hatte nie von einer Zwillingsschwester gesprochen. Plötzlich, fest entschlossen, die Wahrheit zu erfahren, ging ich zu ihr. Sie war vor einem weißen Volvo mit deutschem Kennzeichen stehengeblieben, dessen Fahrer – soweit ich das erkennen konnte, handelte es sich um einen älteren Herrn – ihr, nicht ohne sich zuvor nach allen Seiten umgesehen zu haben, die Tür öffnete. Als er mich bemerkte, blinzelte er leicht, ohne jedoch den geringsten Ausdruck zu zeigen. Martha stieg in den Wagen. Mitten durch den Verkehr lief ich auf sie zu und löste damit ein wildes Hupkonzert aus. Ich schrie:

»Martha!«

Doch meine Stimme ging in dem Autolärm unter. Als ich den Wagen erreichte, fuhr er schnell an. Er entfernte sich, und ich blieb atemlos stehen. Ein junger Polizist mit sommersprossigem Gesicht beobachtete mich. Sogleich leuchtete in meinem Gehirn ein Alarmsignal auf. Also tupfte ich mir ostentativ mit meinem Seidentaschentuch die Stirn ab und setzte die betrübte Miene eines Mannes auf, der gerade seine besten Freunde verpaßt hat. Der Polizist wandte sich um, er widmete seine Aufmerksamkeit jetzt einem Auto, das halb auf dem Gehsteig geparkt war. Meine Hände zitterten. Ich mußte etwas trinken. Schnell warf ich einen Blick auf meine Uhr. Keine Zeit. An der Straßenecke entdeckte ich eine Telefonzelle. Ich lief hin und kramte in meinen Taschen nach Kleingeld. Es wollte mir kaum gelingen, die Geldstücke in den Schlitz zu schieben, dann wählte ich die Nummer unserer Villa. Fünf lange Klingeltöne, dann ein leichtes Klicken. Ich konnte es kaum glauben, doch es war Marthas rauhe Stimme:

»Hallo?«

»Martha, alles in Ordnung?«

»Aber ja, warum? Was ist denn los, Georges, hast du ein Problem?«

»Das kann ich dir am Telefon nicht erklären, es ist unglaublich, eine solche Ähnlichkeit...«

»Georges, bist du sicher, daß es dir gutgeht? Hast du getrunken? Wo bist du?«

Das grelle Neonlicht mit der Aufschrift »Gefahr« begann wieder zu blinken, diesmal *in extremis*.

»In einem Pub. Ich habe eine Frau gesehen, die dir zum Verwechseln ähnlich sah, aber sie war rothaarig, verstehst du, und...«

»Georges, ich stand gerade unter der Dusche!«

»Entschuldige, also, bis heute abend.«

»Ich habe im Edelweiß einen Tisch reserviert, ist das in Ordnung?«

»Sehr gut...«

»Also, ciao Liebling.«

Martha hatte aufgelegt. Ich war im Begriff, wertvolle Zeit zu verlieren. Also machte ich mich wieder auf den Weg zum Bahnhof, ein Taxi fuhr an mir vorbei, doch es war besser, so wenig wie möglich aufzufallen. Martha konnte nicht allgegenwärtig sein, außer sie wäre ein übermenschliches Wesen. Doch das Zusammenleben mit ihr hatte mir auf angenehmste Weise bewiesen, daß sie durch und durch menschlich war. Das konnte nur bedeuten, daß ich langsam wahnsinnig wurde. Mir wurde bewußt, daß ich schweißgebadet war. Und das lag nicht nur an meinem eiligen Schritt, sondern vielmehr daran, daß mich ein Gefühl tiefer Verwirrung erfüllte. Wie ein Schlafwandler machte ich mich inmitten des entfernten Stimmengewirrs wieder auf den Weg.

Vor dem Bahnhof patroullierten Polizisten mit Hunden. Ich dachte wieder an Adolf. Sie baten mich höflich um meine Papiere und ließen mich durch. Ich fragte mich, warum sie mein schweißüberströmtes Gesicht nicht mißtrauisch machte. Ich fühlte mich bleich und nervös, das perfekte psychologische Profil eines Schuldigen. Doch mein Bild, das ich flüchtig in einem Spiegel wahrnahm, der die Bahnhofshalle schmückte, war wie immer: Ein Geschäftsmann mittleren Alters mit gut geschnittenem Haar, elegant gekleidet und in Eile.

Und ich hatte es tatsächlich eilig. Eilig, Brüssel zu verlassen und noch eiliger, nach Hause zu kommen, um mich mit eigenen Augen davon zu überzeugen, daß ich verrückt geworden war.

Trotz meiner zitternden Knie wartete ich regungslos auf dem Bahnsteig und lauerte auf das Geräusch des einfahrenden Zuges, der nicht kommen wollte. Aber natürlich fuhr die Schnellbahn rechtzeitig ab. Sie hatte nie mehr als eine Minute Verspätung. All diese Dinge, die einen mit der Überlegenheit ihres funktionierenden Systems konfrontieren, machten mich rasend. Flüchtig hatte ich den Eindruck, den Mann im Regenmantel, der an der Tür stand, schon einmal gesehen zu haben. Doch da er in Brüssel-Nord ausstieg, konnte ich seine Züge nicht ausführlich studieren.

Am Flughafen war der Teufel los. Ein Polizeikordon sperrte den Zugang zu den Schaltern ab. Andere Polizisten liefen durch die Menge und musterten die Passagiere. Doch ich wußte, daß das alles nur Bluff war. Sie hatten keine Beschreibung von uns, sie hatten nichts. Nachdem ich mich für meine Bordkarte angestellt hatte, reihte ich mich nun in die Schlange vor der Paßkontrolle ein. Auf der anderen Seite, im Warteraum für die internationalen Flüge, schien alles ruhig. Tausende von Passagieren ergossen sich täglich über diesen Flughafen und ebenso viele reisten ab. Eine wirkliche Kontrolle war unmöglich, es sei denn, man hätte den Flughafen vollkommen abgeriegelt. Außerdem ging es hier nur um einen Einbruch und nicht um einen Terroranschlag. Bald war ich an der Reihe, und so zog ich mit der Miene eines entnervten, müden Mannes, der nach Hause will, meinen Paß aus der Tasche. Vor mir kramte eine alte Dame auf der Suche nach dem wertvollen Dokument erfolglos in ihrer Handtasche.

Sie wurde nervös, und der Inhalt der Tasche ergoß sich auf den Boden. Während ich sie innerlich verfluchte, bückte ich mich höflich, um ihr beim Einsammeln zu helfen, und in genau diesem Moment zerriß Hundegebell die überfüllte Abflughalle. Automatisch hob ich den Kopf. Das Blut stockte mir in den Adern. Von zwei stämmigen Polizisten an der Leine gehalten, bellte Adolf unaufhörlich in meine Richtung. Die Polizisten verrenkten sich den Hals und versuchten auszumachen, was der Hund sah. Wenn sie Adolf losließen, war ich verloren. Adolf! Wie hatten wir nur außer acht lassen können, daß sich diese Trottel seiner bedienen würden, um uns zu finden. Ein großer Kerl rempelte mich an und schob sich glücklicherweise zwischen sie und mich. Er bückte sich, um das Geld einzusammeln, das aus der Tasche der alten Dame gefallen war. Es war der Mann im blauen Regenmantel, den ich in der U-Bahn gesehen hatte. Hinter uns schimpften und schubsten sich die Leute, es war also nicht der richtige Augenblick, ein Gespräch mit ihm anzufangen. Ich richtete mich wieder auf und reichte meinen Paß dem Beamten, der ihn abstempelte, ohne auch nur hinzusehen, da seine Aufmerksamkeit auf das Theater gerichtet war, das Adolf veranstaltete.

Ohne mich noch einmal umzudrehen, ging ich durch die Kontrolle und dann über den langen Gang, der zu meinem Abfluggate führte, an dem die Flugnummer schon auf der Anzeigetafel blinkte. Die Stewardeß nahm meine Bordkarte und bat mich, mich zu beeilen. Das ließ ich mir nicht zweimal sagen! Drei Minuten später saß ich im Flugzeug. Durch das Fenster beobachtete ich, wie Adolf, gefolgt von den beiden dicken Polizisten, wild bellend über den verglasten Gang stürzte. Der Flugkapitän begrüßte uns. Adolf hielt plötzlich, aus der Fassung gebracht, inne. Eine in Leder gekleidete, große Blondine mit drei Pudeln stand vor ihm, die jetzt zu ihm gelaufen kamen, um zu spielen. Ich betete, daß er Gefallen an ihnen finden möge. Das Flugzeug begann über die Startbahn zu rollen. Hoffentlich sperrten diese Idioten nicht die abflugbereiten Maschinen. Aber das wäre zu gefährlich bei all den Flugzeugen, die auf Landeerlaubnis warteten. Und schließlich war

Adolf nur ein Hund. Mit einem Höllenlärm, der mir der süßeste Klang auf Erden schien, hoben wir ab. Doch der Gedanke, daß es absolut nicht mein Verdienst war, daß ich es geschafft hatte, bedrückte mich.

Die Rückfahrt in meinem Wagen war trist. Ich fuhr schnell und hielt die Augen auf die Fahrbahn gerichtet, die Stille wurde nur durch das pfeifende Geräusch der entgegenkommenden Autos unterbrochen. Das Radio konnte ich nicht einschalten: es gab keins im Lancia. Ich hatte keinen Empfänger einbauen lassen. Beim Fahren hatte ich gerne Ruhe und wollte mich ganz auf die Landschaft und meine Gedanken konzentrieren. Doch diesmal genoß ich die Fahrt nicht. Da ich erschöpft war, rief ich zu Hause an und schlug Martha vor, uns im Restaurant zu treffen. Sie war einverstanden.

Das Edelweiß war ein gemütliches, unmittelbar am See gelegenes Restaurant. Im Sommer zogen die Schwäne faul am Ufer, direkt vor der Terrasse, vorbei. Im Winter knisterte ein Holzfeuer im imposanten Kamin, und der Chef servierte duftendes, gegrilltes Fleisch. Man hätte sich in einem Werbespot für Kreditkarten wähnen können. Komfort und Wohlbehagen. Meine Tarnexistenz als »brillanter internationaler Berater« ergriff langsam ganz von mir Besitz. Manchmal träumte ich zwar noch von fetten Speckscheiben, die sich auf einem verbrannten Spiegelei wellen, und dazu einen zu starken Kaffee, eine Zigarette im Mund und den Biergeschmack vom Vorabend noch auf der Zunge – manchmal, aber immer seltener, so wie ein Traum, der langsam verblaßt. Ich entwickelte mich tatsächlich immer mehr zu einem jungen Geschäftsmann von Format. Insgeheim mußte ich lächeln, als ich das zu drei Vierteln besetzte Restaurant betrat. Wenn die Gäste geahnt hätten, daß sie neben einem ehemaligen Häftling zu Abend aßen, der von der Polizei in ganz Europa gesucht wurde, hätten wir das Restaurant sicherlich für uns gehabt.

Martha war schon da. Sie trank einen Champagner-Cocktail und knabberte Salzgebäck. Ich beugte mich zu ihr herab:

»Darf ich Ihnen Gesellschaft leisten?«

»Aber gerne, mein Mann kommt immer zu spät.«

Ich sah auf meine Uhr.

»Du übertreibst, es ist 19.53 Uhr, und wir hatten uns für 19.30 Uhr verabredet.«

»Darf ich fragen, woher du kommst?«

»Wie lautet denn die Anklage?«

»Direkt nach deinem Anruf habe ich dich zurückgerufen, weil ich dich bitten wollte, bei Socks anzuhalten. Die Monographie über die etruskischen Sammlungen, die ich bestellt habe, muß inzwischen eingetroffen sein. Aber der Zerberus, der dir als Sekretärin dient, hat mir geantwortet, du wärst nicht da. Ein Termin außer Haus.«

»Na und?«

»Es war etwa eine halbe Stunde nach deinem Anruf, bei dem du mir gesagt hast, du wärst im Büro und würdest gleich losfahren ...«

Ich spürte, wie mein Herz schneller schlug, doch ich antwortete lässig:

»Eifersüchtig? Bist du eifersüchtig? Machst du mir eine Szene? Martha eifersüchtig, die erste. Du weißt genau, daß die Straub mich von aller Welt abschirmt. Wenn ich ihr morgens nicht deinen Namen genannt habe, wird sie deinen Anruf nicht durchstellen, selbst wenn das Haus abbrennen sollte ...«

Henri, der Chef, unterbrach uns, um unsere Bestellung aufzunehmen. Jovial erzählte er uns einige Scherze und den neuesten Genfer Klatsch, dann zog er sich zurück. Ich hatte keinen Hunger. So begnügte ich mich mit einem Grillspieß und Rotwein. Ich befand mich also in der Rolle des Angeklagten. Ich hatte völlig vergessen, das Mädchen, das mir als »Sekretärin« diente, anzurufen, um mich nach eventuellen Nachrichten zu erkundigen. Offenbar häuften sich meine Unvorsichtigkeiten. Ich verhielt mich wie ein Amateur. Verärgert mußte ich mich zwingen, Interesse für das zu zeigen, was Martha, die äußerst redselig war, erzählte. Sie lachte nervös, und ich fand sie sehr angespannt. Plötzlich fragte ich mich, ob sie mich nicht vielleicht in Brüssel erkannt hatte, bis ich mich erinnerte, daß ich sie in Brüssel gar nicht hatte *sehen* können.

Ich trank mehr als gewöhnlich, und an den Rest des Abends erinnere ich mich nur undeutlich. Vor dem Schlafengehen schaltete ich den Fernseher ein, doch die Nachrichten waren schon zu Ende. Ehe ich ins Bett fiel, warf ich einen kurzen Blick auf die blasse Harfenspielerin, die eine himmlische Melodie anstimmte.

Dritter Tag – Samstag, 10. März

Im Morgengrauen wachte ich mit einem schweren Kopf und klopfendem Herzen auf. Offenbar wurde das jetzt zur Gewohnheit, vielleicht war ich zu alt für diese Art Arbeit. Martha schlief zusammengerollt unter der Decke. Ich erhob mich leise, ging ins Wohnzimmer und schaltete den Fernseher ein. Ich wechselte so lange von einem Kanal zum anderen, bis endlich das müde Gesicht eines alten Nachrichtensprechers, den man ins Morgenprogramm abgeschoben hatte, meine Aufmerksamkeit erregte. Er sprach über uns.

»In bezug auf den Banküberfall, der sich gestern um 13.00 Uhr an der Grande Place in Brüssel ereignete, erklärte Inspektor Malinois, der die Ermittlungen leitet, die Festnahme der drei Gangster stehe unmittelbar bevor. Auf allen Straßen und an allen Grenzübergängen wurden Straßensperren errichtet. Die drei Männer hatten innerhalb von fünf Minuten eine Million belgische Francs erbeutet, indem sie den gepanzerten Transportwagen in ihre Gewalt brachten, den sie anschließend im Hof des Leysse-Gebäudes abstellten, wo sie mit höchster Wahrscheinlichkeit ein Komplize erwartete. Deutliche Indizien sprechen dafür, daß es sich um dieselbe Bande handelt, die den berüchtigten Überfall auf die Post von Douai verübt hat...«

Dann folgten einige Bilder vom Tatort und unsere Phantombilder. Ich betrachtete mich als »Blinden« verkleidet. Keine Gefahr, nicht einmal meine eigene Mutter würde mich erkennen. Es folgte eine Aufnahme von dem leeren Transportwagen, umringt von aufgeregten Polizisten, und ein Interview mit den Wachmännern, die eher niedergeschlagen wirkten, wenn man so sagen darf. Dann der Bankdirektor, der heftig lamentierte. Kurz, das Übliche. Und schließlich ein Bild von dem bellenden, schwanzwedelnden Adolf, den eine strahlende, untersetzte Polizistin an der Leine hielt. Ich winkte ihm mit einer kurzen Geste zu, die er nicht sehen konnte. Guter Adolf, er hätte mich gestern abend beinahe Kopf und Kragen gekostet.

Das einzige, was mich ein wenig beunruhigte, war die Tatsache, daß Malinois, ein ernstzunehmender Polizist, die Verbindung zu Douai hergestellt hatte. Die vier Musketiere wurden langsam ein wenig zu auffällig. Beim nächsten Mal würde man die Zusammenstellung der Truppe verändern müssen.

Ich rasierte mich mit meinem alten Rasiermesser; ich liebte das Kratzen der Klinge auf meiner Haut, die saubere Spur, die sie in den harten Bartstoppeln hinterließ. Zweimal schnitt ich mich. Ein Vorzeichen? Ich tupfte ein wenig Desinfektionslösung auf die Schnitte und begann das Frühstück vorzubereiten. Da ich höllischen Durst hatte, griff ich nach dem Mineralwasser und nahm einen langen Zug direkt aus der Flasche. So, wie sah meine Lage eigentlich aus? Vor unserem nächsten Treffen würde ich keine Nachricht von Phil, Max oder Benny bekommen. Außer ich würde durch unseren Notfallcode, der telefonisch an Miss Straub durchgegeben wurde, informiert, daß etwas schiefgegangen war oder daß wir aufgeflogen waren. In diesem Fall müßte ich in meinem Versteck bleiben, bis eine Entwarnungsmeldung und ein neues Treffen durchgegeben wurden. Wir hatten das System mit Miss Straub entwickelt, da keinem von uns daran gelegen war, die Privatadressen und Telefonnummern der anderen zu kennen. Je weniger man weiß, desto weniger kann man verraten.

Unsere Bande existierte seit vier Jahren und so lange hielten wir uns auch strikt an diese Regel. Es war eine interessante Arbeit, so, als würde man ein neues Strategiespiel entwickeln. Manchmal vielleicht etwas aufreibend für die Nerven, aber ohne vorherige Nervenanspannung wäre es auch nur das halbe Vergnügen. Und ich, Georges Lyons, der mustergültige, ruhige und gemäßigte Typ, der ausdruckslose Pokerspieler, der Kerl, auf den man sich verlassen kann, ich war im Begriff, die Nerven zu verlieren wie ein blutiger Anfänger. Halluzinationen, genau das war es, Halluzinationen ... Und doch mußte ich Gewißheit haben ... Aber im Augenblick war es unmöglich, nach Brüssel zurückzukehren. Ich mußte hierbleiben und durfte mir nichts anmerken lassen.

Martha stand lächelnd in der Tür. Sie war schon angezogen.

»Kannst du mich in der Stadt absetzen? Ich will bei Socks vorbeigehen.«

Socks war eine bekannte Galerie, die sich auf verlorene Kulturen und Zivilisationen spezialisiert hatte. Ihr Besitzer, der alte Edmond Tanner, war ein reizender, äußerst distinguierter Herr, der Marthas Wissen sehr schätzte, und Lily, seine Frau, war ihre Freundin geworden. Ich strich ihr über die Wange:

»Willst du mit mir zu Mittag essen?«

»Ich kann nicht. Ich habe Lily versprochen, bei ihr zu essen. Sonst hast du ja nie Zeit ...«

»Na gut, ich werde meinen Kummer mit Alkohol und leichten Mädchen betäuben.«

»Mit dem Alkohol solltest du lieber etwas kürzer treten, findest du nicht?«

»Jawohl, Herr Feldwebel!«

Mein fröhlicher Ton schien mir fürchterlich gekünstelt zu klingen, doch Martha zuckte nur die Schultern und ging ins Badezimmer.

Kurze Zeit später setzte ich sie in der Stadt ab und fuhr zu meinem Phantom-Büro. Es handelte sich um zwei Zimmer, die im Industriegebiet am Stadtrand lagen und deren gesamtes Mobiliar aus einem Tisch, einem Sessel, einem Telefon, Hunderten von Büchern und meinem Sandsack bestand.

Man mußte die Zeit schließlich totschlagen. Miss Straub befand sich in einem Appartement im Nachbarhaus, doch sie hatte mich noch nie gesehen. All unsere Transaktionen wurden brieflich und postlagernd abgewickelt, und ihr Gehalt bekam sie per Postanweisung.

Ich zog meine Jacke und mein Hemd aus und machte mich mit nacktem Oberkörper daran, auf den guten alten Sandsack einzuprügeln. Dann absolvierte ich, um mich in Form zu halten, eine Reihe von Liegestützen und andere Übungen. Als ich auf meine Uhr sah, war es fast Mittag. Ich duschte und öffnete meine Tasche, in die ich ein von meiner liebenden Gemahlin zubereitetes Hühnchen-Sandwich geschoben hatte. Dabei fiel eine Visitenkarte heraus, und als ich sie aufhob, stellte ich fest, daß ich eilig eine Uhrzeit und ein Datum daraufgekritzelt hatte. Ach du lieber Himmel! Ich hatte Martha gesagt, ich würde sie um 18.00 Uhr in der Konditorei gleich neben der Galerie Socks abholen, und dabei den guten Doktor Lanzmann ganz vergessen. Ich sah noch einmal auf die Karte. Samstag, also heute, um 17.30 Uhr.

Doktor Lanzmann war mein Psychoanalytiker. Ein großer, hagerer Mann mit metallgefaßter Brille, blauen Augen und einem verkniffenen Lächeln, der typische asketische Intellektuelle. Ich hatte ihn nach meinem Unfall im Jahr 1985 kennengelernt. Am 25. Mai 1985 genauer gesagt. Ohne daß ich je den Grund dafür hatte herausfinden können, war mein schwarzer Volkswagen über die Leitplanke einer kurvenreichen Straße im Schweizer Jura geschossen. Wie durch ein Wunder hatte ich überlebt. Der Anhalter, den ich unterwegs mitgenommen hatte, hatte weniger Glück gehabt, er war verbrannt.

Im Krankenhaus war Lanzmann für die psychologische Betreuung der Schwerverletzten und unheilbar Kranken zuständig. Er sollte gewissermaßen die letzten Augenblicke der Sterbenden erträglicher machen. Alle waren der Ansicht gewesen, daß ich nicht überleben würde. Fast zwei Wochen hatte ich im Koma gelegen. Ich war total verwirrt und wußte nicht mehr, wo ich war und was geschehen war. Lanzmann hatte mich langsam wieder in die Realität zurückgeholt, und wir waren uns gleich sympathisch. Ich mochte seinen trockenen Humor. Nachdem ich zwischen zwei »Missionen« viel Freizeit hatte, hatte ich mich vor zwei Jahren entschieden, daß es nicht schaden könnte, seine Hilfe in Anspruch zu nehmen, um mich mit mir selbst auszusöhnen. Und so hatte ich auch Gelegenheit, mit jemandem zu plaudern. Auf alle Fälle war Doktor Lanzmann nicht die Art Mensch, dem man – einen Kriegsausbruch ausgenommen – einfach einen Termin absagen konnte.

Ich beschloß also, Martha anzurufen, um mich zu entschuldigen. Ohne weiter nachzudenken, wählte ich automatisch die Nummer ihrer Mutter, und das erste Klingelzeichen ertönte. In diesem Augenblick wurde ich mir meines Irrtums bewußt, doch als ich gerade den Hörer auflegen wollte, wurde am anderen Ende der Leitung abgehoben. Da ich keine Lust hatte, mich mit diesem Drachen auf ein Gespräch einzulassen, sagte ich schnell:

»Entschuldigung, ich habe mich verwählt…«

»Georges, ich bin es, Lily ist in der Küche. Fehle ich dir so sehr?«

»Martha? Nein, ich wollte dir nur sagen, daß ich dich doch nicht abholen kann, ich habe einen Termin, den ich nicht verschieben kann.«

»Das macht nichts, ich werde schon jemanden finden, der mich nach Hause bringt. Ich hab's eilig, Lily ruft mich.«

Benommen legte ich den Hörer auf. Wie konnte meine Frau mir bei ihrer Mutter antworten, wenn sie doch bei Lily war? Oder hatte ich vielleicht Lilys Nummer gewählt? Unmöglich, die wußte ich gar nicht auswendig. Oder waren sich die beiden Nummern vielleicht sehr ähnlich, und ich hatte zufällig die richtige gewählt? Ich sah in meinem Adreßbuch aus schwarzem Leder nach, einem Geschenk von Martha: Sie waren völlig verschieden. Ich atmete tief durch und wählte Lilys Nummer. Nach dem zweiten Klingelzeichen hob Martha ab:

»Ja, bitte?«

Wortlos hängte ich ein. Doktor Lanzmann würde sich freuen. Ich würde ihm jede Menge aufregender Geschichten zu erzählen haben. Unter anderem, daß ich dank seiner Behandlung verrückt geworden war...

Ich kehrte zu meinem Sandsack zurück, zog die Boxhandschuhe an und schlug so lange auf ihn ein, bis meine Schultern schmerzten. Erschöpft ließ ich mich auf den alten Ledersessel fallen.

Dann telefonierte ich mit Miss Straub. Es gab eine Nachricht für mich. 08567 von 23567. 23567 war unser Erkennungszeichen, 08567 der Alarmcode. Irgend etwas war schiefgegangen. Plötzlich wurde ich ganz ruhig. Zu ruhig. Es war jene Art eisiger Ruhe, die auf einen großen Schock folgt. Ich rief Miss Straub zurück und hinterließ ihr eine Nummer, die sie an jeden Anrufer, der sich als 23567 meldete, weitergeben sollte. Dann zog ich mich wieder an, lief zur Telefonzelle an der nächsten Straßenecke und setzte mich dort auf ein Zementmäuerchen, faltete meine Zeitung auseinander und wartete. Es war 15.02 Uhr, und ich hatte Zeit, bis ich mich um 17.00 Uhr zu Lanzmann auf den Weg machen müßte. Regel Nummer eins: Vor allem im Alarmfall nicht das gewohnte Leben verändern.

Um 16.50 Uhr läutete das Telefon in der Kabine. 23567 hatte also meine Nachricht bekommen. Ich lief in die Kabine und hob ab. Aus weiter Ferne und von einem Rauschen in der Leitung verzerrt, hörte ich Max' Stimme.

»Bist du es, Athos?«

Es war Phils Idee gewesen, unsere Decknamen aus den *Drei Musketieren* zu übernehmen. Ich hatte das zwar etwas lächerlich gefunden, doch da ich wußte, daß dies das einzige Buch war, das er je gelesen hatte, hatte ich ihn nicht verärgern wollen. Max, der wie ein Jahrmarktsringkämpfer gebaut war, war in allgemeinem Einvernehmen der Name Porthos zugesprochen worden. Benny, der, obgleich sein Vater Arbeiter in einer

Sardinenfabrik auf den Londoner Docks gewesen war, eine ausgesprochen aristokratische Haltung hatte, schien zum Aramis geboren. Und Phil, immer bescheiden, hatte D'Artagnan gewählt. Ich hatte den Namen Athos bekommen.

»Athos?« wiederholte Max.

Ich antwortete:

»Ja, ich bin es. Was ist passiert?«

»Ich glaube, es gibt ein Problem mit D'Artagnan. Er hat mich angerufen; er hat sich erkältet. Jetzt ist er zur Erholung weggefahren. Und weißt du was? Er hat das Geld verloren, das ich ihm geliehen habe. Irgendwelche Typen haben es ihm weggenommen. Hörst du mich?«

»Ja, ich höre dich, sprich weiter.«

»Und diese Typen haben behauptet, du hättest sie geschickt. D'Artagnan hat ihnen natürlich nicht geglaubt, aber Aramis ist wütend. Er will einen OPA gegen dich verhängen. Hörst du mich?«

»Guter Gott! Was redest du da? Du weißt genau, daß ich zuverlässig bin. Wir müssen uns treffen.«

»Wir treffen uns wie üblich. Ich habe Aramis die Nachricht übermittelt.«

»Nein, warte …«

Max hatte eingehängt.

Während ich die schäbige Treppe zu meinem Büro hinaufstieg, arbeitete mein Gehirn auf vollen Touren.

Phil war von irgendwelchen Kerlen angegriffen worden, die ihm das Geld geklaut hatten. Er war offenbar ernsthaft verletzt und hatte sich abgesetzt. Und er hatte durchblicken lassen, daß ich hinter der ganzen Sache steckte. Benny war wütend und wollte mir ans Leder. Und Max hatte vorgeschlagen, uns morgen zu unserer »üblichen Verabredung« zu treffen – nach unserem Code bedeutete das in Straßburg –, um die Angelegenheit zu klären. Wenn irgend jemand Wind von der Sache bekommen hatte – und der Angriff auf Phil schien mir ein Beweis dafür –, konnte Benny sich nicht auf die Straße wagen, und für uns andere war es keinesfalls ratsam, uns in der eleganten Halle der Bank zu treffen und noch weniger, dort Geld einzuzahlen – das könnte uns für den Rest unseres Lebens hinter Gitter bringen.

Verschiedene Möglichkeiten gingen mir durch den Kopf. Phil hatte die ganze Geschichte aufgezogen, um das Geld zu unterschlagen und mir die Schuld in die Schuhe zu schieben. Warum sonst hatten ihn diese mysteriösen Angreifer nicht abgeknallt? Oder aber meine Partner hatten aus einem mir unbekannten Grund beschlossen, sich meiner zu entledigen. Immerhin hatten wir nicht zusammen im Sandkasten gespielt. Oder aber, und das wäre eigentlich das Schlimmste, irgend jemand war uns auf die Schliche gekommen.

Wenn ich es mir recht überlegte, konnte die Verabredung in Straßburg fatale Folgen für mich haben. Fuhr ich aber nicht hin, so wäre das ein eindeutiges Schuldeingeständnis. Eigentlich hatte ich keine Wahl. Ich sah auf meine Uhr: 17.08 Uhr. Gerade noch Zeit, mich schleunigst zu Lanzmann zu begeben.

Ich erzählte ihm alles. Zumindest alles, was Martha betraf. Die Geschichte amüsierte ihn sehr, und er bot mir sogar eine Begründung an, an die ich noch nicht gedacht hatte. Er war davon überzeugt, daß ich nicht an Halluzinationen litt, sondern an dem morbiden Wunsch, von meiner Frau betrogen zu werden. Das bedeutete gewissermaßen, daß ich zwar Lilys Nummer gewählt, mir dann aber eingeredet hätte, es sei die von Marthas Mutter, um mich so nach Lust und Laune selbst quälen zu können, weil ich nicht zulassen konnte, daß Martha mich liebte. Das von der Mutter ungeliebte und mißhandelte Kind in mir verweigerte sich dieser Liebe... Meine Mutter... Ich hatte sie in angenehmer Erinnerung! Blond und zärtlich, eine wahre Prinzessin. So mußten mein Bruder und ich sie im übrigen auch nennen: Prinzessin. Zum großen Teil hatte ich es ihr zu verdanken, daß ich heute auf dieser verdammten Couch lag. Denn die Wahrheit ist, daß meine Mutter, eine kranke und verbitterte Frau, uns behandelt hatte wie Hunde, ehe sie selbst, in Einsamkeit und unter den furchtbaren Qualen des Delirium tremens, starb.

Ich erinnerte mich fast nicht mehr an meine frühe Kindheit (eine Schutzmaßnahme, wie Lanzmann erklärte), und alles, was mir in Erinnerung geblieben war, war der säuerliche Geruch ihres Atems, der nach Alkohol stank, ein undeutliches Gefühl von Schreien und Schlägen, von Tränen und Schmerzen, vermischt mit leidenschaftlichen Küssen und hysterischem Bedauern.

Und jener schwere Moschusduft, der ihrer Kleidung, ihrer Haut und unseren wenigen Möbeln anhaftete...

Im allgemeinen vermied ich es, an diese Zeit meines Lebens zu denken, mich an die feuchten Lippen auf meinem Hals zu erinnern, die mich um Verzeihung baten, während Gregorys Schluchzen die wiedereingekehrte Stille zerriß.

Gregory, mein armer Gregory, mein Leidensgefährte. Wir glichen uns wie ein Wassertropfen dem anderen, woraus ich geschlossen hatte, daß wir Zwillinge sein mußten, denn es schien mir, daß Gregory immer dagewesen war. Doch all das war so undeutlich, so weit weg...

Ich weiß nicht, warum sich die Wut meiner Mutter besonders gegen ihn richtete. Er war sicherlich zu lebhaft, zu laut, er störte zu sehr, er war nicht »brav«: »Gregory, du bist nicht brav«, sagte meine Mutter mit betrübter Miene, und das klang wie eine grauenvolle Verheißung verschiedenster Leiden...

Ich wälzte mich auf der Couch herum, und Lanzmann beugte sich interessiert vor.

»Ja?«

»Nichts, nur wirre Gedanken...«

Ich hatte keine Lust, mit ihm darüber zu sprechen, keine Lust, wieder und wieder auf diesen furchtbaren Tag zurückzukommen, den einzigen, an den ich mich genau erinnerte, jenen Tag, an dem sie mir mit ihrer ruhigen Stimme, die schlechte Laune verhieß, Gregorys Tod mitteilte. Ich war vier Jahre alt und fühlte mich plötzlich zerrissen.

An jenem Tag, an dem sie besonders viel getrunken hatte, war Gregory einfach »unerträglich« gewesen. Er war krank, und ich hatte gesehen, wie sie ihn, obwohl er vor Fieber glühte, nach Strich und Faden verprügelte. Am Abend regnete es in Strömen. Ich hatte meine Stirn an die regennasse Scheibe gepreßt – ich spüre noch immer das kalte Glas auf meiner Haut – an jenem Abend, an dem sie mir mitteilte, Gregory sei tot, das Fieber habe ihn dahingerafft. Es war kalt. Ich erinnerte mich an die Kälte. An die Tränen, die über meine Wangen rannen und den Rotz, der mir aus der Nase lief. Die Kälte drang mir durch Mark und Bein. Das Klatschen des Regens, hart, laut, mitleidlos.

Ein wahrer Roman von Zola, wie Lanzmann mit beißender Ironie bemerkte. Ich war vier Jahre alt, und an jenem Tag hatte ich ein furchtbares Gefühl kennengelernt: Die verfluchte Freude zu wissen, daß ein anderer an meiner Stelle litt, und daß *ich selbst noch einmal davongekommen war.* Oh! Meine Mutter, die Prinzessin, ich hatte das Glück, ihre Liebe überlebt zu haben. Sie selbst hatte kein langes Leben. Sie starb wenige Tage nach Gregory, während ich draußen auf der Straße spielte, von Drogen und Alkohol zerfressen, ganz allein in ihrem unordentlichen Zimmer. Ich kam in ein Waisenhaus, wo es nur harte kleine Jungs gab, die von nichts anderem träumten, als Bandenchef zu werden, und ich hatte einiges auszustehen. Ja, Lanzmann hatte noch allerhand Arbeit, wenn er mir wieder Vertrauen in die Menschheit geben wollte. Vertrauen zu meiner eigenen Frau...

Ich hörte, wie er hüstelte, und sah auf die Wanduhr aus Nußbaum: 18.30 Uhr, die Sitzung war beendet. Ich erhob mich, wühlte in meinen Taschen, reichte ihm das ausgemachte Honorar. Doch als ich mich verabschieden wollte, winkte er mich an seinen Schreibtisch.

»Na los, rufen Sie Martha an.«

»Wo denn?«

»Wo Sie wollen.«

Ich wählte unsere Nummer. Martha war außer Atem, als sie abhob.

»Ich bin gerade heimgekommen, wann kommst du?«

Ich antwortete ihr und legte auf. Lanzmann beobachtete mich.

»Wählen Sie jetzt die Nummer ihrer Mutter.«

Obwohl mich eine große Angst überkam, gehorchte ich. Das Klingelzeichen. Einmal, zweimal, dreimal, dann erklang in dem verrauchten Büro klar und melodiös Marthas Stimme.

»Ja bitte?«

»Entschuldige, Liebling«, stotterte ich. »Ich wollte fragen, ob du nicht in der Stadt zu Abend essen willst…«

»O nein, ich bin müde, komm schnell nach Haus, wir können uns einen Film ansehen…«

Ich legte wieder auf. Marthas Stimme hatte gereizt geklungen. Aber das war jetzt nicht wichtig. Wichtig war nur, daß sie zugleich bei ihrer Mutter und bei uns zu Hause war. Ich warf Lanzmann einen fragenden Blick zu. Er schien verblüfft.

»Nun, welche Nummer habe ich gewählt?«

»Sie haben zwei verschiedene Nummern gewählt. Aber woher soll ich wissen, daß Sie nicht zwei Anschlüsse in Ihrem Haus haben?«

»Sehen Sie doch im Telefonbuch nach«, rief ich und legte ihm ein altes, zerfleddertes Telefonbuch hin. »Ihre Mutter heißt Moser, Jeanne Moser, und hier ist ihre Nummer.«

Ich kritzelte eine Nummer auf ein Stück Papier. Er warf einen Blick darauf und gab es mir zurück.

»O.k., ich glaube Ihnen. Nun, in diesem Fall haben Sie recht, Ihre Frau kann tatsächlich hexen.«

»Danke, Doktor, Sie sind mir wirklich eine große Hilfe, ich bedaure das Honorar nicht.«

»Warten Sie, Georges, diese Geschichte ist nicht klar. Sind Sie sicher, daß Sie mir wirklich die ganze Wahrheit erzählt haben? Haben Sie sich mit Martha gestritten?«

Entnervt öffnete ich die Tür.

»Soll ich Ihnen die Wahrheit sagen, Doktor? Ich habe sie umgebracht! Also, bis nächste Woche.«

Ich schloß die Tür hinter mir und fuhr nach Hause. Morgen war ein neuer Tag.

Vierter Tag – Sonntag, 11. März

Ich kam um 11.06 Uhr in Straßburg an. Am Vorabend hatte ich Martha erklärt, ich hätte einen wichtigen Termin mit einem ungarischen Importeur und könne deshalb leider den Sonntag nicht mit ihr verbringen. Da sie an meine Reisen und Abwesenheit gewöhnt war, hatte sie keine weiteren Fragen gestellt und mir versichert, sie haben einen ganzen Stoß Bücher, die sie schon seit langem lesen wolle.

Das Wetter war kalt und trocken, und über den tiefblauen Himmel trieben schnell, wie von einer unsichtbaren Hand gezogen, weiße Wolken.

Ich parkte am Stadtrand und warf eine Münze in die Parkuhr (ich hatte immer etwas belgisches und französisches Kleingeld in der Tasche), dann ging ich zu Fuß bis zur Place de l'Horloge.

Eine japanische Touristengruppe drängte sich mit den Ellenbogen durch eine Reisegruppe aus der Auvergne, die gerade aus dem Bus stieg, um als erste die Kathedrale zu erreichen, und Hunderte von Tauben flatterten über den Platz, angezogen von den Körnern, die eine alte Dame mit langem grauem Haar ausstreute. Ich dachte an den Scherz über die »freundliche alte Dame«, die die Tauben mit vergifteten Körnern füttert, und lachte insgeheim. Jeder konnte möglicherweise ein Doppelleben führen, das lehrte mich nicht zuletzt meine eigene Geschichte.

Das Springmesser, das ich an meinem Unterarm befestigt

hatte, schien mir durch das Lederfutteral hindurch den Arm zu verbrennen. Eine Weile bummelte ich an den Auslagen der Souvenirhändler entlang und lauerte auf eine verdächtige Bewegung, ein allzu aufmerksames Gesicht, doch in meiner Umgebung war nichts Alarmierendes auszumachen.

Ich war um 15.00 Uhr vor der astronomischen Uhr mit Max verabredet. A priori war dieser Ort eher beruhigend, da er sehr frequentiert war. Auf der anderen Seite eignete sich ein solches Gedränge auch hervorragend für eine Blitzhinrichtung, zum Beispiel mit einer mit Schalldämpfer ausgerüsteten Maschinenpistole, die direkt auf den Bauch des Opfers gerichtet war... Ich sah auf meine Uhr: 13.03 Uhr. Dann kaufte ich eine Eintrittskarte für das Museum, das dem Querschiff mit der astronomischen Uhr gegenüberlag und stieg schnell die Treppen zur Kostümsammlung hinauf, wo ich an eines der Lanzettenfenster trat und nach unten blickte. Vor der Treppe versammelte sich langsam eine Menschenmenge. Man mußte etwa eine Stunde anstehen, um das Glockenspiel der Uhr beobachten zu können. Ich sah die wundervollen, geschnitzten Figuren vor mir, die – vom Tod mit seiner Sense beherrscht – zum Glockenklang vorüberziehen.

Hinter mir gingen Leute vorbei und kommentierten die in den Vitrinen ausgestellten Gegenstände. Um 13.57 Uhr erschien Max auf dem Platz. Er hatte seinen dunklen Bart abrasiert. Sein Haar und sein Schnäuzer hatten einen rötlichblonden Ton. Doch ich erkannte sogleich seinen wiegenden Gang, seine schwarzen Augen, seine dunkle Haut, die er nicht zu kaschieren vermochte, und die kräftige Gestalt. Zunächst suchte unser Porthos mit den Augen seine Umgebung ab, dann hob er, wie von einer Intuition geleitet, den Blick zum Museum. Ich drückte mich in die Fensternische. Jetzt musterte er langsam ein Auto nach dem anderen, die auf dem Platz geparkt waren, doch sein Blick glitt viel zu schnell über einen weißen Fiat Panda hinweg, an dessen Steuer ich eine regungslose Gestalt erkannte.

Offensichtlich befriedigt lehnte er sich, einen gerollten grünen Reiseführer in der herabhängenden Hand, an das Gitter, das den Besucherstrom kanalisieren sollte. Der Panda war so geparkt, daß er jederzeit ausscheren konnte. Max hatte mir also eine Falle gestellt. Ich hätte das Fenster öffnen und ihm in weniger als fünf Sekunden das Messer zwischen die Augen werfen können, dazu war ich geübt genug. Doch das hätte mir keine Antwort auf meine Fragen gegeben. Außerdem war er ein Mensch aus Fleisch und Blut und kein Pappkamerad.

Ich ging wieder nach unten, vorbei an dem Wärter mit der ausgeprägt pickligen Nase eines Gewohnheitstrinkers, und nutzte den Moment, als Max' Aufmerksamkeit von einer Gruppe lärmender amerikanischer Touristen abgelenkt wurde, um mich halb gebückt über den Gehsteig zu schleichen, an dem der Panda mit dem Heck zu mir geparkt war. Der Blick des Fahrers war starr auf den Platz gerichtet, so daß er mich nicht kommen sah. Erleichtert bemerkte ich, daß die Wagenfenster weit geöffnet waren. Auf der Höhe des Hinterrads angekommen, hockte ich mich hin, so bot mir die Karosserie Schutz vor neugierigen Blicken. Langsam schlich ich mich näher. Als ich bei dem Fahrer angelangt war, sprang ich auf, stieß ihm beide Fäuste zugleich in den Adamsapfel, packte ihn in derselben Bewegung beim Hemdkragen, zog ihn zu mir heran und stieß seine Stirn heftig gegen die meine. Der ganze Vorgang dauerte nicht länger als drei Sekunden.

Der Faustschlag hatte ihm den Atem genommen, und der Stoß machte ihn so benommen, daß er kraftlos vornüber sank. Sozusagen als Zugabe versetzte ich ihm einen heftigen Handkantenschlag in den Nacken, genau am Ansatz des Kleinhirns. Es würde eine gute Weile dauern, bis er wieder zur Besinnung kam. Glücklicherweise spiegelte sich die Sonne in den Fenstern, so daß das Wageninnere im Schatten lag. Schnell nahm ich die Pistole an mich, die auf seinen Knien lag: Sie war mit einem beeindruckenden Schalldämpfer ausgerüstet. Nachdem ich das Magazin herausgenommen hatte, warf ich sie in den Rinnstein. So, das wäre erledigt. Gebückt schlich ich mich hinter den parkenden Autos entlang und richtete mich erst an der Ecke der Kathedrale, deren Haupteingang das allgemeine Interesse anzog, wieder auf. Bis jetzt hatte ich Glück gehabt, mein Treiben war unbemerkt geblieben.

Mit großen Schritten ging ich auf Max zu. Er erkannte mich sogleich und lächelte mir herzlich zu.

»Du bist zu früh dran.«

»Du aber auch.«

Er zögerte und suchte nach Worten.

»Wollen wir ein paar Schritte laufen?«

Ich war einverstanden. Wir entfernten uns von der Menschenmenge. Der Wind fegte die Kastanienblätter vor sich her und wirbelte dabei ockerfarbene Staubwolken auf. Ich spürte Max' Schulter an meinem Ärmel und sah deutlich seine großporige Haut, die schwarzen Haare in seinen Ohren. Mit unbeteiligter Stimme fuhr er fort:

»Es geht Phil besser, er wird durchkommen.«

»Was ist passiert?«

Den Blick in die Ferne gerichtet, blieb er stehen.

»Zwei Kerle sind bei ihm aufgekreuzt. Im ersten Moment hat er geglaubt, es wäre die Polizei. Er hat die Tür nicht aufgemacht. Einer von den beiden hat gerufen: ›Wir kommen von Georges.‹ Da Phil das für unmöglich hielt, hat er sich nicht gerührt. Die beiden haben sich angeschickt zu gehen. Fünf Minuten später ist alles in die Luft geflogen. Das Garagentor war eingeschlagen, und sie hatten sich mit dem Pferdetransporter mitsamt dem Geld aus dem Staub gemacht. Phil war mit Glassplittern gespickt, alle Scheiben waren explodiert. Er hat den guten alten Doktor Morgan angerufen. Der war vor der Polizei bei ihm und hat ihn mitgenommen. Er hat ihn wieder zusammengeflickt, er wird zwar wie ein Puzzle aussehen, aber er kommt durch, es waren nur oberflächliche Wunden.«

Ich sah ihm in die Augen:
»Und die Schlußfolgerung?«
Max setzte eine verlegene Miene auf:
»Woher wußten die Kerle deinen Namen?«
»Glaubst du, ich wäre so blöd, sie hinzuschicken?«
»Irgend jemand will dich reinreiten...«
»Was soll das heißen?«
»Du bist ja ziemlich nervös«, sagte Max und klopfte mir auf den Arm. »Das soll nur heißen, daß du für einige Zeit von der Bildfläche verschwinden solltest. Du wirst gefährlich für uns.«
Er unterstrich seinen Satz, indem er mir mit dem aufgerollten Reiseführer auf die Schulter klopfte. Ich begriff, daß das das Zeichen für den Typen in dem Panda war. Als nichts geschah, trübte sich Max' Blick kurz. Schwerfällig fuhr er fort:
»Alle für einen...«
»Jeder für sich«, beendete ich den alten Scherz. Ich ging einen Schritt vor, er wich zurück.
»Hör zu, Max. ›Er‹ wird nicht schießen. Er ist k.o. Ich werde untertauchen und die Verantwortlichen finden. Aber setz niemanden auf mich an. Denn sonst werde ich dich töten.«
»Phil ist dir auf den Fersen.«
»Phil ist ein Psychopath, das weißt du ebensogut wie ich. Es ist deine Aufgabe, ihn unter Kontrolle zu halten.«
Er öffnete den Mund, um etwas zu antworten, schwieg dann aber doch, da die Klinge meines Messers unter meinem Ärmel hervorgeschossen war und auf seinen Bauch drückte. Unter seinem cremefarbenen Popelinehemd perlte Blut. Die freudigen Rufe der Touristen, denen man gerade Zugang zu der astronomischen Uhr gewährt hatte, drangen zu uns herüber.
»Weißt du, was da drunter ist?«
Die Klinge bohrte sich etwas tiefer in sein Fleisch, und Max wurde bleich.
»Deine Leber, Max, deine Leber. Wenn du eine zehn Zenti-

meter lange Stahlklinge in der Leber haben willst, dann erzähl weiter solchen Unsinn. Ich will die Wahrheit wissen.«

»Ich habe dir die Wahrheit gesagt.«

»Und Benny?«

»Er ist in seinem Versteck. Bei ihm ist alles in Ordnung.«

Ich beugte mich näher zu ihm vor.

»Du hast die Kerle zu Phil geschickt!«

»Du bist verrückt, Georges, du bist ja vollkommen verrückt!«

»Warum wolltest du mich sonst abknallen lassen?«

»Eine Vorsichtsmaßnahme, Georges, eine reine Vorsichtsmaßnahme.«

Ich sah Max in die Augen und wußte, daß er log. Doch ich konnte mich nicht entschließen, ihn hier und jetzt kaltblütig umzubringen. Ich war kein Killer. Also stieß ich ihm mit aller Kraft mein Knie in den Unterleib. Er krümmte sich und fluchte in einer kehligen Sprache. Einige Köpfe wandten sich nach uns um und Ausrufe erklangen. Ich entfernte mich schnell in entgegengesetzter Richtung zu dem Fiat Panda und verlor mich in der lärmenden Menge. Als ich eine etwa vierzigjährige Frau in einem weißen Mantel überholte, hörte ich einen dumpfen Knall. Die Hand der Frau streifte meine Schulter. Überrascht sah ich mich um und begegnete ihrem fassungslosen Blick. Sie sackte langsam zusammen, und ein großer roter Fleck breitete sich auf ihrem sauberen Mantel aus. Das Paket, das sie trug, war ihr aus den Händen geglitten, und der Boden war mit den Scherben zersprungener Tassen übersät; es waren jene naiven Tassen, auf denen der Vorname des künftigen Besitzers geschrieben steht. Für den Bruchteil einer Sekunde kreuzte ich in der Ferne Max' glühenden Blick, eine Hand hielt er in der Tasche seines Regenmantels. Ich begann im Zickzack davonzulaufen und rempelte dabei empörte Passanten an. Hinter mir begannen die Leute zu schreien. Ich wußte, daß die Frau tot war.

Der Max, den ich kannte, hätte so etwas nie getan. Er hätte nicht versucht, mich umzulegen, und er hätte auch nicht blindlings in die Menge gezielt. Der Max, den ich kannte, war kein Mörder. Es gab also zwei: den jüdischen Einbrecher aus dem Elsaß und einen geübten Killer, der nicht zögerte, willkürlich zu morden... Martha, Max, die Epidemie schien um sich zu greifen...

Ich lief bis zum Flußufer. Aus meiner Armeezeit war mir eine Vorliebe für körperliche Ertüchtigung geblieben, und ich hatte mich seither immer in Form gehalten. Heute hatte ich Gelegenheit, mich dazu zu beglückwünschen. Ich rannte über den Kai. Gerade legte ein Ausflugsdampfer ab, und ich sprang schnell noch vom Landungssteg auf das Boot.

»In letzter Sekunde«, sagte der Kontrolleur lächelnd.

Als Max schwitzend auftauchte, entfernte sich das Boot bereits vom Ufer. Ein schriller Pfeifton ertönte, und Max begann zu rennen. Er bog in eines der Altstadtgäßchen ein. Zwei Polizisten verfolgten ihn mit gezogener Waffe.

Der Kontrolleur schüttelte angewidert den Kopf:

»Die sollen doch ins Kino gehen, wenn sie Unterhaltung wollen! Ah, die Welt wird auch nicht besser...«

Ich verzog das Gesicht zu einem vagen Lächeln und ging zum Bug des Schiffs.

Der Ausflugsdampfer schob sich langsam durch das ruhige Wasser und ließ eine leicht schäumende Spur hinter sich zurück. Der sanfte Wind erfrischte mich und trocknete den Schweiß, der mir am Körper herunterlief. Dann wurde das Schiff schneller und der Wind eisig. Aber ich brauchte frische Luft, also stützte ich mich auf die Reling, und der Wind peitschte mir ins Gesicht. Meine ganze Welt brach aus den Fugen. Meine Frau schien über die Gabe zu verfügen, überall zugleich zu sein. Meine Freunde waren wütend und wollten mich töten. Bis hin zu Doktor Lanzmann, der mir klar zu verstehen gab, ich sei verrückt. War ich das wirklich?

Plötzlich bekam ich heftige, stechende Kopfschmerzen. Ich

biß die Zähne zusammen. Es wäre besser gewesen, den Kerl im Panda zu töten und auch Max, denn unter dem dumpfen Pochen der Migräne spürte ich, daß der Ärger erst anfing.

Noch dazu würde sicherlich die Polizei, allen voran Inspektor Malinois, ihre Nase in die Sache mit der Explosion stecken. Wenn sie Phil erwischten, waren wir alle verloren. Ich fragte mich plötzlich, warum Max, der so auf Sicherheit bedacht war, nicht Phil hatte umbringen lassen. Vielleicht war Phil ja schon tot.

Ich mußte nach Brüssel fahren. Morgen mußte ich Kontakt mit Benny aufnehmen.

Um 15.27 Uhr war ich wieder an meinem Wagen und machte mich auf der Autobahn auf den Weg nach Genf.

Nach einer Weile wurde mir bewußt, daß ich ständig ängstlich in den Rückspiegel sah, und ich befahl mir innerlich, mich zu entspannen. Ein großer brauner Ford fuhr etwa zweihundert Meter hinter mir. Ich hielt an einem Rastplatz an, so daß er mich überholen mußte: In dem Wagen saß ein Paar. Ich seufzte erleichtert, wartete etwa drei Minuten und machte mich wieder auf den Weg. An der nächsten Autobahntankstelle entdeckte ich den Ford. Der Mann tankte. Natürlich gibt es in der Schweiz kein Gesetz, das es einem braunen Ford verbietet, nach Genf zu fahren.

Meine Kopfschmerzen wurden schlimmer. Ich massierte meinen Nacken, dann die Schläfen, doch es half nichts. Als ich zu einer Ausfahrt kam, entschloß ich mich plötzlich, abzubiegen.

Der Ford fuhr weiter. Er hatte nicht einmal das Tempo verlangsamt. Eine Weile fuhr ich ziellos geradeaus, dann kam ich an eine Kreuzung: Ein Schild wies den Weg nach Genf, kleiner stand darunter SAINTE CROIX 10 KM, KLAUSEN 18 KM. Als ich diesen Namen las, begannen unerklärlicherweise kleine Lichtpunkte vor meinen Augen zu tanzen, und mein Herz hämmerte plötzlich wie wild. Ich bremste und zwang mich zur Ruhe. Seit wann versetzte mich der Anblick eines einfachen Wegweisers in einen tranceartigen Zustand? Als sich mein Herzschlag beruhigt hatte, fuhr ich weiter. Die Straße schlängelte sich durch Wiesen und Hügel. Schließlich tauchte auf einer kleinen Anhöhe ein eigentümlicher, hoher Bau im neogotischen Stil mit zwei Giebeltürmchen vor mir auf. Ich warf einen zerstreuten Blick auf das Schloß. Dann wurde alles schwarz.

Als ich wieder zu mir kam, stieg mir ein verbrannter Geruch in die Nase. Zunächst glaubte ich, Martha hätte etwas auf dem Herd vergessen. Doch dann wurde mir bewußt, daß meine Stirn auf einem kalten, harten Gegenstand ruhte. Mit der Hand tastete ich darüber. Er war rund. Es war das Lenkrad des Lancia. Irgend etwas tropfte auf meine Knie. Ich versuchte herauszufinden, was meine Hose durchnäßte, betastete sie zögernd, und als ich meine Hand zurückzog, war sie rot von Blut.

Unter unglaublicher Anstrengung hob ich den Kopf. Der Lancia war gegen einen Baum geprallt, und der verbrannte Geruch kam von der Kühlerhaube, von der eine grau-blaue Rauchspirale aufstieg. Ich öffnete die Tür und quälte mich aus dem Wagen. Dann befühlte ich mein Gesicht: Das Blut floß aus meiner Nase und aus einer Wunde auf der Stirn. Plötzlich erklang ein Motorengeräusch, das mich herumfahren ließ, und aus den Augenwinkeln sah ich einen braunen Ford, der in schnellem Tempo davonfuhr.

Ich war vollkommen erschöpft und verdutzt. Mit dem Ärmel wischte ich über mein Gesicht und holte dann den Feuerlöscher aus dem Kofferraum, um den Motor des Lancia ausgiebig einzuschäumen. Auf dem Hügel lag unschuldig das Schloß, doch sein bloßer Anblick verursachte mir wieder jenen stechenden Kopfschmerz. Ich setzte mich in den Lancia und legte den Rückwärtsgang ein. Der Wagen bockte kurz, doch dann gehorchte er, offenbar war der Schaden nicht allzu schlimm. Ich fuhr weiter in Richtung Genf, wobei ich aufmerksam nach einer geöffneten Werkstatt Ausschau hielt, die ich, keine drei Kilometer entfernt, fand.

Der Besitzer, der in einer schmierigen Latzhose steckte, gab keinen Kommentar über meinen Zustand ab. Ich ließ den Lancia da und mietete einen alten Peugeot 104, der so zitronengelb war, daß sich einem der Mund zusammenzog. Noch zwei solche Tage, und ich war reif für einen langen Aufenthalt in einer Vier-Sterne-Gummizelle in der Klinik des guten Doktor Lanzmann.

Um 20.30 Uhr kam ich in Genf an. Als Martha mich sah, schrie sie laut auf, doch ich beruhigte sie und erklärte ihr, daß mich ein Verkehrsraudi gerammt habe und der Lancia zur Reparatur in einer Werkstatt sei. Sie half mir, mich zu säubern, und desinfizierte die Wunde. Ich war erschöpft und dachte nur noch daran, schlafen zu gehen. Dennoch wollte ich zuvor noch einen kurzen Blick in den Reiseführer »Malerische Schweiz« werfen. Dort wurde das Schloß von Klausen, das unweit der deutschen Grenze lag, natürlich erwähnt. Aus der kurzen Beschreibung erfuhr ich, daß der letzte Besitzer, Lukas von Klausen, sechs Jahre zuvor die Treppe heruntergefallen und an einem Schädelbruch gestorben war. Als ich den Namen Lukas von Klausen las, hatte ich das untrügliche Gefühl, diesen Mann zu kennen. Es war, als sei ein grauer Schleier, der sich vor meinen Augen ausbreitete, unter einem unglaublichen Druck im Begriff zu zerreißen. Martha war beunruhigt wegen meines Zustands, aber ich sagte, ich hätte nur furchtbare Kopfschmerzen. Sie brachte mir eine Tablette, die ich mechanisch schluckte. Dann legte ich mich hin, doch der Name von Klausen brannte noch immer in feurigen Lettern auf meiner Netzhaut. Dennoch fiel ich in einen tiefen, unruhigen Schlaf.

Ich hatte einen eigenartigen Traum. Es schien mir, als spräche ich im Schlaf, und als beuge sich eine vollkommen veränderte Martha über mich, starre mich mit phosphoreszierenden Augen an und stoße mit einer langen, spitzen Schlangenzunge zu. Dann ging ich plötzlich durch einen riesigen Saal ohne Möbel, es war der Ballsaal des Schlosses von Klausen mit seinen geschliffenen Kristallüstern und dem glänzenden Parkett. Mehrere Paare tanzten feierlich Walzer, doch die Tänzer waren nackt, und über ihre Knochen spannte sich nur Haut. Der Hausherr, ein alter Kahlkopf mit einem grausamen Lachen, streckte mir eine fleischlose Hand mit langen Krallen entgegen, die eigenartig rührend wirkte. Dann tauchte plötzlich aus dem Nichts Martha auf, sie berührte ihn mit einem siebenarmigen Kerzenleuchter, und er brach zusammen und verwandelte sich plötzlich in einen Haufen widerwärtiges Gewürm.

Ich wachte schweißüberströmt und durstig auf, die Tablette hatte einen bitteren Geschmack auf meiner Zunge hinterlassen. Martha holte mir ein Glas Wasser und murmelte beruhigende Worte, doch für einen Augenblick hatte ich den Eindruck, daß in ihren Augen Freude glänzte, die sie nicht zu unterdrücken vermochte. Das war vollkommen lächerlich, und ich verwarf diese paranoide Vorstellung. Mein erster klarer Gedanke galt Max, der zweite dem braunen Ford.

Erst im Morgengrauen schlief ich wieder ein.

Fünfter Tag – Montag, 12. März

Als ich wie gerädert aufwachte, war Martha bereits fort. Auf dem marmornen Küchentisch hatte sie eine Nachricht hinterlassen. Sie war zu ihrer Mutter gefahren, der es nicht sehr gut ging. Ich seufzte. Ihre Mutter war ein behinderter und gnadenloser Tyrann. Meiner Meinung nach hätte sie in ein Altersheim gehört, aber da war Martha natürlich völlig anderer Ansicht. Ich hatte die alte Dame nur einmal zu Beginn unserer Beziehung getroffen, und seither hatte ich nie das Bedürfnis gehabt, diesen alten Drachen wiederzusehen.

Die Wunde auf meiner Stirn spannte. Von der linken Schläfe bis zur rechten Augenbraue zog sich ein tiefer Schnitt. Mein unrasiertes Boxergesicht bekam dadurch das beängstigende Aussehen eines wahren Gangsters. Ich duschte, rasierte mich, trank viel starken, stark gezuckerten Kaffee und zwang mich, einen Joghurt zu essen. Dann zog ich mich an: schwarze Cordjeans und einen grauen Pullover.

Der Führer lag nicht mehr auf dem Tisch im Salon. Martha mußte ihn weggeräumt haben. Martha... Wieder überkam mich ein Gefühl der Panik und der Verwirrung. Nachdem ich schon Max auf den Fersen hatte, konnte ich wirklich nicht noch Martha als zusätzliche Belastung gebrauchen... Und plötzlich wußte ich, was ich mit meinem Tag anfangen würde.

Der kleine gelbe Peugeot hatte einen Vorteil: Niemand vermutete mich in diesem Auto, denn es war nicht meins. Ich fuhr langsam und achtete auf meine Umgebung, doch mir fiel nichts Verdächtiges auf. Der vertraute Anblick einer friedlichen Landschaft und zufrieden grasende Kühe zogen an mir vorbei.

Als das Dorf, in dem Marthas Mutter wohnte, in Sicht kam, hielt ich an der erstbesten Telefonzelle an. Ich wählte sorgfältig die Nummer von Marthas Mutter und wartete. Nach sechs langen Klingelzeichen hob Martha ab. Ohne ein Wort zu sagen, hängte ich ein. Dann fuhr ich weiter.

Ich erreichte das kleine Dorf und fuhr die Hauptstraße entlang: Ein Dutzend Häuser und eine Kneipe, die zugleich Gemischtwarenladen, Tabakladen und Drogerie war. Das Haus von Marthas Mutter lag allein und abseits vom Dorf, ganz in der Nähe einer alten, leerstehenden Gießerei. Langsam fuhr ich zu dem Haus. Marthas Wagen war nirgendwo zu sehen.

Ich hielt vor dem rostigen Gartentor. Bei meinem letzten und einzigen Besuch war es gut geölt und die Fassade von Rosen überrankt gewesen. Über einen von einem Begonienbeet eingefaßten Weg hatte man die Haustür erreicht, die mit einem hübschen, geflochtenen Kräuterkranz geschmückt gewesen war. Jetzt waren die Fensterläden geschlossen. Der Garten war von Unkraut überwuchert und das Tor mit einem dicken Vorhängeschloß verriegelt. Der Kräuterkranz lag verdorrt am Boden. Im ersten Stock war einer der Fensterläden halb geöffnet, er war aus den Angeln gerissen, und man blickte auf eine schmutzige Scheibe. Ich war plötzlich schweißgebadet. Das Haus, das vor mir lag, war ganz offensichtlich unbewohnt. Dabei hatte ich Martha unter dieser Nummer gerade am Telefon gehabt... Schritte ließen mich herumfahren. Ein alter Mann mit einer Pfeife im Mund und einem Korb am Arm ging vorbei. Ich sprach ihn an:

»Entschuldigen Sie, ich wollte zu Madame Moser...«

»Ah, das ist wohl kaum möglich!«

Wegen seines schleppenden Akzents hatte ich Mühe, ihn zu verstehen.

»Wohnt sie nicht mehr hier?«

»Ah, ganz sicher nicht!«

Er lachte leise und trocken auf.

»Wissen Sie, wo ich sie finden kann?«

Wortlos deutete er mit seiner Pfeife geradeaus. Mein Blick wanderte in die angegebene Richtung und fiel auf kleine, weiße Friedhofskreuze. Der Alte fuhr fort:

»Es muß schon fast sechs Monate her sein, daß die Ärmste gestorben ist...«

»Es handelt sich doch um die Madame Moser, die Krankenschwester war und eine Tochter hatte?«

»Ich habe nie eine andere gekannt, und ich habe sie selbst zu Grabe getragen, zusammen mit Julien Renaudot.«

»War ihre Tochter da?«

»Aber natürlich. Eine sehr hübsche junge Frau. Und sehr tapfer, sie hat nicht eine Träne vergossen.«

Ich dankte dem alten Bauern und stieg wieder in den Peugeot. Dort wartete ich, bis er hinter der nächsten Wegbiegung verschwunden war, stieg wieder aus, kletterte eilig über das Gitter und lief zu dem mit altem Laub bedeckten Portalvorbau. An der Regenrinne zog ich mich bis zu dem herausgerissenen Fensterladen hoch, schob meine Hand durch ein Loch in der Scheibe, und es gelang mir, den Fensterknauf zu drehen, ohne mich zu schneiden. Nach einem kräftigen Klimmzug befand ich mich in einem dunklen und feuchten Zimmer, das, abgesehen von einem hölzernen Bettgestell und einer gestreiften Matratze, leer war.

Das ganze Haus war leer und von einem modrigen Geruch erfüllt. Das Halbdunkel wirkte feindselig.

Ich lauschte in das Schweigen. Draußen fuhr knatternd ein Motorrad vorbei. Dann herrschte wieder Stille. Es war kalt in dem Haus, kalt und feucht, dennoch schwitzte ich. Ich ballte die Fäuste und schlich mich voran, darauf bedacht, daß die Dielenbretter nicht knarrten. Nacheinander untersuchte ich die beiden kleinen Schlafzimmer und das geflieste Bad, dessen imposante Badewanne von Spinnweben überzogen war, wodurch sie an ein Bild von Delvaux erinnerte, dann stieg ich ins Erdgeschoß hinab. Auch dort war alles ausgestorben, und die verbliebenen Möbelstücke waren mit Laken abgedeckt. Die Wanduhr zeigte für alle Ewigkeit 10.12 Uhr. Hier war der Boden, wie auch in den anderen Zimmern, mit einer dicken Staubschicht bedeckt. Auf dem Wachstuch, das auf dem Küchentisch lag, flohen Ringeltauben vor beherzten Jägern mit Federhut. Die Schränke waren geöffnet und leer, keine Fußspuren auf dem Boden.

Hier war seit langer Zeit kein Mensch mehr gewesen.

Ich betrachtete ein altertümliches schwarzes Telefon, das auf einem kleinen Tischchen stand. Schließlich nahm ich den Hörer ab und hielt ihn an mein Ohr: kein Freizeichen. Von hier aus hatte kein Mensch einen Anruf entgegennehmen können. Ich wischte mir den Schweiß von der Stirn.

Dann begab ich mich zurück in den ersten Stock und sah hinaus: Die Luft war rein. Ich sprang in den verwilderten Garten. Wenn die Sache mit Max ernster würde, könnte ich mich immerhin hier verstecken. Das bedeutete, die Dinge positiv zu sehen, wie Doktor Lanzmann sagen würde. Und das hatte ich im Moment auch dringend nötig.

An diesem Abend beobachtete ich Martha bei Tisch genau, ihr strahlendes Lächeln, ihren offenen, leuchtenden Blick, und ich spürte Zorn in mir aufsteigen. Sie log mich an, soviel war sicher. Warum? War ihr Leben vielleicht von einem dunklen Geheimnis überschattet? Für einen Augenblick stellte ich mir vor, sie befände sich in einer ähnlichen Situation wie ich. Es wäre wirklich ein pikanter Zufall, wenn herauskäme, daß Martha zum Beispiel für den Überfall auf die Sparkasse von Lausanne verantwortlich wäre... Ein außerordentlicher Zufall, der mich erfreuen und erleichtern würde. Wären wir ein normales Paar gewesen, hätte ich ihr jetzt sicherlich Fragen gestellt. Aber wir waren kein normales Paar. Ich war ein Lügner und Betrüger, jemand, der daran gewöhnt war, seine Gefühle zu zügeln, sie zu verbergen und ungerührt zu bleiben. Und selbst in der Liebe gab ich nur das, was ich mir zu geben gestattete.

Ich hatte geglaubt, eine – trotz ihrer Schönheit eher schüchterne – Wissenschaftlerin zu heiraten, doch nun stellte ich fest, daß ich mit einem Mysterium verheiratet war. Ob sich Martha dieselben Fragen hinsichtlich meiner Person stellte? Während ich genußvoll meinen gefüllten Krebs verspeiste, kam mir plötzlich die Idee, daß sie mir vielleicht gefolgt war, mir nachspioniert hatte und ihre »Abwesenheit« nur im Zusammenhang mit der Tatsache stehen konnte, daß sie mich überwachte. Während ich mir Käse nahm, fragte ich mich schließlich, ob Martha nicht ein Bulle war. Über ihr Glas hinweg schenkte sie mir ein inniges Lächeln, das ich ebenso zärtlich erwiderte. Der Kampf hatte begonnen.

Sechster Tag – Dienstag, 13. März

Am nächsten Tag bat mich Martha, sie bei einer Kunstauktion abzusetzen. Obwohl sie einen Führerschein hatte, fuhr sie nicht gerne, vor allem nicht im Winter, wenn die Straßen vereist waren. Dann wollte sie bei Lily zu Mittag essen. Ich hoffte nur für Lily, eine charmante und steinreiche, leicht verrückte Dame, daß sie nicht ebenfalls auf dem Friedhof ruhte. Sobald Martha die Galerie betreten hatte, wendete ich und fuhr zum Flughafen. Von dort aus rief ich aus einer Telefonzelle Miss Straub an. Keine Nachricht. In letzter Minute erreichte ich einen Flug nach Brüssel, und die nächste Stunde über fragte ich mich, ob es vernünftig war, sich in die Höhle des Löwen zu wagen.

Ohne Zwischenfälle passierte ich den Zoll und saß bald in einer kleinen Bar, ganz in der Nähe des luxuriösen Appartementhauses, in dem Benny sich versteckt hielt. Während ich mein Bier trank, bemerkte ich zwei Typen im Blaumann, die sich über ein Kanalgitter beugten und heimlich den Eingang des Hauses überwachten. Die beiden waren so leicht zu identifizieren, als wäre ihnen das Wort »Bulle« auf den Rücken geschrieben. Benny saß in der Patsche. Ich telefonierte mit Miss Straub und beauftragte sie, einem möglichen Anrufer mit der Nummer 789 die Nummer 000 zu übermitteln. 789 war Bennys Nummer und 000 unser Code für Notevakuierung. Aber wenn Benny sie nicht anrufen würde, würde er im Gefängnis landen. Irgend jemand hatte sich bei uns eingeschlichen, und Inspektor Malinois leckte sich wahrscheinlich bei der Vorstellung, uns endlich zwischen die Finger zu bekommen, genießerisch die Lippen. Seit nunmehr drei Jahren trieben wir unsere Spielchen in Frankreich, Belgien und in der Schweiz, und seine Kollegen und er rauften sich die Haare. Ich hatte Malinois nur im Fernsehen gesehen: Ein untersetzter Mann mit grauem Haar, einer kleinen, randlosen Brille, wie sie die russischen Revolutionäre trugen, und einem gut geschnittenen Anzug. Er war wesentlich weniger selbstgefällig als sein Landsmann Hercule Poirot, aber auch bei weitem nicht so effektiv, es sei denn, sein Tag der Revanche wäre endlich gekommen...

Höchstwahrscheinlich würde Bennys Telefonanschluß abgehört. Aber ich mußte ihn trotzdem warnen. Während ich nachdenklich mein Bier austrank, kam mir plötzlich die zündende Idee. Jetzt wußte ich, wie ich Benny erreichen konnte, ohne mich zu erkennen zu geben. Ich ging in eine Telefonzelle (man müßte eine Lobeshymne auf die Telefonzellen komponieren!), rief die Telegrammannahme an und diktierte einer jungen, scheinbar recht kompetenten Frau meinen Text.

Er war kurz: »Du dreifache Null – stop – Ich ertrage diese Parasiten in deiner Umgebung nicht mehr – stop – Adieu – stop – Elvira. Empfänger: Appartement 113, dann die Adresse. In solchen Luxus-Appartementhäusern war es durchaus nicht ungewöhnlich, die Bewohner statt mit ihrem Namen mit der Nummer ihrer Wohnung auszuweisen, und die Dame in der Annahme schien auch nicht weiter erstaunt, als meine unverkennbar männliche Stimme ihr die Unterschrift »Elvira« diktierte. Die Lockerung der Sitten hatte unbestritten ihre Vorteile!

Sie fragte mich nur nach der Nummer meiner Kreditkarte und versprach, die Nachricht gleich weiterzuleiten. Elvira war der Deckname, den Benny sich während seiner Transvestiten-Aktionen zugelegt hatte. Nur wir beide kannten ihn, und ich hoffte, daß er meine Nachricht verstehen würde. Aus Furcht, das Eingreifen der Polizei zu beschleunigen, hatte ich mich nicht präziser ausdrücken können.

Zunächst hatte ich daran gedacht, mit Athos zu unterzeichnen, doch es schien mir unnötig, Inspektor Malinois' These zu bestärken, daß es sich um eine Bande mit vier festen Mitgliedern handelte. Für einen kurzen Augenblick dachte ich an die Hunderttausende von Kindern, die bei ihren großen konspirativen Spielen Decknamen aus diesem Werk von Dumas benutzen, und ich fragte mich, was dem alten Phil wohl an dieser spannenden und romantischen Erzählung so sehr gefallen haben mochte. Während ich in Gedanken noch ganz mit Phil beschäftigt war, hatte ich mich in ein Antiquariat begeben, durch dessen Schaufenster ich Blick auf die Ausfahrt von Bennys Parkgarage hatte. Während ich so tat, als würde ich die ausgestellten alten Bücher durchstöbern, ließ ich die Ausfahrt nicht aus den Augen.

Ein Straßenkehrer mit einer blauen Baskenmütze fegte seit fast zwanzig Minuten sorgfältig das Trottoir, als sich die Kühlerhaube eines Renault 25 aus dem Tor schob, am Steuer saß eine Blondine mit einem breitkrempigen Hut. Sogleich wurde der Motor eines VW-Busses, der ganz in der Nähe geparkt war, angelassen, doch der Straßenkehrer, der sich an der Ausfahrt postiert hatte, machte diskret ein negatives Zeichen. Ich war perplex, eigentlich hätte Benny einen grauen Golf fahren müssen. Doch einerseits kannte ich seine Vorliebe für weibliche Verkleidungen, andererseits wußte ich, daß er, ungeachtet der Umstände, in der Lage war, jeden beliebigen Wagen zu klauen. Benny war ein ausgezeichneter Techniker, der sein Handwerk im Pakistani-Viertel von London gelernt hatte.

Kaum hatte sich der Renault 25 ein Stück entfernt, erschütterte eine Explosion das Haus, und die Fensterscheiben eines Appartements im siebzehnten Stock zersplitterten. Der Straßenkehrer riß sich die Baskenmütze vom Kopf, zog einen Revolver Marke Python und rannte los, gefolgt von den Männern, die aus dem VW-Bus sprangen. Gezeichnet: Benny! Ich lachte innerlich, kaufte eine teure, mit feinen erotischen Stichen bebilderte Originalausgabe von Perraults Erzählungen und begab mich in aller Ruhe zum Flughafen. Dort legte ich dem Zöllner meinen falschen Paß vor, den er nur eines flüchtigen Blickes würdigte. Offenbar war Malinois meiner Tarnung als Weinhändler noch nicht auf die Schliche gekommen.

Während des Fluges versuchte ich, Bilanz zu ziehen. Meine Lage war schwierig, denn ich mußte mich zugleich vor Max verstecken, erfahren, was wirklich geschehen war, Malinois' Schergen entgehen und meine kleine persönliche Untersuchung hinsichtlich meiner Frau durchführen. Wirklich keine leichte Aufgabe! Außerdem sollte ich, wenn ich dazu käme, ein wenig über den Unfall auf der Straße nach Klausen nachdenken. Das erinnerte mich wieder an den braunen Ford. Irgend jemand überwachte mich. Martha? Ein von Max gedungener Killer? Es war an der Zeit, daß ich meine Beziehungen spielen ließ.

Als ich wieder in meinem »Büro« war, rief ich Cheng Ho an. Cheng war ein Shanghai-Chinese, der illegal über Italien nach Frankreich eingereist war. Er lebte nun im Restaurant seines Bruders, zusammen mit fünfzehn anderen Chinesen, die in den Augen der Schweizer alle gleich aussahen, so daß niemand seine Existenz zur Kenntnis genommen hatte. Er war ein hervorragender Bastler, der mit derselben Leichtigkeit einen Sprengsatz baute, wie er einen Telefonanschluß abhörte. Und eben letztere Fähigkeit wollte ich jetzt in Anspruch nehmen. Ich hinterließ meinen Namen der alten Dame, die mir freundlich erklärte, in ihrem ehrenwerten Restaurant, das selbst sonntagabends geöffnet war, gebe es keinen Cheng Ho, und fünf Minuten später rief mich Cheng zurück. Als ich ihm mein Problem erklärte, lachte er laut auf:

»Kinderleicht, ehrenwerter Sohn des Descartes, ein Problem, das selbst Schimpansen lösen könnten!«

»Danke, dann erklär es mir.«

»Anrufweiterleitung. Alle Anrufe für diese Nummer werden automatisch auf einen anderen Anschluß umgeleitet.«

»Auf einen Anschluß, an dem die Person antworten kann?«

»Genau, Einstein.«

»Aber wenn die Person unterwegs ist?«

»Handy, schnurlos, eine Technologie der japanischen Hurensöhne.«

»Kannst du herausfinden, wohin die Anrufe weitergeleitet werden? Die Nummer des Anschlusses?«

»Vielleicht. Teuer. Lang.«

»Versuch es.«

»Ruf mich in acht Tagen wieder an.«

»Es ist dringend.«

»Vier Tage. Halbe Zeit, doppelter Preis.«

»Cheng, du bist ein Schweinehund!«

»Du solltest dich glücklich schätzen, daß ich dir Gelegenheit gebe, mir zu zeigen, wie reich du bist.«

Ich brach in schallendes Gelächter aus, und Cheng hängte ein. Als ich in Genf einen sicheren Kontaktmann gesucht hatte, hatte man mich an Cheng verwiesen, und ich hatte es nie bereut. Cheng war das Faktotum des organisierten Verbrechens.

Ich sah auf meine Uhr und beschloß, nach Hause zu meiner bezaubernden und perfiden Gefährtin zu fahren. Ehe ich mein Büro verließ, rief ich Miss Straub an. Jemand hatte eine Nachricht für mich hinterlassen. Ich notierte die beiden Nummern. Es war Benny gewesen, alles war o. k.

Als ich die Allee erreichte, die zu unserem Haus führte, stellte ich den Motor ab, der Wagen rollte auf der frischen Schneedecke im Leerlauf geräuschlos den Hügel hinab bis zur Garage. Der letzte Kälteeinbruch vor dem Frühling. Heute war der 13. März, und in vier Tagen würde ich meinen zweiundvierzigsten Geburtstag feiern. Zum ersten Mal fragte ich mich ernsthaft, ob ich in vier Tagen noch am Leben sein würde.

Statt wie gewöhnlich zu läuten, öffnete ich die Tür mit meinem Schlüssel und ging schnell ins Wohnzimmer. Martha lag auf dem fahlgelben Ledersofa, schlürfte einen Daiquiri und sah fern. Sie wandte sich um und lächelte mir zu:

»Wie der Weihnachtsmann, rot und voller Schnee. Bist du gelaufen?«

»Eigentlich nicht, aber es ist eiskalt. Was siehst du dir da an?«

»Irgendwas, vermutlich die Nachrichten.«

Auf der schwarzen Konsole im Eingang verglühte neben dem Telefon in einem Aschenbecher eine Zigarette. Wahrscheinlich hatte Martha überstürzt aufgelegt, als sie den Schlüssel im Schloß hörte, und vergessen, ihre Zigarette mitzunehmen. Ich nahm sie mit spitzen Fingern und drückte sie ostentativ aus. Sie hob kurz den Kopf, dann tat sie so, als sei sie ganz in die hunderttausendste Reportage über die Ereignisse im Nahen Osten vertieft: ein Interview mit einem jungen palästinensischen Kämpfer.

Ich sah zerstreut zu, doch plötzlich wurde meine Aufmerksamkeit von einem Satz, besser gesagt von einem Wort, geweckt, das ein am Bein verletzter Junge, den man auf einer Bahre wegtrug, mehrmals wiederholte. Es gab keine Übersetzung, doch ich erkannte mühelos den Fluch, den Max ausgestoßen hatte, als ich zuschlug. Max hatte nicht auf jiddisch, sondern auf arabisch geflucht! Das war doch wohl der Gipfel für einen angeblichen Zionisten! Und mit einem Schlag begriff ich, wie dumm wir gewesen waren. Max hatte sich unserer Gruppe und unserer Organisationsstruktur bedient, um sein eigenes Netz aufzubauen. Jetzt brauchte er uns nicht mehr. Sobald er das Geld in seinen Besitz gebracht hatte, hatte er schlichtweg vorgesehen, uns zu eliminieren... Eine große Kälte überkam mich. Diese Leute kannten keine Sentimentalität: Jeder ist sich selbst der Nächste. Doch im Augenblick konnte ich nichts gegen Max unternehmen, ich mußte seinen nächsten Angriff abwarten. Also würde ich mich zunächst um Martha kümmern. An Problemen, die es zu lösen galt, mangelte es mir wahrlich nicht.

Ich ließ mich neben sie fallen und zog sie an mich. Ich hätte geglaubt, daß sie mich nach ihrem Verrat anwidern würde, doch die Berührung ihrer Haut war noch immer sehr angenehm. Ich überlegte kurz, dann wagte ich mich vor:

»Liebst du Überraschungen?«

»Willst du dich scheiden lassen?«

»Noch nicht. Denk an etwas anderes.«

»Hast du eine Gehaltserhöhung bekommen?«

»Auch nicht. Ich hätte nur Lust, den morgigen Tag mit dir zu verbringen. Nachdem wir uns Sonntag nicht gesehen haben... Im Büro könnte ich eine Grippe vorschieben...«

»Morgen kann ich nicht, Liebling, ich habe Mama versprochen, vorbeizukommen, sie ist erschöpft und macht sich Sorgen...«

»Ich könnte dich begleiten, einmal pro Jahr könnte ich ihr schließlich auch guten Tag sagen...«

»Nein, das würde sie nur aufregen. Und weißt du, ich habe auch eine Überraschung für dich, und ich muß sie morgen abholen, also...«

»Na schön, dann bleibt mir nichts anderes, als mich in den See zu stürzen.«

Nun wußte ich Bescheid und erhob mich. Martha hatte etwas zu tun. Mußte sie sich neue Anweisungen holen?

Unter dem Vorwand, keine Zigaretten mehr zu haben, begab ich mich zur nächsten Tankstelle und rief von dort aus Cheng an.

Siebter Tag – Mittwoch, 14. März

Wir wachten früh auf. Ich schlug Martha vor, sie bei ihrer Mutter abzusetzen, doch sie lehnte unter dem Vorwand, dies sei für mich ein unnützer Umweg, ab. Obgleich sie nicht gerne Auto fuhr, wollte sie den kleinen Lada mit Allradantrieb nehmen, den wir für unsere Ausflüge in die Berge gekauft hatten. Wie weit mir jetzt die Zeit der unbekümmerten Spaziergänge zurückzuliegen schien... Natürlich, ich hatte immer gedacht, daß die Sache eines Tages schlecht enden würde. Bei einem Leben wie dem meinen mußte man darauf gefaßt sein, daß es irgendwann ernsthafte Schwierigkeiten geben würde. Doch nie hätte ich damit gerechnet, daß der Verrat von Marthas Seite ausging.

Sie winkte mir aus der geöffneten Fahrertür zu, und während ich den Wagen anließ, erwiderte ich ihren Gruß. Auf meinen Lippen lag ein starres Lächeln, das erlosch, sobald sie sich entfernt hatte.

Eine kurze Weile fuhren wir hintereinander her, dann bog Martha an der üblichen Abzweigung ab. Sobald sie außer Sichtweite war, bremste ich und lenkte den Wagen ebenfalls auf die Ausfahrtsspur. Auf dem Parkplatz, den ich ansteuerte, stand ein grüner Toyota mit laufendem Motor. Ich hielt, zog die Handbremse an und lief zu dem Toyota, während Cheng auf den Peugeot zukam. Ich setzte mich hinter das Steuer, stülpte mir eine Schirmmütze über und fuhr los. Cheng öffnete jetzt sicherlich den Umschlag, der auf dem Beifahrersitz des Peugeot lag. Er enthielt alle nötigen Anweisungen, um den Lancia von der Werkstatt abzuholen und zu mir nach Hause zu bringen, sowie das Geld, um die Reparatur zu bezahlen.

Ich fuhr mit Vollgas, bis ich rund hundert Meter vor mir den Lada entdeckte. Selbst wenn Martha in den Rückspiegel sah, würde ihr ein Toyota nicht verdächtig vorkommen, und die Schirmmütze verbarg meine Züge. Nach fünf Minuten bog Martha wieder ab, verließ die Straße, die zu »ihrer Mutter« führte, und nahm statt dessen die Autobahn in Richtung Bern.

Sie fuhr nicht sehr schnell, und ich paßte mich ihrem Tempo an – glücklicherweise, denn zweimal kreuzten wir Polizeistreifen auf dem Motorrad.

So fuhren wir etwa fünfzehn Minuten, als der Wagen vor mir – ein cremefarbener, staubiger Renault 25 – plötzlich bremste. Ich trat das Bremspedal durch, versuchte verzweifelt auszuweichen und krachte mit quietschenden Reifen gegen die Leitplanke. Der Fahrer kam, die Arme als Zeichen der Entschuldigung ausgebreitet, auf mich zu. Er sah blöd aus. Ein dicker Typ mit dünnem, strähnigem Haar, einem Wildlederblouson und kleinen Schweinsäuglein.

Ich wollte gerade aussteigen, um ihn kräftig anzubrüllen, als mich irgend etwas alarmierte. Sei es sein erstarrtes Lächeln, die Hand, die er jetzt in die Tasche seines abgewetzten Blousons geschoben hatte oder das französische Nummernschild – ich weiß es nicht, doch auf alle Fälle warf ich mich über den Beifahrersitz, öffnete die Tür und ließ mich aus dem Wagen rollen, stieß mich an der Metallschiene, die den Seitenstreifen begrenzt. Ich hörte, wie er mit schweren Schritten auf mich zulief. Schnell hievte ich mich über die Leitplanke, rollte den Abhang hinunter und verfing mich in einem kleinen Gebüsch. Dicht neben meiner Schläfe ertönte das charakteristische »Plopp«. Feuchte Blätter streiften mein Gesicht. Die Erde roch nach Regen. Ich rührte mich nicht. Ich hörte, wie sein schwerer Schritt vorsichtig durchs Gras tastete und begriff, daß er auf der Hut war, weil er nicht wußte, ob ich bewaffnet war. Wasser tropfte mir in den Kragen. Ich fröstelte. Irgendwo in den Zweigen stieß ein Vogel einen gutturalen Laut aus.

Weiter oben, so nah und doch so fern, zischten pfeifend mit normalen Menschen besetzte Wagen mit hoher Geschwindigkeit vorbei. Jedesmal bebten die Blätter. Ein Rascheln zu meiner Linken. Ich hielt den Atem an, und als ich durch die Blätter, kaum dreißig Zentimeter von seinem Gesicht entfernt, den Lauf seiner Waffe aufblitzen sah, dachte ich dümmlich: ›Adieu, mein guter alter Georges‹, als ein lauter Hupton erklang. Die Waffe verschwand. Eine joviale Stimme erkundigte sich auf deutsch:

»Alles in Ordnung? Keine Verletzten?«

Ich verstand ihn mühelos, denn meine Mutter, eine gebürtige Wienerin, hatte nur Deutsch mit uns geredet, und so sprach ich diese Sprache seit meiner frühen Kindheit.

»Nein, nein, alles o. k.«, antwortete mein Angreifer, ebenfalls auf Deutsch, allerdings mit einem starken französischen Akzent. Schnell sprang ich aus dem Gebüsch. Ein braver Kerl in einem Trevira-Anzug musterte uns. Seine Frau ohrfeigte inzwischen die drei brüllenden Gören, die auf den Rücksitz des kleinen Wagens gezwängt waren. Ehemalige DDR-Bürger im Urlaub. Ich grüßte den Mann, war mit zwei Sätzen bei meinem dicken Angreifer und tätschelte scheinbar freundschaftlich seine Schulter. Doch meine Finger umklammerten in einem äußerst schmerzhaften Griff zugleich das Schulterblatt und das Schlüsselbein. Dann wandte ich mich lächelnd an den kleinen Mann, der verwundert schien.

»Alles in Ordnung, vielen Dank, wir sind nur leicht ins Schleudern gekommen, weil mein Freund meinte, einen Hund gesehen zu haben!«

Der Dicke versuchte, sich freizumachen, doch mein Griff wurde fester und blockierte sein Gelenk. In dem dünnen kastanienbraunen Schnäuzer perlten Schweißtropfen. Der

Mann mit dem zerknitterten Anzug stieg wieder in den grauen Trabant und wünschte uns gute Fahrt. Als er den Wagen anließ, warf ich ihm ein strahlendes Lächeln zu, hatte aber inzwischen den Dicken bei den Handgelenken gepackt und zwang ihn, indem ich ihm die Arme auf den Rücken drehte, sich hinter dem Toyota hinzuknien und rief:

»Mal sehen, ob es hier keine Verletzten gibt!«

Im Schutz der Karosserie schlug ich seinen Kopf heftig gegen die Tür. Er wimmerte. Sein Arm war verdreht, und der Knochen würde brechen, sobald ich den leisesten Druck ausübte. Ich richtete mich auf, ließ ihn los und nutzte seine Benommenheit, um ihm einen heftigen Fußtritt in die Nieren zu versetzen, während ich zugleich dem kleinen Trabi nachwinkte, der sich entfernte. Die Kinder machten uns durch das Rückfenster Zeichen.

Das Gesicht bleich vor Schmerz hatte sich mein Angreifer umgedreht und die Waffe halb aus der Tasche seines Blousons gezogen, doch ich trat sie ihm aus der Hand. Anschließend stieß ich ihm hart die Schuhspitze ins Gesicht. Seine Nase platzte auf, und Blut floß auf sein hellblaues Hemd. Das Adrenalin schoß mit der Wucht einer startenden Rakete durch meine Venen. Ich war wütend. Ich wollte ihm weh tun. Ich wollte, daß er litt und für die Angst bezahlte, die ich ausgestanden hatte, für all die Fragen, die mich quälten, und für meine Verzweiflung. Doch das war mir in diesem Augenblick nicht klar, ich spürte nur, daß mich der Zorn wie eine hohe Welle überspülte. Ich packte ihn an den Ohren und rammte ihm mein Knie ein gutes Dutzendmal in seine gebrochene Nase und den Mund. Ganz meiner Gewalttätigkeit ausgeliefert, schluckte er – ohne zu schreien – mühsam an seinem eigenen Blut.

Eine leise innere Stimme flüsterte mir zu, daß ich ihn umbringen würde, und ich ließ ihn mit einem Schlag los. Er sank bewußtlos zu Boden. Jederzeit konnte ein Wagen anhalten, und Martha war sicherlich schon weit. Ich wußte, ich hätte den Kerl umlegen müssen, doch ich konnte nicht. Also zog ich mein Messer, ein Laguiole, von dem ich mich nie trennte, aus der Tasche, zerstach die Reifen des Renault 25 und stieg wieder in meinen Toyota. Der Mann lag in einer Blutlache am Boden und röchelte schwach. Mein Zorn war verraucht, doch ich verspürte kein Mitleid mit ihm. Nur das Gefühl, für den Moment dieses Problem aus der Welt geschafft zu haben. Ich war kalt und entschlossen.

Ich legte den ersten Gang ein und fragte mich, ob auch Benny einen Killer auf den Fersen hatte.

Die nächsten zwanzig Kilometer legte ich mit Vollgas zurück. Ich war sicher, Marthas Spur verloren zu haben. Doch plötzlich tauchte der rote Lada feuchtglänzend, in hundert Meter Entfernung auf einem Rastplatz vor mir auf. Ich nahm den Fuß vom Gas, trat die Bremse durch und fädelte mich in einem gefährlichen Manöver in die Ausfahrt ein. Der Lada stand auf dem Parkplatz einer Tankstelle. Ein junger Mann in orangefarbenem Overall war dabei, ihn zu waschen. Der Wagen war leer. Langsam fuhr ich weiter bis zur Tankstelle, hielt vor einer Zapfsäule und wischte mir mit einem Lappen, den ich im Handschuhfach fand, Blut und Lehm von den Fingern.

Der Mann in Orange kam angelaufen und rieb sich die Hände an seinem Overall ab. Er war jung, sein Spitzmausmund lächelte, und seine Augen hatten einen lebendigen Ausdruck. Ich bat ihn vollzutanken und ging zur Toilette. Die kleine Raststätte war leer – keine Spur von Martha! Ich ging wieder hinaus, bezahlte und gab ihm, während ich lässig mit dem Daumen auf den Lada deutete, ein dickes Trinkgeld.

»Hat sie nicht gesagt, wann sie zurückkommt?«

»Die junge Dame mit dem Lada? Kennen Sie sie?«

»Sie ist eine Freundin von mir. Ich habe den Wagen erkannt. Ich würde gerne wieder vorbeikommen, um ihr guten Tag zu sagen.«

»Na, das kann ich verstehen! Nein, ich weiß nicht, auf alle Fälle hat sie gesagt, nicht vor fünf Uhr.«

»Sie wissen nicht zufällig, wo sie hingegangen ist? Ich könnte sie überraschen.«

»Na, ich weiß nicht, ob das ihrem Mann gefallen würde. Der schien nicht gerade umgänglich, er hat gemeckert, daß sie zu spät dran seien. ›Beeil dich, in einer halben Stunde müssen wir da sein!‹ Na, Sie wissen schon, was für eine Art ich meine! Sie sind also in den Mercedes gestiegen und gleich losgefahren.«

»Na trotzdem, vielen Dank.«

Ich steckte ihm einen weiteren Geldschein zu und stieg wieder in den Toyota. Dann zog ich eine Landkarte aus der Tasche in der Fahrertür, faltete sie auseinander und studierte sie sorgfältig. Wohin könnten sie in einer halben Stunde fahren? Die Straße, auf der ich mich befand, führte nach Bern. An verschiedenen Stellen gingen kleine Straßen ab, die in die Berge hinaufführten. Ich wählte drei Dörfer aus, die man in einer halben Stunde erreichen konnte. Ich mußte mich entscheiden: entweder die Dörfer versuchen oder nach Bern fahren. Doch dann verließ ich mich auf meine Intuition und sagte mir, daß sie, um in die Berge zu fahren, den Wagen mit Allradantrieb genommen hätten. Also setzte ich meine Fahrt Richtung Bern fort.

Bern ist eine eigenartige Stadt. Grün und grau lag sie in dem Nebel, der sie an jenem Tag umhüllte, und die in leuchtenden Farben gehaltenen kleinen Brunnen waren ebenso überraschend wie eine bunte Passage in einem Schwarzweißfilm. In der Marktgasse drängten sich die Menschen. Ohne große Hoffnung versuchte ich, Martha in der Menge auszumachen – vergeblich. Ziellos ließ ich mich eine Weile treiben und schickte mich gerade an umzukehren, als ich sie plötzlich sah.

Sie war wieder rothaarig, und der Mann, dieser stämmige Stutzer, mit dem ich sie schon auf der Caféterrasse in Brüssel gesehen hatte, hielt ihren Arm. Martha, meine Martha am Arm eines anderen Mannes! Ich eilte in ihre Richtung.

Sie gingen über den Kornhausplatz und betraten einen alten Steinbau. Außer Atem blieb ich vor der schweren, angelehnten Eingangstür stehen und studierte die Firmenschilder, die an der Fassade angebracht waren. Zwei Ärzte, ein Zahnarzt, ein Architekt und ein Anwalt. Der Anwalt erinnerte mich an Scheidung. Warum sollte ich es nicht bei ihm versuchen? Das wäre zumindest der Situation angepaßt. Ohne den Aufzug zu benutzen, der aus den dreißiger Jahren stammte, stieg ich leise in den dritten Stock hinauf. Das luxuriöse Haus, das Anfang des Jahrhunderts erbaut worden war, war sehr gepflegt. Als ich vor der Kanzlei von Maître Stefan Silbermann angekommen war, hielt ich kurz inne. Eigenartigerweise drang Musik durch die geschlossene Tür. Ich hörte fröhliches Stimmengewirr. Ich nahm meine alberne Schirmmütze ab, schob sie in die Tasche meines grünen Lodenmantels und läutete.

Eine gutgekleidete junge Frau öffnete mir lächelnd.

»Ja, bitte?«

Hinter ihr entdeckte ich elegante Menschen, die Gläser in der Hand hielten. Ein Cocktailempfang!

»Ich hoffe, ich komme nicht zu spät?«

»Ganz und gar nicht. Geben Sie mir Ihren Mantel.«

Ich legte meinen Lodenmantel ab und war froh, meinen Tweedanzug und meine Gucci-Schuhe zu tragen, so daß ich bei diesem äußerst eleganten Empfang nicht weiter auffiel. Jeder der hier Anwesenden hatte sicherlich ein kleines Vermögen in Kleidung und Schmuck investiert. Eine Ausstellung guten Geschmacks und guten Benehmens. Ich fragte mich kurz, ob ich nicht in ein lebendiges Museum geraten war, Abteilung 20. Jahrhundert, Sammlung gehobenes Bürgertum, Vitrine Schweiz 1990. Und dann entdeckte ich Martha und fragte mich gar nichts mehr.

Sie plauderte lächelnd mit einem Mann, der auf der Armlehne eines Ledersessels hockte. Er trug einen marineblauen Blazer und graue, maßgeschneiderte Hosen, sehr erlesen. Er hatte übermäßig breite Schultern, einen flachen Leib, nach der letzten Mode geschnittenes graues Haar und ein energisches, liebenswürdiges Profil. Sein stattlicher Wuchs und die Haltung erinnerten an einen ehemaligen Champion einer amerikanischen Universitäts-Footballmannschaft, der noch dazu sein Juraexamen mit Auszeichnung bestanden hatte. Als er sich erhob, sah ich, daß er höchstens 1,60 Meter groß war, auf einen Stock gestützt ging und das magere, von der Hüfte an steife, rechte Bein nachzog. Neben ihnen saß Marthas Gefährte, der wohlig einen Whisky schlürfte. Trotz seines gutgeschnittenen Anzugs und der eleganten Krawatte, die an einen Bankier denken ließ, verrieten sein kämpferisches Gesicht und die bulligen Schultern einen Polizisten oder Soldaten. Ich beschloß, alles auf eine Karte zu setzen und ging zu ihnen.

»Guten Tag.«

Trotz meiner Nervosität klang meine Stimme klar und ruhig. Der elegante Krüppel sah mich an. Seine Augen waren braun, kalt und undurchdringlich. Marthas Begleiter pickte mit einem Stäbchen eine Olive auf, schob sie behutsam in seinen Mund und schien ganz in eine faszinierende Unterhaltung mit seinem Nachbarn vertieft. Martha sah mich mit völlig ausdrucksloser Miene an, so, *als hätte sie mich nie zuvor gesehen*! Sie trug dasselbe rote Kostüm wie in Brüssel, ein Kostüm, das nicht zu ihrer Garderobe gehörte. Wo hatte sie sich umgezogen? Hier in der Kanzlei? Im Zimmer ihres Bullen-Verschnitts? Ich kochte vor Wut. Das lange rote Haar fiel ihr über die Schultern, und am liebsten hätte ich es mit beiden Händen gepackt und ihr vom Kopf gerissen.

»Guten Tag!« sagte sie mit ihrer warmen Stimme.

»Sie kennen sich?« fragte der kleine Mann mit dem Stock in ausnehmend höflichem, wohlerzogenem Ton, der angesichts seines sportlichen Aussehens und seiner breiten Schultern verwunderlich war.

»Nein, aber Sie werden uns sicherlich bekannt machen, Stefan«, log Martha, ohne rot zu werden.

Stefan wandte sich lebhaft zu mir um:

»Ich glaube, wir kennen uns auch nicht, mein Herr...«

»Lyons, Georges Lyons, ich komme, um meine Frau abzuholen.«

»Ah? Darf ich Ihnen Magdalena Gruber und ihren Mann Franz Gruber vorstellen?«

Als er seinen Namen hörte, wandte sich Marthas Begleiter mit gleichgültiger Miene zu mir um und nickte mir flüchtig zu...

»Ich selbst bin Stefan Silbermann, Anwalt«, fuhr er fort, während er mich neugierig musterte.

Ich verbeugte mich leicht vor Martha:

»Ich bin erfreut, Ihre Bekanntschaft zu machen...«

Martha-Magdalena lächelte mir zu, ohne zu antworten. Maître Silbermann drückte mir herzlich die Hand:

»Ich hoffe, daß Sie die Frau Gemahlin schnell finden werden, es sind so viele Leute hier...«

Dann wandte er sich demonstrativ zu Martha um, um mir zu bedeuten, daß die Unterhaltung damit beendet war.

Ich nickte ihnen zu und zog mich zurück. Noch völlig unter Schock bahnte ich mir mechanisch einen Weg durch die Menge. Ich sagte mir immer wieder, daß es sich sehr wohl um Martha handelte, ich war ihr seit Genf gefolgt. Sie war es, ich war nicht wahnsinnig geworden! Wie konnte sie sich nur zu so einer lächerlichen Komödie hinreißen lassen? Und welche Rolle spielte Silbermann bei dieser Maskerade? Und dieser Mistkerl Franz Gruber? Gedankenverloren trank ich den Wodka-Tonic, den mir ein Kellner mit weißer Jacke reichte, und der brennende Geschmack des Alkohols brachte mich wieder in die Gegenwart zurück. Ich war in Gefahr. Das spürte ich so deutlich, als hätte ich einen Drohbrief erhalten.

Ich entfernte mich von Martha und ihren »Freunden« und schlenderte ratlos durch das große Zimmer mit dem schwarzen Teppichboden und den grauen, weißen und chromfarbenen Möbeln und versuchte, ein Indiz zu entdecken, anhand dessen ich hätte *verstehen* können. Alles war normal. An einigen der mit lachsfarbenem Stoff bespannten Wände hingen die unvermeidlichen postmodernen Werke, andere waren ganz mit Regalen voller gebundener Bücher bedeckt: juristische Annalen, Enzyklopädien, juristische Sammlungen ... Nein, alles war normal, außer daß meine Frau hier saß und behauptete, die Frau eines anderen zu sein. Flüchtig verspürte ich das Bedürfnis, mir in die Hand zu beißen, bis sie blutete, um mich davon zu überzeugen, daß ich nicht träumte.

Das Gefühl, einen Blick im Nacken zu spüren, ließ meinen Kopf plötzlich herumfahren, und ich überraschte Gruber dabei, wie er mich beobachtete. Sogleich wandte er den Blick ab. Ich zuckte die Schultern und setzte mit gleichgültiger Miene meine Untersuchungen fort. Ich näherte mich einer geschlossenen Tür und drehte vorsichtig am Knauf. Verriegelt. Sie zog mich an, als handele es sich um Blaubarts Schrank. Ich mußte zurückkommen und nachsehen, was sich dahinter verbarg.

Doch vorerst mischte ich mich wieder unter die Gäste. Keine Spur von Martha mehr. Das perfekte Trugbild war ebenso verschwunden wie der widerliche Franz Gruber. Es war Zeit, mich zu empfehlen. Unbemerkt bewegte ich mich zur Tür, doch dort konnte ich Maître Silbermann nicht mehr ausweichen, der mir mit herzlicher Stimme zurief:

»Auf Wiedersehen, lieber Freund, Sie sollten uns öfter besuchen.«

Ich lächelte höflich und fragte mich, was dieser Satz zu bedeuten hatte, als ich endlich die Plakate bemerkte, die im Flur angebracht waren: »WÄHLT LEO DUCHESNAY«. Sie zeigten einen platinblonden Gecken mit verkrampftem Lachen. Duchesnay war der Anführer einer rechtsextremen Bewegung namens »Renouveau social« (»Soziale Erneuerung«), und sein selbstzufriedenes Gesicht tauchte bei allen angeblich kulturellen Diskussionsrunden auf, die im Fernsehen übertragen wurden. Als ich auf der Treppe stand, fragte ich mich, was, zum Teufel, Martha mit diesen nationalsozialistischen Umtrieben zu schaffen hatte. Ich konnte ihren Namen nicht flüstern, ohne daß sich meine Kehle schmerzlich zusammenzog.

Draußen atmete ich tief die neblige Luft ein, ehe ich zu meinem Toyota ging. Aus reiner Provokation kaufte ich unterwegs einige Tafeln der berühmten Berner Schokolade und ließ sie für Martha einpacken. Dann fuhr ich zu der Tankstelle, wo der rote Lada wartete.

Wie ich vermutet hatte, hatte Martha ihn schon abgeholt. Mit Vollgas steuerte ich Genf an.

Ich kam an, ohne daß unterwegs aus dem dürftigen Gestrüpp am Rande der Autobahn irgendwelche Killer aufgetaucht wären, um mich über den Jordan zu befördern. Ich rief Miss Straub an. Es gab keine Nachricht für mich. Benny war untergetaucht. Und Phil? Und Max? Auf dem Heimweg durchdachte ich die Sache wieder und wieder. Die Straße erschien mir unwirklich, ein imaginäres Asphaltband in einem Labyrinth ohne jeglichen Anhaltspunkt. Ich klammerte mich an vertraute Gesten – den Blinker setzen, die Scheinwerfer einschalten –, so als könnten sie mich vor jenem furchtbaren Angstgefühl schützen, das ich in mir aufsteigen fühlte. Schließlich bremste ich vor meinem Haus und blieb eine Weile schwer atmend im Wagen sitzen, ehe sich meine verkrampften Hände vom Lenkrad lösten. Mein ganzer Körper lehnte sich gegen die Vorstellung auf, mich ins Haus zu begeben und Martha und ihren Lügen gegenüberzutreten. Aber es mußte sein. Ich schlug die Wagentür zu und ging schnell zum Eingang.

Martha spielte mit dem Solitärspiel, das ich ihr zu Weihnachten geschenkt hatte. Weihnachten... Es lag kaum drei Monate zurück. Es lag Jahrhunderte zurück. Sie trug ein grünes Hauskleid, das einen hübschen Kontrast zu ihrem schwarzen, kinnlangen Haar bildete. Ich fragte mich, wo sie ihre rote

Perücke und das Kostüm versteckte. Nein, ich mußte meine Rolle weiterspielen; also beugte ich mich über sie und küßte ihren Nacken. Und plötzlich spürte ich deutlich den Geruch von Angst, ein säuerlicher Geruch, der sich unter ihren gewohnten, warmen Duft gemischt hatte. Ich empfand Erleichterung: Martha hatte Angst, das war der Beweis dafür, daß ich nicht wahnsinnig geworden war.

Ich reichte ihr das Päckchen mit der Schokolade. Schweigend und mit einem zaghaften Lächeln betrachtete sie die Tafeln, dann sagte sie in gewollt spöttischem Ton:

»Danke. Willst du, daß ich dicker werde?«

»Ich hatte heute einen Termin in Bern. Und du? Hast du dich gut amüsiert?«

»Ich habe die Überraschung mitgebracht, komm, sieh sie dir an.«

Sie hatte ihren fröhlichen Tonfall wiedergefunden, ergriff meine Hand und zog mich zum Schlafzimmer. Auf der Frisierkommode thronte eine kleine Statue. Etwa fünfzig Zentimeter hoch und tiefschwarz stellte sie eine nackte Frau mit asiatischen Zügen dar, deren Körper eine komplizierte Arabeske vollführte. Das glatte, polierte Material erweckte den Wunsch, sie zu liebkosen.

»Sie kommt aus der Mongolei. Und sie ist sechshundert Jahre alt.«

»Sie ist wundervoll! Hast du uns damit ruiniert?«

»Nicht ganz. Ich habe dich angerufen, um zu fragen, ob du zum Abendessen nach Hause kommst, aber du warst nicht da. Du bist nie da!«

›Machst du dich über mich lustig?‹ brüllte ich innerlich. Doch mit übermenschlicher Anstrengung gelang es mir, den Mund zu einem Lächeln zu verziehen, dann ging ich unter die Dusche:

»Ich muß noch einmal los. Ein Kunde, eine wahre Nervensäge, will mich unbedingt zum Abendessen einladen. Tut mir leid, ich habe völlig vergessen, dir Bescheid zu sagen.«

Martha verabscheute Geschäftsessen und begleitete mich nie.

»Das macht nichts, ich werde mir einen Film ansehen.«

›Genau‹, dachte ich, ›sieh dir nur einen Film an, während ich mir das Büro deines Freundes Silbermann genauer ansehe.‹ Ich wählte einen dunklen Anzug, küßte Martha brav und ging.

Vorsichtshalber hatte ich den Toyota an der Auffahrt zur Allee stehen lassen, damit Martha ihn nicht sehen konnte. Ich fragte mich, ob sie einen ihrer »Partner« anrufen würde, um ihm mitzuteilen, daß ich ausgegangen war. Auch egal.

Wieder fuhr ich nach Bern. Ich raste über die Autobahn, ans Steuer geklammert wie ein Roboter, den Blick starr in die Nacht gerichtet. Es regnete. Feine, kalte Regentropfen trommelten wie Eissplitter gegen die Windschutzscheibe. Eissplitter, die sich in meinen Magen bohrten.

Um 21.02 Uhr erreichte ich Bern. Bis ich den Wagen geparkt und mich zu dem Haus begeben hatte, in dem sich Silbermanns Büro befand, war es 21.16 Uhr. Ich hatte seine Nummer im Telefonbuch gefunden und rief, natürlich aus einer Telefonzelle, an. Endlos ertönte das Klingelzeichen. Entweder war er nicht da, oder er wollte nicht abheben. Nun, ich würde es erleben.

Die Haustür war abgeschlossen, doch dank Bennys Unterricht hatte ich sie in weniger als einer Minute geöffnet. Auf Zehenspitzen schlich ich mich die Treppe hinauf und blieb vor der Eichentür stehen, an der das Messingschild glänzte. Der Strahl meiner kleinen Stablampe glitt über den Pfosten: zwei Dreipunkt-Schlösser. Auf alle Fälle sparte Silbermann nicht. Ich holte mein Werkzeug hervor und machte mich an die Arbeit. Der Vorteil dieser Häuser, in denen vor allem Büros untergebracht waren, bestand darin, daß sie nachts zumeist menschenleer waren.

Um 21.35 Uhr stand ich im Flur. Sorgsam zog ich die Eingangstür hinter mir zu und ging zu dem abgeschlossenen Zimmer. Trübe Gedanken schossen mir durch den Kopf: Wußte Martha, daß ich nicht für die SELMCO arbeitete? Nein, wenn sie es gewußt hätte, hätte sie sich nicht so unvorsichtig verhalten. Mein Gott, ich mußte aufhören, an Martha zu denken und mich auf meine Arbeit konzentrieren.

Als ich vor der verschlossenen Tür stand, die mich so neugierig gemacht hatte, öffnete ich sie mit einem Dietrich und befand mich in Silbermanns Arbeitszimmer. Darauf deutete zumindest alles hin. Die teuren Bilder an den Wänden, Originale von Bacon, Sisley und Künstlern der Avantgarde, die mir beim letzten Forum Art Junction aufgefallen waren, der riesige Schreibtisch im Empire-Stil, auf dem ein Computer, natürlich das neueste Modell, thronte, zwei mit Tasten gespickte Telefone und all die technischen Gerätschaften: Telex, Fax, Drucker, etc. und natürlich das klassische Büromöbel mit den abgesperrten Schubladen. Es zog meine Aufmerksamkeit an wie ein Magnet. Hoch, schmal und bordeauxrot lackiert, strahlte es wie der Stützpfeiler eines Tempels. Ich näherte mich ihm, betrachtete es eingehend und machte mich daran, die Schlösser zu öffnen – nicht ohne immer wieder nach eventuellen, unliebsamen Besuchern Ausschau zu halten. Doch alles war ruhig. Die untere Schublade öffnete sich; sie war mit Akten vollgestopft. Schnell durchblätterte ich sie: Namen, Lebensläufe, die Mitglieder der neoliberalen Partei von Duchesnay. Die zweite und dritte Schublade enthielten Akten von Silbermanns Klienten: Geschäftsbanken, Nummernkonten, Scheinfirmen in Panama, Kontoauszüge, Bilanzen und Verträge, deren in Dollar angegebene Summen zumeist sieben- oder achtstellig waren... Es hätte Stunden gedauert, alles durchzusehen. Außerdem schienen solche Papiere angesichts der Aktivitäten dieser Geschäftshaie völlig normal.

Ich ließ meinen Blick durch den Raum schweifen. Es gab keinen Safe. So ging ich zu dem Computer und schaltete ihn ein. Ein rotes Licht leuchtete auf, und der Bildschirm blinkte, ehe er mich begrüßte. Ich drückte einige Tasten, war aber davon überzeugt, daß es für den Zugang eines Kennworts bedurfte. Dem war nicht so. Freundlich zeigte er mir an, daß die Dokumente die gesamte Buchhaltung der Kanzlei Silbermann, Hollenzein und Marriot enthielten. Da hätte ich ebenso gut eine Stecknadel in einem Heuhaufen suchen können. Ich dachte an den gestohlenen Brief bei Edgar Allen Poe. Das war immer die beste Art, um etwas zu verstecken. In einem Gegenstand, den niemand stehlen würde. Was schien in diesem Zimmer unwichtig?

Ich trat wieder an den Schreibtisch. Eine Schreibunterlage aus Leder, ein jungfräulicher Schreibblock. Ein Mont-Blanc-Füllfederhalter. Ein Rahmen mit einem Foto, das Silbermann in jüngeren Jahren zeigte. Er lächelte ins Objektiv, den Arm um die Schultern einer freundlichen Frau gelegt, zwei lachende Kinder. Ich schob das Glas zur Seite und nahm die Fotografie heraus. Dabei fiel etwas zu Boden. Ein zweites Foto, das hinter dem ersten gesteckt hatte. Als ich mich bückte, um es aufzuheben, blieb mir das Herz stehen:

Ein in eine grau-grüne DDR-Uniform gezwängter Mann mit Schirmmütze auf dem Kopf sah mich an. Er war dunkelhaarig und kühl, und der Mann war *ich*. Ich in einer DDR-Uniform. Ich, etwa fünfzehn Jahr jünger, die Nase noch schmal und leicht gebogen. Ich drehte das Foto um. Auf der Rückseite stand von Hand auf das glänzende Papier geschrieben: *G. VON KLAUSEN – 1972.*

Von Klausen... derselbe Name wie das Schloß. Was hatte dieses Durcheinander zu bedeuten? Verdutzt betrachtete ich wieder die Fotografie. Die Schulterstücke der Uniform zeigten an, daß der Mann Oberleutnant war. Er hatte meine Augen, meinen Mund, mein Lächeln. Ein unwiderstehlicher Drang mich zu übergeben stieg in mir auf, ich hatte gerade noch Zeit, mich über den Papierkorb zu beugen. Während ich brennende Galle ausspie, versuchte ich zu verstehen. Ich war nie Mitglied der Volksarmee der DDR gewesen, ich hatte nicht einmal einen Fuß in die ehemalige Deutsche Demokratische Republik gesetzt. Plötzlich kam mir die Idee, ich würde nur im Traum eines anderen existieren. Doch ich fühlte mich furchtbar real... Ein kaum wahrnehmbares Knistern im Flur riß mich aus meiner Erstarrung.

Es näherte sich jemand. Jemand, der versuchte, keinen Lärm zu machen.

Ich sah mich um. Kein Ort, um sich zu verstecken. Also eilte ich zum Fenster und öffnete es. Es ging auf einen Innenhof hinaus, und davor verlief ein schmaler, etwa dreißig Zentimeter breiter Sims. Vorsichtig stieg ich hinaus und versuchte, mit der grauen Nacht zu verschmelzen. In der gegenüberliegenden Wohnung brannte Licht. Ich sah auf eine strahlendweiße Küche, in der eine junge, blonde Frau, die mir den Rücken zuwandte, die Geschirrspülmaschine einräumte. Im Bewußtsein der drei Stockwerke, die mich vom Pflaster des Innenhofs trennten, drückte ich mich dicht an die Mauer und umklammerte mit der linken Hand fest das Abflußrohr der Dachrinne.

Jemand betrat das Büro. Ich dachte plötzlich an das rote Lämpchen am Computer und fragte mich, ob es nicht vielleicht mit einer Alarmanlage gekoppelt war. Der typische Laut einer Pistole, die durchgeladen wurde, riß mich aus meinen Überlegungen. Der »Jemand« schien zu allem bereit. »Jemand« versuchte leise zu gehen, doch aus dem Lärm, den er machte, schloß ich, daß »jemand« schwer und langsam sein mußte. Der Unbekannte näherte sich schnaufend dem Fenster. Die Frau gegenüber untersuchte mit kritischer Miene ein Glas, ehe sie es in die Maschine stellte.

An die Mauer gepreßt hielt ich den Atem an und umschloß das Abflußrohr fester, ich betete, daß sich die Hausfrau, die sich drei Meter von mir entfernt in ihrer Küche zu schaffen machte, nicht umdrehen möge.

Der Fremde schob den Vorhang beiseite und beugte sich aus dem Fenster. Die Unzahl von vorangegangenen, eigenartigen

Ereignissen, die dazu geführt hatte, daß wir uns an diesem Abend beide hier befanden, erreichte nun ihren Höhepunkt. Ob Zufall oder Wunder, er sah zuerst nach rechts, und ich stand links. Ich packte seinen ausgestreckten Arm, der den Revolver hielt, und riß ihn mit einem kräftigen Ruck vor. Er verlor das Gleichgewicht, schwankte kurz, warf mir einen ungläubigen, ja fast empörten Blick zu und stürzte vornüber ins Leere. Kein Schrei war zu hören, nur drei Stockwerke tiefer ein dumpfer Aufschlag. Die Frau in der Küche schloß die Tür der Geschirrspülmaschine und band ihre Schürze ab. Ich kletterte wieder in das Büro. Ich hatte gerade Zeit gehabt, flüchtig ein grobes Gesicht, ein breites und brutales Kinn zu sehen – das perfekte Bild eines Bodyguards oder Wahlplakatklebers... Ich fröstelte. Der Mann war sicherlich tot. Ich hatte ihn umgebracht. Selbst wenn ich keine andere Wahl gehabt hatte, war es ein Mord. Mein erster Mord. Nun hatte ich definitiv das Bindeglied, das mich noch mit der »normalen« Welt verband, durchtrennt. Ich schob das mysteriöse Foto in meine Tasche und schlich mich, ohne jemandem zu begegnen, davon. Außer Atem trat ich auf die Straße – in den ruhigen Scheinwerferkegel eines braunen Ford. Das war zuviel! Ich stürzte auf den Wagen zu, doch er fuhr vor meiner Nase an, wich mir aus und verschwand. Mit langen, wütenden Schritten ging ich zu meinem Toyota... Statt irgend etwas zu klären, hatte mein Besuch bei Silbermann das Geheimnis nur noch undurchdringlicher gemacht.

Achter Tag – Donnerstag, 15. März

In dieser Nacht lag ich stundenlang wach, immer wieder stellte ich mir dieselben Fragen, versuchte, die Fakten zu rekapitulieren.

Auf der einen Seite war Max. Der treue Max, der mit höchster Wahrscheinlichkeit ein Terrorist war, der sich unserer Gruppe bedient hatte, um sich die nötigen Finanzen für seine Sache zu beschaffen... Und er gab sich nicht damit zufrieden, uns zu hintergehen, sondern wollte uns auch noch liquidieren. Vermutlich fürchtete er unsere Rache.

Auf der anderen Seite war Martha, meine Frau, die etwas mit einer Nazibande im Schilde führte und behauptete, Magdalena Gruber zu heißen.

Und in der Mitte, in einem gefährlichen Balanceakt auf dem über dem Abgrund gespannten Seil, balancierte ich, Georges Lyons *alias* G. von Klausen! Ich mußte um jeden Preis herausfinden, was es mit dem Foto auf sich hatte. Eine geschickte Montage? Aber warum? Was wollten sie von mir? Das Foto schien Bestandteil eines Plans zu sein. Womit setzten sie Martha unter Druck? Und warum hatten sie sie zu mir geschickt? Denn nach allem, was ich jetzt wußte, war vielleicht nicht Franz Gruber der Eindringling, sondern ich!

Und wer war dieser G. von Klausen? Die Fragen schwirrten in meinem Kopf wie Nachtfalter um eine Lichtquelle. Ich spürte wieder den stechenden Kopfschmerz. Seit meinem Unfall vor fünf Jahren hatte ich häufig Kopfschmerzen. Lanzmann ... Konnte er mir vielleicht helfen?

Ich wälzte mich unter der Decke hin und her. Ich fand sie schwer, Marthas Körper zu warm, das Kopfkissen klebrig von meinem Schweiß. Alles bedrückte mich. Schließlich schlief ich, von der Müdigkeit besiegt, ein.

Das erste, was ich wahrnahm, als ich aufwachte, war der Schnee, der herunterrieselte. Graues Licht verschlang das Zimmer. Mühsam erhob ich mich. Martha hatte meinen Anzug, den ich am Vorabend getragen hatte, aufgesammelt und in den Schrank gehängt. Ich schob die Hand in die Innentasche der Jacke. Das Foto war nicht mehr da. Fieberhaft suchte ich in den Außentaschen, dann in der Hose. Kein Foto! Das war unmöglich. Plötzlich kam mir der Gedanke, daß man mich vielleicht wahnsinnig machen wollte. Ich hatte Magenschmerzen, und mir war übel. Versuchte Martha, mich zu vergiften? Die Unsinnigkeit einer solchen Überlegung wäre mir zwei Wochen zuvor völlig klar gewesen. Inzwischen war es eine durchaus ernstzunehmende Möglichkeit. War ich vielleicht in einen Roman von Kafka geraten? War meine Geschichte die Rohfassung eines Werks, das er nie zu Ende schreiben würde, eine allen unbekannte Person – dazu verdammt, im Papierkorb zu enden? Hatte ich womöglich nie existiert? Vielleicht war ich ja der Held einer finsteren Vorabendfernsehserie, über den sich die Bewohner der Galaxis köstlich amüsierten ... Stop! Ich brauchte dringend frische Luft!

Ich öffnete das Fenster und atmete tief die schneeverhangene Luft ein. Kühle, leichte Flocken legten sich auf meinen Unterarm. Ich beobachtete, wie sie schmolzen. Die Kälte tat mir gut und beruhigte mich. Ein Vogel flog davon, ich folgte ihm mit den Augen, schwarze Schwingen vor grauem Hintergrund, und dann entdeckte ich ihn. Den Müllmann in seinem orangefarbenen Anzug. Die Kapuze halb über das Gesicht gezogen. Die dunkle Brille. Und eine Hand in der Tasche seines Anzugs. Er lächelte mir zu. Ich warf mich auf das versiegelte Parkett. Hinter mir explodierte die Lampe mit einem trockenen Knall. Martha! Ich mußte sie warnen.

Ich kroch über den Boden bis zum Flur. Es klingelte an der Tür. Ich brüllte: »Martha, mach nicht auf!« und stürzte splitterfasernackt, mit einem Stuhl bewaffnet wie ein Wahnsinniger die Treppe herunter. Zu spät. Martha war dabei, die Tür zu öffnen, und der Mann in Orange stand, noch immer lächelnd, auf der Schwelle. Ich sprang vor und schleuderte den Stuhl auf Martha. Er traf sie im Rücken, sie brach unter der Wucht des Aufpralls zusammen, die Kugel verfehlte sie um einen Zentimeter und schlug hinter ihr in die Wand. Der Kerl mit dem furchtbaren Lächeln wandte sich zu mir um. Doch ich war schon Hals über Kopf in die Küche gestürzt.

Im Vorbeilaufen hatte ich mir das Messer gegriffen, das auf dem Tranchierbrett lag, und drückte mich jetzt mit angehaltenem Atem in die enge Nische zwischen Kühlschrank und Mauer. Martha rührte sich nicht. War sie…? Ich war wild entschlossen, diesem Dreckskerl mein Messer in den Leib zu rammen, sobald er in Reichweite wäre. Die Tür schlug gegen die Wand. Sein tastender Schritt. In der Küche gab es nur den großen weißen Marmortisch, der als Arbeitsplatte diente, und grünlackierte Einbauelemente. Er konnte mich nicht verfehlen. Noch einen Schritt. Ich kam mir lächerlich vor, wenn ich mir vorstellte, splitterfasernackt in der Küche zu sterben, mit vor Angst zusammengeschnürtem Magen und vor Kälte und Angst schrumpeligem Geschlecht. Meine Handfläche, die den Messergriff umklammert hielt, war schweißnaß. Noch einen Schritt, und er würde mich entdecken. Ich umklammerte meine improvisierte Waffe fester, denn ich war wild entschlossen, ihn zu verletzen, ehe ich selbst starb.

Ein lauter Knall hallte durch die Küche, gefolgt von dem dumpfen Aufschlag eines Körpers auf dem Fliesenboden. Mein Gott! Martha! Die Messerklinge vor mir ausgestreckt, sprang ich aus meinem Versteck.

Der Mann lag mit zerfetztem Hinterkopf auf dem Bauch. Martha sah verblüfft auf den rauchenden Lauf ihrer Pistole. Sie richtete sie auf mich, und beinahe hätte ich die Hände gehoben.

»Ich habe ihn getötet! Mein Gott, Georges, ich habe einen Menschen getötet.«

»Martha, leg die Waffe hin. Leg sie hin.«

Sie schien unter Schock zu stehen und zitterte. Langsam ging ich auf sie zu, stieg über den Körper des Killers hinweg und nahm ihr die Pistole aus der Hand.

»Woher hast du die Waffe?«

Sie antwortete mir mit abwesendem Gesichtsausdruck, den Blick starr auf die Leiche gerichtet.

»Ich habe sie bei einer Benefizveranstaltung zugunsten der Polizei gekauft... Es war die Waffe eines sehr berühmten Inspektors, aber ich erinnere mich nicht mehr an seinen Namen.«

»Wie kommt es, daß sie geladen war?«

»Ich fürchte mich allein zu Hause... Aber ich wollte dich nicht beunruhigen, also habe ich Munition gekauft, sie geladen und in die Kommodenschublade gelegt.«

›Und dann hast du auch gelernt zu schießen und dich lautlos zu bewegen...‹, dachte ich bei mir. Eine Weile sahen wir uns schweigend an. Dann brach Martha in Gelächter aus, das derart unpassend war, daß ich sie verblüfft ansah.

»Oh, Georges, du siehst so... so lächerlich aus, nackt und mit diesem Messer...«

Ihr Lachen wurde schrill, kippte über und ging in einen Weinkrampf über. Die Hände vor die Augen geschlagen, schluchzte Martha, es war ein regelrechter Nervenzusammenbruch.

Ich legte das Messer weg, schloß sie in die Arme und flüsterte ihr beruhigende Worte zu. Das zerfetzte Gehirn des Killers lag genau in meinem Blickfeld, und ich wandte die Augen ab. Langsam beruhigte sich Martha. Sie klopfte mir auf die Schulter und meinte:

»Ich glaube, jetzt geht es wieder. Entschuldige...«

Ich küßte sie zart auf die lügnerischen Lippen. Sie schniefte noch ein wenig, schien sich aber wieder in der Gewalt zu haben.

Beruhigt ließ ich sie los und kniete mich neben die Leiche. Voller Widerwillen faßte ich sie bei den Schultern, vermied es, auf die klaffende Wunde zu sehen, aus der die weißliche Gehirnmasse quoll, drehte sie mit einem heftigen Ruck um und schob die Kapuze zurück. Es war Phil. Ich nahm ihm die schwarze Brille ab. Ja, er war es. Dieser Idiot von Phil mit seinen bleichen, schmalen Lippen und den hellen Augen, die jetzt starr wie Glasknöpfe waren. Ich zog seinen Pullover hoch. Große, frische Narben überzogen den Oberkörper. Max hatte ihn gegen mich aufgehetzt wie ein Kind, das seinen Spielzeugroboter aufzieht, und sobald er wieder auf den Beinen war, hatte er sich auf die Suche nach mir gemacht. Phil, du armer alter Idiot! Martha beobachtete mich.

»Georges, was sollen wir jetzt tun?«

Eigenartigerweise schlug Martha nicht vor, die Polizei zu rufen. Ich erhob mich.

»Ich werde mir eine Hose anziehen. Wisch den Griff deiner Pistole ab.«

Sie gehorchte und rieb die Pistole mit dem Geschirrhandtuch ab. Ich zog mir einen Trainingsanzug und Turnschuhe an und ging zu ihr zurück. Phil betrachtete mit seinen durchscheinenden Augen die Decke, der Mund war leicht geöffnet, so daß man die perfekten Zähne sah. Er hatte ein kleines Vermögen ausgegeben, um sich eine Porzellanbrücke einsetzen zu lassen, doch auch die hatte nichts an seinem Eidechsenlächeln ändern können.

Ich atmete tief durch:

»Die Polizei wird uns nie glauben, daß er uns grundlos angegriffen hat. Wir werden uns nur einen Haufen Ärger einhandeln. Du könntest wegen Mordes angeklagt werden. Wir müssen die Leiche loswerden.«

Martha kaute nervös an ihrem Daumennagel.

»Das ist gefährlich.«

»Weniger gefährlich, als die Polizei im Nacken zu haben.«

Sie antwortete nicht, und für eine Weile befanden wir uns in einer Art *no man's land,* außerhalb unserer gewohnten Rollen, wie zwei Schauspieler, die auf der Bühne beiseite sprechen. Dann fuhr Martha fort:

»Du hast sicher recht.«

»Ich habe recht, glaub mir.«

»Und wie gedenkst du, sie ›loszuwerden‹, wie du sagst?«

Genau darüber dachte ich gerade intensiv nach. Es stand außer Frage, die Leiche im Kofferraum zu transportieren, wir könnten jederzeit kontrolliert werden. Und wo sollte ich sie auch abladen? Ich hatte nie ein Faible für nächtliche Versenkungsaktionen gehabt, wie sie ausführlich in Krimis beschrieben werden. Und ich hatte auch nicht die Absicht, meinen Wagen in einem vorgetäuschten Unfall verbrennen zu lassen. Dazu fehlte es in der unmittelbaren Umgebung von Genf auffällig an Felsklippen. Phil mußte verschwinden, und sein Körper mußte vollkommen unkenntlich sein.

Martha sah mich schweigend an, und plötzlich kam mir die Idee.

»Der Heizungskessel.«

»Wie bitte?«

»Wir können ihn im Heizungskessel verbrennen. Die ausreichende Kapazität dazu hat er. So bleiben keine Spuren zurück. Es ist, als wäre er nie hiergewesen.«

»Georges! Du bist ein Ungeheuer!«

»Aber er ist tot, Martha, tot; hier drin ist kein Mensch mehr.

(Ich deutete auf Phils Leichnam.) Das ist auch nicht schlimmer, als sich einäschern zu lassen!«

Mir war bewußt, wie makaber und düster unser Gespräch war, doch es mußte sein.

»Allen Ernstes, ich denke, das ist die beste Lösung.«

»Die Endlösung«, warf Martha verächtlich ein. »Ich wußte gar nicht, daß du ein Anhänger der Krematorien bist, Georges...«

»Ich glaube nicht, daß dies der geeignete Augenblick für eine Polemik zu diesem Thema ist. Hilfst du mir nun oder nicht?«

»Ich helfe dir.«

»Also, dann hilf mir, ihn hochzuheben.«

Er war nicht schwer. Phil war kein großer Esser. Das einzige, was er liebte, war das Spiel. Er konnte mehrere Tage am Pokertisch verbringen und sich von Schnaps und Kräckern ernähren. Armer Phil. Selbst in meinen kühnsten Träumen hätte ich mir nicht vorzustellen gewagt, daß Martha Phil töten könnte. Es war eine Kollision zweier Planeten, die nie hätten aufeinandertreffen dürfen. Etwas in meinem Mikrokosmos war aus dem Gleichgewicht geraten.

Wir trugen Phils Körper in den Keller. Es war schwierig, ihn – sozusagen zusammengeklappt – in den Heizkessel zu schieben, und mehr als einmal dachte ich, Martha würde nicht durchhalten. Doch sie sagte nichts und begnügte sich damit, sich den Schweiß, der ihr in die Augen rann, abzuwischen. Endlich schlug ich die metallene Ofentür zu. Es war so unglaublich, daß ich hier stand und mit Marthas Hilfe Phils Leichnam verbrannte, daß ich die Sache fast so gefühllos betrachtete, als wäre ich ein Unbeteiligter, ein flüchtiger Zuschauer der Abenteuer des armen Idioten Georges Lyons! Ich öffnete den Zug so weit wie möglich und bemühte mich, nicht darüber nachzudenken, was ich da tat. Dann gingen wir wieder nach oben, und obwohl es Morgen war, schenkte ich mir einen Cognac ein. Martha sagte nichts. Sie schien unter Schock zu stehen – was angesichts der Ereignisse kein Wunder war. Dann trat sie zu mir:

»Georges, kanntest du ihn? Kanntest du diesen Mann?«

»Absolut nicht. Wahrscheinlich ein Verrückter.«

»Lügst du mich auch nicht an?«

Innerlich lachte ich höhnisch: ›Warum sollte ich dich anlügen, mein Liebling? Was für eine eigenartige Idee!‹ Ohne zu antworten schenkte ich mir noch einen Cognac ein, verzog ernüchtert das Gesicht und hob das Glas:

»Auf dein Wohl, Martha!«

Plötzlich schreckte sie auf:

»Mein Gott, Georges, deine Arbeit, es ist fast 10.00 Uhr! Du mußt deine üblichen Zeiten einhalten.«

Ich hatte überhaupt nicht mehr an die SELMCO gedacht.

»O verdammt, das habe ich ganz vergessen! Ich gehe. Martha, hör zu, du darfst nicht mehr daran denken, o. k.? Niemand wird hier nach dem Kerl suchen. Glaube mir, es ist besser so.«

Bei diesen nichtssagenden Trostworten kam ich mir ausgesprochen blöd vor, und ich war bestürzt, daß Martha keine weiteren Erklärungen verlangte. Ganz so, als wäre sie solche Situationen gewöhnt!

Ich konnte ihr nicht erklären, warum ich so sicher war, daß die Müllabfuhr nie Nachforschungen über das Verschwinden eines ihres Angestellten einleiten würde. Doch ich wußte, daß Martha mir glaubte. Sie schien offenbar zu begreifen, daß auch ich meine kleinen Geheimnisse hatte. Während ich mich eilig anzog, erklärte ich ihr, ich wolle nicht, daß sie allein im Haus bliebe, und erkundigte mich hinterhältig, ob ich sie nicht bei ihrer Mutter absetzen sollte. Sie lehnte vehement ab und bat mich, sie zu Lily zu bringen. Während sich Phil in Rauch auflöste, fuhren wir los. Für dieses üble Wortspiel schämte ich mich. Doch solch bittere Ironie gab mir immerhin die nötige Kraft, weiterzumachen.

Als Martha in Lilys Wohnung verschwunden war, holte ich den Lancia ab. Er war an der ausgemachten Stelle geparkt, die Schlüssel waren mit Klebeband unter dem Kühler befestigt. Ich stellte den Toyota an seinen Platz, schob den Schlüssel in das Auspuffrohr und fuhr in mein »Büro«.

Miss Straub hatte eine Nachricht für mich. Benny. Er würde am nächsten Tag vor der Villa Barton auf mich warten. Benny... Vielleicht konnte Benny mir helfen. Ich rief Cheng Ho an. Zehn Minuten später rief er zurück:

»Bist du es, Raging Bull?«

»Ja. Nun?«

»Wir haben vier Tage gesagt, o Wunder des Abendlands.«

»Cheng, ich sitze in der Scheiße.«

»Der Anschluß, den du suchst, ist auf einen Anwalt angemeldet...«

»Keine Namen. Ich weiß, wer es ist. Danke.«

»Wenn du Hilfe brauchst und zuviel Geld hast, kannst du immer auf mich rechnen, o Freude meines Portemonnaies.«

Ich dankte ihm und legte auf. Nun, ich hatte einiges zu tun. Ich öffnete die untere Schublade meines alten Schreibtischs und zog meine Pistole heraus. Obwohl ich sie nie benutzte, bewahrte ich sie seit zehn Jahren auf. Seit meiner Fahnenflucht. Ich nahm sie auseinander, um sie zu reinigen und zu schmieren. Ich kannte die Stammnummer auswendig, doch zum ersten Mal fiel mein Blick auf das »K«, das am Ende der Nummer von Hand eingeritzt worden war. Ich wußte nicht, wem die Waffe vor mir gehört hatte, doch das »K« erinnerte mich sogleich an das mysteriöse Foto. Ich sah wieder mein Gesicht, das mit einem steifen Ausdruck, der mir fremd war, ins Objektiv blickte. Und plötzlich war es, als würde der Nebelschleier, der mein Gehirn erfüllte, reißen: Gregory! G. von Klausen: Gregory von Klausen und nicht Georges von Klausen! Gregory war nicht tot, die Prinzessin hatte mich angelogen, sie hatte ihn irgendwo ausgesetzt, verkauft, weggeworfen, vielleicht vergessen, aber Gregory lebte unter anderem

Namen irgendwo in Ostdeutschland. Wenn Gregory lebte und Soldat war, gab es auch einen Ort, wo man meine Fragen beantworten konnte. Ich rief die internationale Auskunft an und ließ mir die Nummer des Heeresministeriums in Ost-Berlin geben.

Dort geriet ich an einen barschen Angestellten, den allerdings mein hervorragendes Deutsch ein wenig zu besänftigen schien. Ich erklärte ihm, ich hätte einen Bruder, Gregory von Klausen, wir wären durch den Bau der Mauer getrennt worden, ich hätte ihn für tot gehalten, vermutete jetzt aber aufgrund bestimmter Informationen, daß er doch noch lebte und Mitglied der hervorragenden ostdeutschen Volksarmee sei. In dieser frohen Zeit der Wiedervereinigung hoffte ich nun auf eine Bestätigung, um mich sogleich auf den Weg zu ihm machen zu können.

Soweit ich verstand, wurden rund hundert überlastete Beamte mit tausenden ähnlicher Anfragen überschwemmt. Eine dreißig Jahre lang unterbrochene Geschichte versuchte, wieder zusammenzuwachsen. Man verwies mich von einer Abteilung an die andere und bat mich schließlich, am nächsten Morgen, Punkt 9.30 Uhr, wieder anzurufen. Mit klopfendem Herzen stimmte ich zu. Ich dachte an meine arme Mutter. War es möglich, daß sie einen ihrer beiden Söhne ausgesetzt hatte? Ja, es war absolut möglich. Meine Mutter, eine Alkoholikerin im letzten Stadium, zeichnete sich weder durch Intelligenz noch durch Güte aus. Und ohne sie zu verleugnen, konnte ich sogar behaupten, daß sie vollkommen verrückt gewesen war. Davon zeugten einige der Narben auf meinem Leib und meinen Schenkeln. Soweit ich herausgefunden hatte, hatte sie das zerstörte Deutschland im Schlepptau eines reichen Beschützers verlassen und war in der Nähe von Basel gelandet, wo sie, als ich vier Jahre alt gewesen war, an Alkoholvergiftung gestorben war – kurze Zeit nach dem angeblichen Tod meines Bruders. Meinen Vater hatte ich nie gekannt und wußte auch nicht, wer er war. Das einzige, was ich wußte, war, daß ich den Namen eines der zahlreichen »Bewunderer« meiner Mutter geerbt hatte.

Als zwar intelligenter, doch unbeugsamer Mensch hatte ich das Waisenhaus verlassen und war zur Fremdenlegion gegangen. Doch bald war ich desertiert und hatte die klassische Laufbahn der »Hitzköpfe« eingeschlagen: Raubüberfall, Ausbruch, Raubüberfall, Ausbruch etc. Dann hatte die Periode der »Musketiere« begonnen. Ende meines Lebenslaufs.

Ich zog meinen Mantel an und verließ das Büro. Aus der Regenrinne an einer schwarzverfärbten Ziegelmauer tropfte Wasser. Eine plötzliche Angst schnürte mir den Magen zusammen. Feiner Regen schlug mir ins Gesicht. Der beißende Wind ließ meine Ohren erfrieren. Ich flüchtete mich in den Lancia und fuhr mit starrem Blick los.

Die Wahrheit. Ich mußte die Wahrheit herausfinden. Von diesem Gedanken war ich völlig besessen, und die Angst vor Max und seinen Killern trat angesichts der Suche nach mir selbst zurück. Denn genau darum ging es: Mich selbst wiederzufinden, wieder in mein Leben zu fallen, wie eine Katze auf die Füße fällt. Das Gefühl des schwindelerregenden Falls in einer parallelen Welt, zu der ich keinen Schlüssel hatte, aufzuhalten.

Einen der Schlüssel besaß Martha. Dessen war ich mir ganz sicher. Sie log. Sie war an jenem Komplott beteiligt, das mich in den Wahnsinn treiben sollte. Ich konnte nichts und niemandem mehr trauen. Solange ich nicht wußte, was Martha und ihre Bande vorhatten, konnte ich auch nicht wissen, vor wem oder was ich mich in acht nehmen mußte. Also konnte ich nur alles und jeden verdächtigen. Der klassische Entwicklungsprozeß einer Paranoia.

Als ich zu Hause ankam, war ich vollkommen verwirrt. Martha war da, sie lächelte mich an und schien glücklich, mich zu sehen. Der Kloß in meinem Hals löste sich. Martha. Sie war schön, und ich liebte sie. Ich wollte sie auch weiterhin lieben. Ich brauchte sie.

Ich schloß sie in die Arme und war glücklich, ihre Wärme zu spüren, und verzweifelt wegen unserer Lügen, und so liebten wir uns wie Freunde und Feinde, Liebhaber und Gegner. Zugleich die größte Zärtlichkeit, das höchste Verlangen und die tiefste Traurigkeit zu empfinden, war eine äußerst eindringliche Erfahrung. Ich liebte Martha mit der Verzweiflung des zum Töten verdammten Liebhabers, und sie schien ähnlich zu empfinden – leidenschaftlicher denn je. Stumme Tränen schimmerten in ihren schwarzen Augen.

Neunter Tag – Freitag, 16. März

Am nächsten Morgen war Martha wieder ganz die alte. Zwar schien ihr eine Frage auf den Lippen zu brennen – sicherlich im Zusammenhang mit SELMCO, meinem Besuch in Silbermanns Büro oder aber Phils Leiche, denn das alles waren schließlich außergewöhnliche Dinge, über die sich jede Ehefrau einige Fragen erlaubt hätte – doch sie tat nichts dergleichen. Ich verhielt mich ebenso, spielte den eiligen Geschäftsmann, der im Stehen frühstückt, und verließ wie gewöhnlich das Haus. Wir bemühten uns so sehr, unsere gewohnten Rollen zu spielen, daß man hätte meinen können, es handele sich um zwei Schauspieler bei der Probe. Doch in diesem Fall war das Publikum besonders anspruchsvoll, denn jeder Fehler während der Aufführung wurde mit einer Kugel in den Kopf oder einem anderen, ebenso endgültigen Mittel, sanktioniert.

Ich fuhr ins »Büro«. Miss Straub hatte nichts für mich. Also rief ich das Heeresministerium in Ost-Berlin an. Der ehrenwerte Herr am anderen Ende der Leitung erinnerte sich an mich. Gut zehn Minuten lang blätterte er unter tausend Entschuldigungen in seinen Akten, dann verkündete er mit mitfühlender Stimme das Urteil:

»Gregory von Klausen... Geburtsdatum unbekannt, Geburtsort unbekannt, von 1970 bis 1984 Offizier der Luftwaffe. Am 13. September 1984 bei einem Einsatz – einem

Flug über die Karpaten – als vermißt gemeldet. Hmmh... Sind Sie noch dran?«

Ich bat ihn, mir von Klausens Beschreibung zu geben. Die kühle Stimme antwortete, daß von Klausen 1,77 Meter groß war, 65 Kilo wog, braunes Haar und schwarze Augen hatte, dann fügte sie hinzu:

»Nun, glauben Sie, daß es sich bei Oberleutnant von Klausen um Ihren Bruder handeln könnte?«

»Ich fürchte ja... Hatte er Familie? Eine Frau, Kinder?«

»Moment... Sein Vater, Lukas von Klausen, ist 1985 verstorben. Er lebte in der Schweiz, im Schloß Klausen... Ich weiß nicht, ob Sie es kennen... Aber hier hatte er keine Familie. Seine Mutter ist gestorben, und er wurde in einem Waisenhaus groß, in...«

»Wird der Name seiner Mutter in der Akte erwähnt?«

»Hmmh, nein, zumindest nicht offiziell... ehrlich gesagt handelte es sich um ein Findelkind, das erklärt den Mangel an Informationen. Hier heißt es, entschuldigen Sie, die Schrift ist alt und verblaßt, so: ›Gefunden am 17. März 1952 in – hmmh, Verzeihung – in einer Mülltonne am Platz des Volkes (ehemals Friedrich-Nietzsche-Platz), der Körper wies zahlreiche Messerstiche auf, und am Kopf hatte er eine Wunde...‹.«

Plötzlich fiel mir eine Frage ein:

»Wie haben Sie denn in diesem Fall das Kind identifizieren können?«

»Oh, nicht ich habe es identifiziert, nicht ich, aber meine werten Vorgänger hatten in dieser Hinsicht keine Probleme: Es trug einen Zettel um den Hals, auf dem sein Alter – vier Jahre –, sein Vor- und Nachname vermerkt waren und die zugegebenermaßen eigenartige Bemerkung: ›Zurück an den Absender‹. Glauben Sie mir, es tut mir wirklich leid...«

Ich unterbrach ihn:

»Weiß man, warum der Vater ihn nicht zu sich in die Schweiz geholt hat?«

»Wenn Lukas von Klausen einen Fuß auf den Boden der

DDR gesetzt hätte, wäre er sofort verhaftet worden. Selbst wenn man in den Nürnberger Prozessen nach dem Motto ›Im Zweifel für den Angeklagten‹ entschieden hatte – und das nicht zuletzt sicherlich aufgrund seiner guten Beziehungen zu den Amerikanern –, gehörte er doch zu den nationalsozialistischen Entscheidungsträgern. Und man hätte ihm seinen Sohn sicherlich nicht zurückgegeben. Aber es wird auch nirgendwo erwähnt, daß er das Kind zurückverlangt hätte... Was die Mutter angeht, so behauptete das Kind damals, sie hieße Ulrike Stroh, doch als die Polizei die Spur einer Frau dieses Namens fand, war sie bereits verstorben.«

Ich dankte ihm und bat ihn als letzten Gefallen um die Anschrift der Einheit, in der mein »Bruder« gedient hatte, um Kontakt mit seinen ehemaligen Kameraden aufnehmen zu können, die mir vielleicht weitere Einzelheiten mitteilen könnten. In der allgemeinen Aufbruchstimmung der *Perestroika* gab er mir alle Informationen, über die er verfügte, und wünschte mir dann liebenswürdig auf französisch »gutes Beileid«. Über diese Formulierung mußte ich unwillkürlich lachen. Gutes Beileid. Das konnte ich gebrauchen. Tatsächlich war ich 1,77 Meter groß, wog 70 Kilo, hatte braunes Haar und schwarze Augen. Gregory hatte also nicht nur überlebt, sondern wir hatten uns auch gleich entwickelt. Doch ich hatte ihn nur wiedergefunden, um ihn für immer zu verlieren. Was die Prinzessin anging, so hatte sie sich nicht nur der Vernachlässigung schuldig gemacht, sondern auch eines Mordversuchs.

Ja, nun wurde mir alles klar. Denn sicherlich war er es, den Martha und Silbermann suchten. Gregory, meinen verlorenen Bruder, den ostdeutschen Offizier, der 1984 auf mysteriöse Weise verschwunden war. Ein ranghoher Militär... Ein Spion? Wahrscheinlich. Nach meinem Unfall hatten sie offenbar geglaubt, er sei wieder aufgetaucht... Vielleicht dachten sie, ich hätte meine Nase absichtlich verändern lassen. Ja, genau, sie hatten an eine Verschwörung geglaubt. Sie, wer waren sie? Für wen arbeiteten sie? Für den CIA? Für eine Macht des Nahen Ostens? Für die Russen? Aber für welche Russen? Verflixt, ausgerechnet bei meinem etwas außergewöhnlichen Beruf mußte ich in ein mysteriöses Spionagegewirr geraten. Dabei waren mir die politischen Intrigen und Kleinkriege zwischen den verschiedenen Geheimdiensten, die in den meisten Romanen vorkommen, immer völlig gleichgültig gewesen.

Und doch war es die plausibelste Erklärung. Ich befand mich im Epizentrum einer tragischen Verwechslung. Aber ich konnte schließlich nicht nach Hause gehen und Martha fröhlich zurufen: ›Hallo Liebling, tut mir leid, ich bin es nicht, es ist mein Bruder! Er ist tot, und ich bin nur ein kleiner Bankräuber, den die Polizei in ganz Europa sucht... Und weißt du, es macht gar nichts, wenn du Offizier irgendeines östlichen Geheimdienstes aus dem Kalten Krieg bist, es macht wirklich nichts...‹ Nein, das war unmöglich. Wenn Martha wirklich Offizier eines Geheimdienstes aus dem Osten, dem Westen oder dem Nahen Osten war, dann war sie sicherlich auch nicht sonderlich sentimental, und mich zu beseitigen wäre vielleicht die bequemste Lösung, um ihr Netz zu schützen.

Draußen begann es zu regnen. Tropfen liefen über die Scheibe. Plötzlich sah ich uns an einem Sommertag am See. Der frische Geruch des von leichten Wellen gekräuselten Wassers. Das leise Vogelgezwitscher. Der sanfte Wind auf unserer glühenden Haut. Marthas Augen, die in meine versunken waren. Mein Kopf in ihrem Schoß. Ihre Hand, die meine Wange streichelte. Ich fühlte eine Welle von Haß in mir aufsteigen für diese Frau, die ich so sehr geliebt hatte, und die mich verraten hatte.

Ich zwang mich, langsam zu atmen. Jetzt war nicht der geeignete Augenblick, mich um Martha zu kümmern. Zunächst mußte ich das Problem Max aus der Welt schaffen. Und da war meine Verabredung mit Benny.

Ich war zu früh da. Es regnete immer stärker, ein wahrer Wolkenbruch fegte über die Stadt, und die Straßen waren leer. Zu dieser Jahreszeit war die Gegend um die Villa Barton, selbst bei schönem Wetter, recht einsam, in den umliegenden Parks gab es keine Spaziergänger.

Ich parkte ein wenig abseits und beobachtete den See, der schwarz im Platzregen lag. Der mit schweren, dunklen Wolken beladene Himmel hing tief. Von meinem Beobachtungsposten aus konnte ich die beiden angrenzenden Straßen überwachen, die Brücke und den menschenleeren Platz auf der anderen Seite der Brücke.

Zwei junge Leute liefen über die Brücke und versuchten, sich mit ihren Schultaschen über dem Kopf vor dem Unwetter zu schützen. Sie lachten und beschimpften einander zum Spaß. Die Schwäne drängten sich fröstelnd an einer winzigen Insel in Ufernähe, wo ihnen eine große Trauerweide Schutz bot. Einer von ihnen schlug mit den Flügeln und riß die Wasseroberfläche auf, sein schneeweißes Gefieder zeichnete sich klar vor dem dunklen Wasser und den sturmzerrissenen Wolken ab.

Ich hatte Lust zu rauchen. Also wühlte ich in den Taschen meines Regenmantels und zog ein altes Paket Lucky Strike hervor. Ich rauchte wenig, eigentlich vor allem, wenn ich wartete. Und genau das tat ich jetzt: Ich wartete. Benny konnte, wie der Tod, in jeder möglichen Gestalt auftauchen. Hinter den geschlossenen Fenstern des Lancia hörte ich, wie der Regen auf das Dach trommelte. Der Geruch des Tabaks vermischte sich mit der feuchten Luft im Wagen. Ich war ganz ruhig. Es war jene abwesende Ruhe des Kämpfers vor dem Angriff, wenn plötzlich nichts mehr von Bedeutung ist.

Ein dicker, schimpfender Mann näherte sich in einer weiten Lammfelljacke, die Kapuze über die Augen gezogen. Meine rechte Hand suchte den beruhigenden Kontakt mit der Waffe in meiner Tasche, die linke drückte sorgfältig die Lucky Strike im Aschenbecher aus. Der Dicke entfernte sich gebeugt unter dem Platzregen. Ich entspannte mich. Eine alte Dame trippelte näher. Sie kämpfte mit ihrem Regenschirm, den der Wind umgeklappt hatte. Ich stellte mir vor, wie sie davonflog, Mary Poppins in Seenot, und in den eisigen See fiel. Nein, ich würde nicht hinterher springen, um sie zu retten. Aber ich wußte sehr wohl, daß ich es doch tun würde. Ich gehörte zu diesen Idioten. Ich senkte den Blick, um mir eine andere Zigarette zu nehmen, und als ich ihn wieder hob, drückte die alte Dame den Lauf einer 45er gegen die Scheibe und lächelte mich an.

Benny! Ich spürte, wie mein Herz stehenblieb, meine Hand wollte in die Tasche greifen, doch er schüttelte mit ernster Miene den Kopf. »Öffne das Fenster«, hauchten seine in einem schönen Karmesinrot geschminkten Lippen. Ich gehorchte. Der Lauf des Revolvers glitt unter meine Nase, und dort verweilte er. Der Regen tropfte von Bennys Schirm und durchnäßte seinen hübschen grünen Mantel. Seine Augen lächelten kalt hinter der metallgefaßten Brille, umrahmt von den falschen Falten und den grauen Strähnen, die auf der Stirn klebten. Er trug einen koketten schwarzen Hut mit einem kleinen Schleier. Ich schwieg. Benny fuchtelte mit dem Revolver herum und zwang mich, den Kopf zu heben.

»Georges, dein Leben ist nicht mal einen Hasenfurz wert.«

»Ich weiß, Benny.«

»Ich bin wütend, Georges.«

»Ich habe dich in Brüssel gewarnt, Benny, das weißt du genau.«

»Das genügt mir nicht. Max sagt, du seist der Wurm im Apfel, Georges.«

»Max lügt. Er hat auf Phil Killer angesetzt, er hat das Geld gestohlen und euch gegen mich aufgehetzt.«

»Beweis es.«

»Phil ist in meinem Heizungskessel, Benny. Ein kleines Häufchen Asche. Willst du mitkommen und es dir ansehen?«

»Daß du Phil getötet hast, beweist gar nichts, Georges. Ich bin immer noch wütend.«

Doch er zog seinen Revolver ein, zwei Millimeter von meinen Nasenlöchern zurück. Ich atmete tief durch.

»Benny, Max arbeitet für die Palästinenser. Er hat uns reingelegt. Er hat dich bei den Bullen verpfiffen. Er hat uns von Anfang an manipuliert. Verdammt noch mal, Benny, glaub mir doch!«

»Wenn man jemandem glaubt, fällt man immer herein, Georges. Ich muß Max oder dir glauben.«

»Benny, ich stecke bis zum Hals in der Scheiße! Ich verzichte auf meinen Anteil, es ist mir völlig egal, aber laßt mich in Ruhe, Max und du, ich habe anderes zu tun.«

»Du meinst, du verzichtest auf 250000 belgische Francs, weil du etwas Besseres zu tun hast?«

»Ich kann es dir nicht erklären. Aber ich bin in eine ungeheuerliche Geschichte geraten.«

Benny wedelte sanft mit dem Lauf des Revolvers.

»Georges, Georges, mit dir geht es bergab, und zwar in eine Richtung, aus der man nicht wieder hochkommt. Was ist denn das für eine Geschichte?«

Ich hatte die Nase voll. Ich war erschöpft und schlecht gelaunt. Benny langweilte mich ebenso wie ein schlechter Film. Mein Leben rann mir durch die Finger, ohne daß ich es hätte aufhalten können. Ich gab den Kampf auf, schloß die Augen und kreuzte die Arme.

»O verdammt, Benny, dann tu es doch, jag mir eine Kugel in den Kopf, ich hab die Schnauze voll.«

Es war wie russisches Roulett. Ich hörte Benny atmen, der Regen fiel durch das offene Fenster auf meine Wange. Eine Sekunde verstrich. Dann eine andere. Ich rührte mich nicht. Im stillen zählte ich: eins, zwei, drei, vier, fünf... Benny seufzte... Ein Schuß hallte wider. Unwillkürlich zog ich den Kopf zwischen die Schultern und wartete auf den Schmerz. Statt dessen fiel ein zweiter Schuß. Ich öffnete die Augen. Ich war nicht tot. Bennys geschminkter Kopf hing über der Scheibe, sein Revolver lag neben meiner Schulter und rauchte. Die unter der Wucht des Einschusses verrutschte Perücke gab ihm ein groteskes Aussehen.

Ich überlegte nicht lange: Ich warf mich zu der anderen Tür herüber, öffnete sie, ließ mich auf den nassen Boden gleiten und hockte mich dicht an die Karosserie – das alles dauerte keine fünf Sekunden. Eine Kugel zersplitterte die Windschutzscheibe, während rasche Schritte auf den Wagen zukamen. Ich erhob mich und schoß aufs Geratewohl. Ein dicker Kerl in einem Blouson, das Gesicht halb hinter einem Schal verborgen, suchte Deckung hinter einer Bank. Schulkinder, die vorbeikamen, begannen zu schreien und rannten entsetzt in alle Richtungen davon. Gebückt begann ich auf die Brücke zuzulaufen, der Lancia bildete einen Schutzschild zwischen dem Schützen und mir.

Am anderen Ende der Allee tauchte ein großer Kerl in einer grauen Öljacke auf. Die halb über die Augen gezogene Kapuze verdeckte sein Gesicht. Ich sah, wie er den Arm hob, der von einem riesigen Schalldämpfer verlängert wurde. Er zielte gelassen auf mich und drückte ab. Ich warf mich zu Boden und drehte mich einmal um mich selbst. Die Kugel pfiff an meinen Ohren vorbei und riß den Asphalt auf. Der kleine Dicke, der hinter der Bank hockte, schoß nun ebenfalls aufs Geratewohl. Ein markerschütternder Schrei erklang, der Schrei eines Kindes, und einer der Jungen wurde durch die Luft geschleudert. Ich sprang auf und schoß inmitten des Gebrülls der verschreckten Kinder auf den Dicken, der in Panik geraten war und kurz zögerte. Die Kugel traf ihn genau zwischen die Augen, und ich empfand nicht die leisesten Gewissensbisse. Er fiel hintenüber auf den feuchten Rasen.

Das Kind lag in einer Pfütze, die Schultasche neben ihm. Ich konnte nur hoffen, daß es nicht sterben würde. Der andere Killer, der große, hatte sich hinter meinem Wagen verschanzt, um den er sich jetzt langsam herumschlich, um mich in seine Schußlinie zu bekommen. Ich kroch durch das Gras, jeden Augenblick darauf gefaßt, von einer Kugel getroffen zu werden. Oben auf der Brücke tauchte ein dritter Mann mit einem Integralhelm und einem Motorradanzug auf. Ich saß in der Falle. Es gab keinen Ausweg. Ich würde im Regen sterben wie das unschuldige Kind, das ich nicht einmal rächen konnte.

Plötzlich brüllte ich: »Scheiße!«, erhob mich mit einem Satz und sprang unter einem Kugelhagel in den See. Die aufgescheuchten Schwäne protestierten lautstark. Ich tauchte in das eisige Wasser, die Kälte traf mich wie eine Serie von Aufwärtshaken und nahm mir den Atem. Die Kugeln schlugen in das trübe Wasser des Sees. Ohne etwas zu sehen schob ich mich durch Algen und Flechten. Plötzlich stieß ich mich an etwas, an einer großen, harten Masse. Ich zuckte schnell zurück, als auch schon der Schnabel des Schwans ins Wasser schlug und den Ärmel meines Regenmantels zerriß. Er schnappte noch zwei-, dreimal zu, verfehlte mich um Haaresbreite und hörte plötzlich auf. Eine schwarze, laue Pfütze breitete sich um ihn herum aus. Ich schwamm an die Oberfläche, atmete kurz und tauchte wieder in das grau-grüne Wasser. Nach der Erinnerung orientierte ich mich in die Richtung, in der ich die Trauerweide vermutete. Meine Schuhe und mein Regenmantel waren voll Wasser gesogen und zogen mich in die Tiefe. Jede Bewegung kostete mich übermenschliche Anstrengung. Meine Lungen schienen platzen zu wollen, und ich spürte, daß ich vor Kälte heftig zitterte, doch ich konnte nicht auftauchen, ehe ich nicht den Schutz des Baums erreicht hatte.

Formen, die sich bewegten. Die Schwäne. Eine größere Form. Die auslaufenden Felsen. Ich stieß heftig dagegen und tauchte vorsichtig auf, bis mein Gesicht an die Wasseroberfläche kam. Luft!

Im Schutz der langen Zweige preßte ich mich an die feuchte Erde. Die Schwäne diskutierten wenige Zentimeter von mir entfernt, offenbar war ihnen meine Anwesenheit gleichgültig. Sie waren ganz damit beschäftigt, in ihrem Gefieder zu wühlen und zu kratzen und versetzten sich wenig freundliche Schnabelschläge auf den Schädel. Ich versuchte, mich völlig ruhig zu verhalten. Dann nahm ich ein eigenartiges Geräusch wahr und begriff, daß ich mit den Zähnen klapperte. Ich zitterte am ganzen Körper und würde mitten im Zentrum von Genf an Unterkühlung sterben. Wenn ich dem Tod ins Auge sah, warum mußte es jedesmal auf so lächerliche Weise sein?!

Vom Ufer drangen Schreie herüber. Die Sirene eines Polizeiwagens, das Knattern eines Motorrades. Irgend jemand schrie: »Mein Gott! Mein Gott!« Es war eine angsterfüllte Männerstimme, und ich dachte an das Kind in der Pfütze. Wenn ich nicht vor Kälte sterben würde, wenn ich durchkommen würde, würde ich Max und Silbermann, diese Schweine, die mit unschuldigen Kindern Krieg spielten, zur Strecke bringen. Wenn ich nicht krepierte. Ich versuchte, mich zu entspannen und Atemübungen zu machen, denn ich wußte, daß das Zittern, wie im übrigen alle Bewegungen, mit denen man sich aufzuwärmen versucht, zu einem zusätzlichen Wärmeverlust führte. Menschen, die ein langes Eintauchen in eisiges Wasser überlebt hatten, hatten dies der Tatsache zu verdanken gehabt, daß ihr Herz nur noch wenige Male pro Minute schlug und ihre Körpertemperatur auf 27 oder 28 Grad gesunken war. Eine Art Winterschlaf.

Es gelang mir mehr oder minder, mein Zähneklappern unter Kontrolle zu bringen. Ich hievte mich ein wenig weiter aus dem Wasser. Der tote Schwan war an den Baum gespült worden. Mit dem Fuß zog ich ihn zu mir heran. Die Polizisten fuhren stromabwärts und suchten in dem Unwetter das Wasser ab. Durch die Regenwand erkannte ich kaum ihre geschäftigen Gestalten. Der tote Schwan stieß an meinen Schenkel. Ich schob mich unter ihn und stemmte mich dann Zentimeter für Zentimeter auf den bemoosten Felsen. Das Tier war schwer und warm. Wunderbar warm. Seine Eingeweide breiteten sich dampfend auf meinem eisigen Rücken aus. Reglos lag ich da, die Hand umklammerte die Waffe, die sie nicht losgelassen hatte. Ein Krankenwagen kam. Ich hörte verschiedene Manöver, Rufe und Pfiffe. Der Regen ließ nicht etwa nach, sondern schien noch heftiger herunterzuprasseln. Die Polizisten mußten völlig durchnäßt sein und wollten sicherlich schnell fertig werden. Eine halbe Stunde verging, dann fuhr der Krankenwagen, gefolgt von den Polizeiwagen, wieder ab. Ein Mann gab mit einem Leuchtfeuer Zeichen, die Suche auf dem See abzubrechen. Es war zu dunkel, und der Nebel, der vom Wasser aufstieg, war zu dicht. Ich war heilfroh über die schlechte Wetterentwicklung. Heilfroh, daß die Schweiz ein so saumäßiges Klima hat.

Der Nebel breitete sich jetzt wie ein Kampfgas aus und hüllte alles in Schweigen und Watte. Mein Körper wurde von Muskelkrämpfen geplagt, doch von dem toten Tier geschützt, fror ich weniger und hörte auf zu zittern. Ich schob den Körper des Schwans ein wenig zur Seite und sah mich um. Bis zum Ufer waren es etwa zwanzig Meter, und die Vorstellung, wieder in das eisige Wasser tauchen zu müssen, lähmte mich. Doch es gab keine andere Lösung. So gut ich konnte, klammerte ich mich an dem toten Tier fest, ließ mich auf der Wasseroberfläche treiben und steuerte mein improvisiertes Wellenbrett, indem ich mit den Füßen paddelte, und so erreichte ich schnell das Ufer. Meine klammen Finger hatten Mühe, Halt an der Betonmauer zu finden, doch schließlich gelang es mir unter übermenschlicher Anstrengung, mich auf den Kai zu stemmen. Man sah keine zwei Meter weit.

Zähneklappernd und zitternd wagte ich mich vorsichtig in der dichten Suppe vorwärts, die Augen zusammengekniffen, um mich besser orientieren zu können. Entgegen allen Erwartungen stand der Lancia noch dort, wo ich ihn abgestellt hatte. Sie würden ihn sicher mit einem Abschleppwagen holen. Ich tastete mich bis zur Tür vor. Natürlich abgeschlossen. Völlig unwichtig. Die Zulassung war auf den Namen Simon Malverne, Antiquitätenhändler in Zürich, ausgestellt, und die

Adresse war falsch: ein altes, leerstehendes Haus. Adieu, mein treuer Lancia. Ich entfernte mich schnell, ein durchnäßter, frierender Mann, anonym im Nebel. In der Innentasche meiner Jacke, die mit einem Klettband verschlossen war, fand ich meine aufgeweichte Brieftasche und betrat, mit einer meiner zahlreichen Kreditkarten bewaffnet, das nächstbeste Kaufhaus.

Es gab nur wenig Leute, und einige von ihnen waren, von dem heftigen, fast tropischen Regen überrascht, fast ebenso naß wie ich. Ich wählte einen schwarzen Regenmantel mit großen Taschen, einen grauen Kammgarnanzug, ein Hemd, einen schwarzen Pullover, graue Socken und ein Paar schwarze Slipper. Dann probierte ich alles in einer Kabine an und teilte der Verkäuferin mit, daß ich die Sachen gleich anbehalten würde. Ein wenig verwundert verstaute sie meine nassen Kleider in einer Plastiktüte. Dazu erstand ich einen bordeauxroten Aktenkoffer und einen schwarzen Regenschirm und warf der Dame, als ich zahlte, ein betörendes Lächeln zu.

Wie gut es tat, warm und trocken angezogen zu sein! Mit einer gewissen Freude kämpfte ich mich durch den Nebel. Vor dem Bahnhof wartete eine lange Schlange leerer Taxis. Ich setzte mich gleich in das erste und gab dem Fahrer die Adresse der Villa der Brundels an. Während er anfuhr, brummte er, das sei weit, man sehe die Hand nicht vor Augen, etc. Ohne ihm Aufmerksamkeit zu schenken, faltete ich die Zeitung auseinander, die ich aus dem Zeitungskasten genommen hatte, und vertiefte mich in die Lektüre der Rubrik »Vermischtes«. Auf Seite 15 gab es eine kurze Notiz. Einer der Gangster des Brüsseler Raubüberfalls war Inspektor Malinois Männern in letzter Sekunde entwischt, doch man hoffte, ihn bald endgültig zu fassen. Nun, jetzt hatten sie ihn: Benny lag im Leichenschauhaus und stand den Herren von der Polizei ganz zur Verfügung. Max' Plan war nicht dumm. Er hatte Benny gegen mich aufgehetzt und war ihm dann gefolgt, so konnte er sicher sein, uns beide zu erwischen. Max konnte sich jetzt denken, daß Phil tot war. Wie viele Killer hatte er noch in der Reserve? Als würde ich ihn denunzieren! In seinem hartnäckigen Versuch, mich zu eliminieren, sah ich den Beweis für einen kalten, berechnenden Geist, rein pragmatisch, eine Art Maschine, die meiner Ansicht nach sogar ein gewisses Vergnügen am Töten fand – eher kybernetisch als menschlich, was ich zutiefst verabscheute. Ich verspürte den heftigen Wunsch, ihn an einer Wand zu zerquetschen wie eine Fliege. Wie ich es genießen würde, ihn vollständig zu zermatschen! Meine heftige Reaktion Max gegenüber beunruhigte mich. Ich war zu angespannt, ich mußte mich beruhigen, oder ich würde ausrasten.

Nachdem wir eine halbe Stunde durch eine Landschaft gefahren waren, von der man durch die beschlagenen Scheiben nichts sehen konnte, hielt der Fahrer. Ich bezahlte ihn mit dem Geld, das ich in meinem alten Anzug gefunden hatte, und gab ihm damit Gelegenheit, nach Herzenslust gegen den Mistkerl zu wettern, der mit nassen Geldscheinen zahlt, die sofort zerreißen. Ich schlug die Tür zu und bog in die Allee, die zum Haus der Brundels führt. Sobald das Taxi sich entfernt hatte, ging ich zur Straße zurück und bog hundert Meter weiter in den Weg, der zu meiner eigenen Villa führte.

Alles war dunkel. Martha war nicht da. Ich sah auf meine Uhr: 17.50 Uhr. Also ging ich in die Küche und machte mir ein riesiges Sandwich mit Hühnchen und Olivenöl. Vom Schwimmen bekommt man Hunger. Vorsichtshalber schaltete ich kein Licht ein, sondern benutzte die Taschenlampe. Ich hatte absolut keine Lust, wem auch immer, als Zielscheibe zu dienen. Dann ging ich hinunter in den Keller und öffnete die Haupttür des großen Heizungskessels. Nichts war übriggeblieben, nichts als Asche, Glut und der widerwärtige Geruch nach verbranntem Fleisch. Nun, auch der würde in ein oder zwei Tagen verflogen sein. In dieser Hinsicht gab es also keine Probleme. Das einzige Problem war, herauszufinden, ob Max mich bei den Bullen verpfiffen hatte. Offenbar nicht. Warum nicht? Warum hatte dieser Dreckskerl mich nicht verpfiffen?

Möglicherweise fürchtete Max, daß ich – da ich wüßte, wem ich die Festnahme zu verdanken hätte – ausplauderte, was ich über ihn wußte.

Das Geräusch der Eingangstür riß mich aus meinen wirren Gedanken. Ich wollte gerade hinaufgehen, als ich eine Stimme hörte. Ich blieb auf den Zementstufen stehen. Es war Martha:

»Ja, ich bin allein. Ich habe es überprüft: Er hat nie bei der SELMCO gearbeitet. Von Anfang an hat er uns an der Nase herumgeführt ... Lassen Sie mir noch eine Chance. Es ist zu wichtig für uns, das wissen Sie doch selbst ... Ja, in Ordnung, nein, nein, ich kann nicht. Erklären Sie das Franz. Ja, ich weiß, aber er muß sich gedulden. Mir reicht es auch, das können Sie mir glauben. Haben Sie noch immer nichts über den Kerl herausgefunden, der uns gestern den kleinen Besuch abgestattet hat? Nichts? Nein, ich weiß nicht, ich verstehe das nicht. Gut, ich muß aufhören, er wird bald nach Hause kommen.«

Martha legte auf. Ich hörte ihre Schritte auf der Treppe, dann das Geräusch der Dusche. Leise wie eine Katze schlich ich mich auf den Flur und schloß vorsichtig die Kellertür. Dann pirschte ich mich zur Eingangstür, öffnete sie lautlos, schlug sie wieder zu und rief so fröhlich wie möglich:

»Ist denn in diesem verdammten Haus niemand da, um einen müden Arbeiter zu empfangen?«

»Bist du es, Georges?«

»Nein, Frankenstein.«

»Ich bin unter der Dusche. Mach mir einen Drink!«

»Stark oder sanft?«

»Stark!«

Ich mixte uns einen kräftigen Cocktail aus Wodka, Zitrone, Blue Curaçao und Cointreau. Eigentlich hatte Martha recht. Es war besser, sich zu entspannen. Franz wartete! So ein Dreckskerl, sich nach meiner Frau zu sehnen. Ich hätte gerne seinen eingebildeten Unteroffizierskopf als Punchingball genommen. Martha hatte gebeten, daß man sie weiter versuchen ließ. Was versuchen? Und was sonst? Hatte das zu bedeuten, daß man ihre Mission abbrechen wollte? Auf welche Art? Indem man sie zurückrief, oder indem man mich liquidierte, wovon jetzt anscheinend so viele meiner Zeitgenossen träumten? Ich führte mein Glas an die Lippen und stellte fest, daß es schon leer war. Also machte ich mir einen zweiten Drink. Martha kam aus der Dusche und stürzte ihren in einem Zug herunter. Ich mixte ihr einen neuen. Georges Lyons, der König der Barkeeper... Sie hatte ihr Haar zurückgebunden und hochgesteckt, was das schöne Oval ihres Gesichts unterstrich. Sie schien frisch und gutgelaunt. Und ich fühlte mich alt und kaputt, wirklich kaputt. Ich war zu alt für solche Abenteuer. Am nächsten Tag würde ich zweiundvierzig Jahre alt. Ich hatte überall Muskelkrämpfe. Während ich Martha ihren dritten Cocktail reichte, konnte ich der Versuchung nicht widerstehen, sie zu fragen:

»Kennst du einen gewissen Stefan Silbermann, einen Anwalt?«

Sie war kein bißchen verunsichert, ihr schönes Gesicht zeigte kaum Interesse:

»Ich habe vor kurzem etwas über ihn gelesen... (Sie deutete mit einer unbestimmten Geste auf eine Zeitschrift, die auf dem Couchtisch lag. Sie hatte wirklich an alles gedacht.) Wenn ich mich recht erinnere, tritt er für eine rechtsextreme Gruppe ein, warum?«

Göttliche Martha! Wie gerne hätte ich ihr zwei kräftige Ohrfeigen verabreicht! Doch ich beherrschte mich:

»Oh, nichts, ich hatte nur mit ihm zu tun. Er ist eher sympathisch für einen Nazi.«

»Nazi? Übertreibst du da nicht etwas?«

Ich leerte mein Glas in einem Zug und musterte Martha durchdringlich:

»Glaubst du? Eigentlich ist es mir egal... Und Gruber, Franz Gruber, kennst du den?«

»Das ist ja ein regelrechtes Verhör!«

Martha schob den Träger ihres schwarzen Unterrocks auf die weiße Schulter und fuhr empört fort:

»Nein, ich kenne keinen Franz Gruber. Darf man vielleicht wissen, warum du das fragst?«

»Er gehört zu derselben Clique. Lauter Idioten.«

»Du scheinst mir recht aggressiv. Haben sie dir etwas getan?«

»Nein, ich weiß nicht, sie gehen mir auf die Nerven, das ist alles.«

Ich schenkte mir noch ein Glas ein, diesmal puren Wodka. Martha schien so unschuldig, so gleichgültig. Wie konnte sie nur eine solche Komödie spielen. Und wenn sie wirklich eine Zwillingsschwester hätte? Ich klammerte mich kurzfristig an diese Hoffnung wie ein Schiffbrüchiger an ein verfaultes Holzbrett. Doch sie schwand in dem Augenblick, als ich mich an ihr Telefongespräch mit dem Unbekannten – vermutlich Silbermann – erinnerte.

Ich nutzte die Gelegenheit, als Martha in der Küche beschäftigt war, um die besagte Zeitschrift durchzublättern. Es gab einen Artikel über die Neue Rechte, in dem auch von Silbermann die Rede war, jenem hervorragenden Anwalt, der aus einer altehrwürdigen Schweizer Familie stammte. Auf allen Fotos zeigte Silbermann ein offenes, sympathisches Lächeln. Er hielt nicht mit seinen politischen Ideen hinter dem Berg, doch er verstand es, sie zu verharmlosen und ihnen einen ungefährlichen Anstrich zu geben. Ich erfuhr, daß er verheiratet gewesen war und daß seine Frau vor acht Jahren bei einem schrecklichen Autounfall, der zu seiner Behinderung geführt hatte, ums Leben gekommen war. Sie hatte am Steuer gesessen und aufgrund eines plötzlichen Unwohlseins die Kontrolle über den Wagen verloren. Der Artikel ging nicht genauer darauf ein, welche Art von Unwohlsein. Doch als ich mir das Foto dieser Frau, einer etwa vierzigjährigen Blondine, sehr mager und doch mit aufgedunsenem Gesicht, näher betrachtete, tippte ich auf Alkohol oder Beruhigungsmittel. Silbermann hatte die beiden Kinder in die Obhut seiner Mutter gegeben, und sie wuchsen auf dem Familiensitz in der Nähe von Bern auf. Ich legte die Zeitung beiseite und setzte mich an den Tisch.

Ich war schlechtgelaunt. Der Wodka hatte einen bitteren Nachgeschmack. Es war entsetzlich heiß. Ich wollte trinken, trinken, bis ich volltrunken auf dem Teppich zusammenbrach, ohne Nachdenken, Bedauern oder Verdacht – und genau das tat ich auch.

Zehnter Tag – Samstag, 17. März

Ehe ich die Augen öffnete, fragte ich mich kurz, ob man mich nicht durch einen riesigen Mixer gejagt hatte, um mich, zu Kompott verarbeitet, einem hungrigen Gargantua zum Frühstück vorzusetzen. Mein ganzer Körper schmerzte. Ich fühlte mich wie ein Bündel schmutziger Wäsche, das auf die Wäscherei wartet. Mühsam versuchte ich, die Arme zu bewegen, dann die Beine. Und zu allem Überfluß stimmte nun auch noch unter meiner Schädeldecke ein Zwölftonorchester seine neueste Komposition an: *Tod einer vereinzelten, aber schrillen Note am Waldrand*. Ich betastete meinen Magen und fragte mich, ob ich mich übergeben müßte. Die Antwort war positiv, und ich befreite mich von den feuchten Laken, um ins Bad zu laufen.

Als ich mir gerade den Mund ausspülte – der Blick finster, das Gesicht faltig, das Kinn vom Bartwuchs bläulich schimmernd –, ließ mich ein kräftiger Schlag auf den Rücken gegen den Spiegel taumeln. Wütend fuhr ich herum, bereit, einen kräftigen Kinnhaken zu landen, doch in letzter Sekunde hielt ich inne. Ein riesiges Paket in den Armen, lächelte mich Martha strahlend an und sang lauthals:

»Happy birthday, lieber Georges. Happy birthday to you!«

Sie ließ das Paket in meine Arme fallen, dessen Gewicht mich in die Knie zwang. Es war verdammt schwer. Verblüfft betrachtete ich es.

»Du kannst es aufmachen, du Dummkopf!«

Ich stellte es auf den Boden und begann, die Schleifen zu öffnen. Meine Hände zitterten, eine Erinnerung an den Wodka von gestern abend. Martha reichte mir unbeeindruckt eine Schere, und ich schnitt das Band durch.

»Vorsicht, zerbrechlich!«

Ihre helle, fröhliche Stimme zuckte grausam durch meinen Schädel. Ich nickte und zerriß gewissenhaft das goldene Papier. Eine Holzkiste. Mein Sarg? Auf dem Deckel stand etwas geschrieben. Ich drehte die Kiste zu mir um und entzifferte mühsam: »Château Pétrus«. Ungläubig hob ich meinen vernebelten Blick zu der lächelnden Martha.

»Martha! Du bist ja verrückt!«

»Mach sie auf...«

Nachdem ich mir ein, zwei Splitter unter die Nägel gerammt hatte, gab der Deckel nach. Zwölf Flaschen Château Pétrus 1962 zeigten ihre granatrote Robe. Ich kniete auf allen vieren auf dem Kachelboden, unterdrückte die aufsteigende Übelkeit, hob wie ein geprügelter Hund den Kopf und stammelte:

»Danke, aber da hast du dich doch sicherlich ruiniert!«

»Nein, dich habe ich ruiniert! Es scheint dir nicht gut zu gehen.«

»Ich bin ein wenig müde.«

»Willst du dich wieder hinlegen? Sollen wir eine Flasche aufmachen?«

»Nein! Heute abend, heute abend, bitte... Ich glaube, ich lege mich noch etwas lang. Entschuldige. Auf alle Fälle ist das wirklich ein wundervolles Geschenk.«

»Aber du bist auch ein wunderbarer Typ«, flüsterte Martha mir ins Ohr und half mir beim Aufstehen.

Ich ließ mich von ihr stützen, bis wir das Bett erreicht hatten, und sank hinein. So begann also mein zweiundvierzigster Geburtstag. Mit Übelkeit.

Ich schlief noch einmal tief und fest ein, und als ich wieder aufwachte, war es elf Uhr. Es hatte aufgehört zu schneien.

Strahlender Sonnenschein ließ den Rauhreif auf den Bäumen gegenüber dem Fenster schmelzen. Ich hatte keine Kopfschmerzen mehr, und mir war auch fast nicht mehr übel. Vorsichtig setzte ich mich im Bett auf und massierte meine Schläfen. So verharrte ich einen Augenblick in aller Ruhe und beobachtete, wie das Sonnenlicht in den Zweigen spielte. Das Laken hatte ich über mich gezogen wie ein Leichentuch. Nach einer Weile steckte Martha ihren braunen Haarschopf durch die angelehnte Tür:

»Bist du wach? Geht es dir besser?«

»Hervorragend. Entschuldige bitte wegen vorhin …«

»Männer, die in der Lage sind, einen Liter Wodka zu trinken und einem vor dem Einschlafen höflich eine gute Nacht zu wünschen, entschuldige ich immer.«

»Und zwischen dem Wodka und der ›guten Nacht‹?«

»Das war auch nicht schlecht.«

Sie schmiegte sich an mich und küßte mich charmant, als würden wir uns nicht gerade in einem alptraumartigen Kampf befinden, auf die Nase:

»Hallo, Liebling.«

»Hallo, Martha …«

Meine Stimme klang wenig enthusiastisch, doch ich hatte den Vorwand, einen Kater zu haben.

»Ich habe in deinem Büro angerufen, um zu sagen, daß du krank bist. Die eingebildete Pute hat mir gesagt, sie würde es aufschreiben.«

Ich war dieses alberne Spiel leid. Doch was sollte ich tun? Ich zog Martha an mich, ich wollte nicht, daß sie weitersprach, wollte ihre Lügen nicht hören. Ihr Kopf lag an meiner Brust, und so verweilten wir schweigend einen Augenblick. Ich fragte mich, wie Martha reagieren würde, wenn ich ihr sagen würde, daß ich ihr Spiel durchschaut hatte. Würde sie mich umbringen? Wie wichtig war ich ihnen? Was wollten sie von meinem Doppelgänger G. von Klausen? All dieser Fragen ohne Antwort überdrüssig, beschloß ich aufzustehen.

»Ich komme um vor Hunger. Ich werde mal aufstehen.«

»Gut, Chef. Willst du Eier?«

»Gerne.«

Ich duschte und ging im Bademantel nach unten. Ein schwarz-roter Boxerbademantel, den Martha mir zu Weihnachten geschenkt hatte. Nie hätte ich Berufsboxer werden können. Ein zu harter Job für ein so zart besaitetes Temperament wie mich. Ich boxte gerne, aber nicht mit Menschen. Man hätte das Boxen mit einer Zielscheibe erfinden müssen, so wie man auf eine Zielscheibe schoß...

Ich hatte mir die Haare gewaschen, und während ich mich an den Tisch setzte, tropfte das Wasser angenehm in meinen Nacken, lief mir den Rücken herunter. Ich verschlang meine Eier, den Schinken und den Rest Kaninchen vom Vorabend, dazu trank ich in großen Schlucken kalten, stark gezuckerten Kaffee. Dann schaltete ich den Fernseher ein. Die kostbaren Flaschen hatte ich wieder heruntergebracht, um sie in den Keller zu tragen. Martha kannte meine Vorliebe für guten Wein. Das war ein schönes Geschenk, das Geschenk einer liebenden Frau. Das Geschenk eines Monsters an Falschheit und Schurkerei. Oh, Martha, warum können wir nicht einfach wieder wir selbst werden?

Auf der Mattscheibe verschwand das Bild der Ansagerin mit der schrillen Stimme und dem Rotschopf, und mein trübseliger Blick nahm statt dessen Fotos wahr. Benny! Mit verrutschter Perücke lag er auf einer Bahre, die Augen weit nach jenem Geld geöffnet, das er nie bekommen würde. Martha kam ins Zimmer:

»Georges...«

»Psst! Warte...«

Jetzt zeigten sie den Killer, den ich niedergeschossen hatte. Ich erkannte ihn, es war der Mann, der mich auf der Autobahn angegriffen hatte: der Schnäuzer, die triefenden Augen, der dicke Verband auf der Nase, der hinter dem Schal verborgen gewesen war. Dann folgte ein Foto des Kindes in der Pfütze, neben ihm die Schultasche, die Hefte auf dem feuchten Boden verstreut. Es lag jetzt auf der Intensivstation. Ich spürte, wie sich mein Herz zusammenzog. Martha legte eine Hand auf meine Schulter und drückte sie sanft, ohne daß ich gewußt hätte, was diese Geste zu bedeuten hatte. Zum Schluß folgte ein Phantombild von mir, das mir diesmal relativ ähnlich sah. Ich drehte den Ton lauter:

»Das mutmaßliche Opfer dieses Angriffs wurde noch nicht gefunden. Eventuelle Hinweise bitten wir, an die unten eingeblendete Telefonnummer zu leiten. Die Polizei wird die Ausbaggerung des Flusses heute wieder aufnehmen. Aus sicherer Quelle verlautete, daß es sich vermutlich um eine Abrechnung unter Gangstern handelt. Inspektor Malinois, Chef der Brüsseler Kripo, zufolge handelt es sich bei dem Toten in der Verkleidung einer alten Dame um Benjamin Irons, einen englischen Gangster, der der Polizei in ganz Europa bestens bekannt ist und der an dem Banküberfall an der Grande Place von Brüssel beteiligt gewesen sein soll. Man nimmt an, daß der Vermißte sein Komplize war. Inspektor Malinois und Hauptkommissar Holtz haben ihre Bereitschaft zur Zusammenarbeit bei der Suche nach dem Verdächtigen bekräftigt. Und nun zu heitereren Bildern: Die Impfung einer Schulklasse in der Sahelzone, die dank Ihrer Spenden möglich war!«

Gott sei Dank hatten sie den Wagen nicht gezeigt, Martha hätte ihn sofort erkannt.

Ich stellte den Ton ab. Martha sah mich an. Es war ein einfacher, direkter Blick. Schimmernd. Traurig.

»Kann ich etwas für dich tun, Georges?«

Ganz schön eingebildet! Ich erwiderte:

»Wovon sprichst du?«

»Du scheinst Sorgen zu haben...«

»Nein danke, Magdalena, ich komme alleine klar.«

Martha reagierte nicht. Sie zuckte nicht einmal mit der Wimper. Ihr Blick war weiter auf mich gerichtet.

»Georges, wir könnten uns vielleicht gegenseitig helfen.«

»Warum, hast du Sorgen?«

»Nein, ich meine, wir sollten doch alles miteinander teilen, nicht wahr? In guten wie in schlechten Zeiten...«

»Martha, wenn es einem schlechtgeht, ist man immer allein. Ich werde mich anziehen.«

Martha sagte nichts. Sie seufzte. Was erwartete sie? Daß ich mein Schicksal ihren weißen Händen anvertraute? Daß ich meinen Kopf lächelnd auf den Richtblock legte, während sie Franz Gruber das Beil reichte?

Es war diesem Idioten von Max gelungen, mir das Leben zu versauen. Jetzt, wo ich Malinois auf den Fersen hatte, mußte ich an meine Rente denken. Und ich hatte nicht vor, Martha mitzunehmen. Auch wenn es mir schwerfiel.

Ich schlüpfte in einen dunkelgrauen Jogginganzug, Turnschuhe und einen alten Lederblouson. Martha machte sich an dem Minigewächshaus mit ihren geliebten Kakteen zu schaffen. Sie hatte sich jetzt wieder ganz im Griff und sah mich ungerührt an:

»Gehst du fort?«

»Ich muß mich mit jemandem treffen. Ich komme früh zurück. Du bist mir doch nicht böse?«

»Georges! Komm her!«

Ich gehorchte. Und plötzlich ließ Martha die Rosenschere fallen, warf sich an meine Brust und schlang die Arme um meinen Hals wie ein kleines, flehendes Mädchen:

»Georges, du kommst doch wieder, nicht?«

Ihre Stimme an meinem Hals klang aufgewühlt. Ich strich über ihr Haar. Ich wußte nicht mehr, woran ich war, wußte nicht mehr, was ich tun sollte.

»Aber natürlich komme ich zurück. Es ist nur eine dringende Sache, die ich nicht aufschieben kann.«

»Ich fühle mich wie eine Sklavin in einem Harem, die auf ihren Herrn wartet...«

Ihr Versuch zu scherzen, schlug fehl. Ich gab armselig zurück:

»Ich bin sehr empfänglich für Bauchtanz ... Warte, ich muß ein Taxi rufen, der Lancia hat eine Panne.«

Martha sah mich von der Seite an und wandte sich wieder ihren Pflanzen zu. Fünf Minuten später hupte das Taxi.

Ich umarmte Martha und ging hinaus. Der blaue Himmel bewölkte sich schon wieder. Ich begab mich eilig ins Büro und rief, wie immer, Miss Straub an. Sie übermittelte mir Marthas Nachricht, daß ich an diesem Morgen nicht ins Büro kommen könnte, und einen anonymen Anruf. Der Teilnehmer hatte eingehängt, sobald sie sich gemeldet hatte. Niemand außer mir wußte, wo Miss Straub war. Aber wenn die Polizei ihre Nummer hatte, würde sie sie ohne Schwierigkeiten finden.

Ich mußte die Örtlichkeiten so schnell wie möglich verlassen. Doch zuvor mußte ich mich um meine Zukunft kümmern. Ich verfügte über eine große Summe Bargeld, die in einem meiner Safes lag, und über genügend Wertpapiere und Aktien, daß mir ein angenehmer Ruhestand sicher war. Darüber hinaus hatte ich ein Nummernkonto und eine Kreditkarte auf den Namen Franz Mayer, die ich für schwere Zeiten vorgesehen hatte. Dieses Pseudonyms bediente ich mich, als ich einen Immobilienmakler anrief, bei dem ich mich als Franz Mayer, Rentner, vorstellte. Ich erklärte dem Leiter der Niederlassung, ich wolle so schnell wie möglich ein Landhaus in der Provence kaufen und würde bar zahlen. Offenbar an die Spleens seiner wohlhabenden Kunden gewöhnt, stimmte er übertrieben diensteifrig zu und bat mich, am übernächsten Tag wieder anzurufen.

Anschließend telefonierte ich mit Cheng Ho und erklärte ihm, ich brauche Papiere auf den Namen Franz Mayer. In weiser Voraussicht eines solchen Falles hatte er eine ganze Serie Fotos von mir, und ich sagte ihm, er solle eines mit Schnäuzer nehmen. Am selben Morgen hatte ich beschlossen, mir einen Schnauzbart wachsen zu lassen. Er versprach mir alles für Montag.

Dann packte ich meine Sachen und stopfte sie in die große

Sporttasche. Ich vergewisserte mich, daß ich nichts Kompromittierendes zurückließ, versetzte dem Sandsack einen letzten Aufwärtshaken und schloß die Tür hinter mir. Als ich mich mit dem ruhigen Schritt eines ehrlichen Bürgers entfernte, sah ich, wie zwei Lederjacken-Typen im Eingang des Blocks verschwanden, in dem Miss Straub wohnte. Vor dem Haus stand ein beigefarbener Kleinbus. Arme Miss Straub. Sie würde Mühe haben, die beiden davon zu überzeugen, daß sie ihren eigenartigen Chef nie gesehen hatte. Ich nahm mir vor, ihr so bald wie möglich eine anständige Entschädigung zukommen zu lassen.

Die Schlinge zog sich zusammen. Das Räderwerk meines kleinen Gehirns ratterte auf vollen Touren. Jetzt, wo die Polizei der Sache auf der Spur war, hatte ich von Max nichts mehr zu befürchten. Er war wahrscheinlich zu seinen Götzen ins Trainingslager nach Libyen oder sonstwohin zurückgekehrt. Ich hatte nicht mehr die Freude, den Dreckskerl zu erwischen. Also blieben nur noch die Bullen und Silbermanns Bande in der Arena.

Ich sah auf meine Uhr: 17.14 Uhr. Zeit, mich zu meinem Termin bei Lanzmann zu begeben. Und anschließend in mein Haus, wo mir ein prachtvolles und tristes Geburtstagsessen bevorstand.

Lanzmann empfing mich höflich wie immer. Kaum hatte ich mich hingelegt, läutete es an der Eingangstür, er entschuldigte sich und schloß die Tür des Behandlungszimmers hinter sich. Ich wartete geduldig, als mich plötzlich die Stimme seines Besuchers auffahren ließ. Es war eine Frauenstimme, die mir eigenartig vertraut war: Martha! Wie von der Tarantel gestochen stürmte ich aus dem Zimmer und sah gerade noch, wie ein rotes Kleid auf dem Treppenabsatz verschwand. Ich rannte los und stieß mit dem verblüfften Lanzmann zusammen, der wieder zu mir zurückkam.

»Lassen Sie mich durch!«

»Was ist denn los?«

»Diese Frau!«

Schon hallte der Klang der zuschlagenden Eingangstür durch das Treppenhaus. Sie war gegangen! Lanzmann faßte mich bei den Schultern und führte mich in sein Büro.

»Sie scheinen ja sehr aufgewühlt!«

»Wer war diese Frau?«

»Ich habe nicht das Recht, Ihnen die Identität meiner Besucher zu enthüllen. Seien Sie nicht kindisch.«

»Mein Gott, Doktor, es ist wirklich wichtig!«

»Sie hat nichts mit Ihnen zu tun. Sie kam aus persönlichen Gründen, wenn Sie das beruhigt.«

»Wie sah sie aus?«

»Sie war nicht dunkelhaarig, und es war nicht Ihre Frau.«

»Woher wollen Sie das wissen? Sie haben sie ja nie gesehen!«

»Sie haben sie mir zur Genüge beschrieben. Hören Sie, wollen Sie mir nicht lieber sagen, was los ist? Haben Sie Ärger mit der SELMCO?«

Beinahe hätte ich laut aufgelacht. Wenn ich doch nur Ärger mit der SELMCO hätte! Lanzmann sah mich mit seinen durchdringenden Augen an. Ohne Umschweife fragte ich ihn:

»Erinnern Sie sich noch an Gregory?«

Er kniff kurz die Augen zusammen.

»Ja natürlich, warum?«

»Nun, er hat überlebt...«

»Aha... und was macht er jetzt, dieser wiederauferstandene Bruder? Nichts Gutes, vermute ich.«

»Er ist tot.«

»Sie haben einen Doppelgänger, der tot ist...«

»Ja, aber alle glauben, daß er lebt. Und sie glauben, ich wäre er. Also will man mich umbringen. Weil er ein DDR-Spion war.«

Lanzmann lächelte mir freundlich zu.

»Sie scheinen überarbeitet. Das muß ja auch ermüdend

sein, Hunderte von Killern auf den Fersen zu haben, und dann all diese ostdeutschen Zwillingsbrüder, die wieder auferstehen ...«

»Ich habe nicht von Hunderten von Killern gesprochen ...«

»Ich glaube, verstanden zu haben ...«

Ganz in meine Gedanken versunken, unterbrach ich ihn:

»Gregory von Klausen ...«

»Wie bitte?«

»So heißt er, von Klausen.«

»Er hat also nicht denselben Namen wie Sie. Gott sei Dank für Sie, im übrigen.«

»Warum?«

»In der Nähe der deutschen Grenze gibt es ein Anwesen dieses Namens. Das Schloß von Klausen. Sein letzter Besitzer, der alte Lukas von Klausen, galt als Leiter einer faschistischen Geheimorganisation, die offiziell in den sechziger Jahren aufgelöst wurde, aber noch immer sehr aktiv ist. Es hieß, er habe die Liste aller inoffiziellen Mitglieder dieses Ordens besessen, und er sei einer der Initiatoren des ›Odessa-Plans‹ gewesen; wissen Sie, die Überführung des geheimnisvollen, sagenhaften Nazischatzes an einen sicheren Ort und der Aufbau eines Fluchtnetzes nach Südamerika im Jahre 1944. Sie hätten genug gehabt, um überall auf der Welt hochstehende Persönlichkeiten zu erpressen. Meiner Meinung nach eine dieser hartnäckigen Legenden, die in Verbindung mit der Kastration und der Übermacht der Vaterfigur stehen ...«

»Was ist aus ihm geworden?«

»Er ist tot. Der offiziellen Version zufolge ist er die Treppe heruntergefallen, inoffiziell wurde er vermutlich ermordet. Man hat nie herausgefunden, von wem. Sie sagten also, daß Ihr böser Bruder, dieses ›unerträgliche‹ Kind Gregory von Klausen Sie wieder quält. Und warum will man ihn töten?«

»Weil er es weiß!«

Diese Antwort war mir unwillkürlich entschlüpft. Ich hatte furchtbare Kopfschmerzen, und kleine Lichtpunkte tanzten vor meinen Augen. Lanzmann beugte sich über mich, seine Stimme schien von weither zu kommen:

»Fühlen Sie sich nicht wohl? Möchten Sie ein Glas Wasser?«

Sein Gesicht verzerrte sich, wurde spöttisch und grausam, seine Hand schien in einer Kanüle auszulaufen, ich wollte den Arm heben, um ihn zurückzustoßen, dann verlor ich das Bewußtsein.

Als ich wieder zu mir kam, hockte Lanzmann auf der Schreibtischkante und beobachtete mich.

»Gerade zur rechten Zeit, ich fing langsam an, mir Sorgen zu machen. Sie sind seit gut zehn Minuten ohnmächtig. Offensichtlich sind wir da auf einen sensiblen Punkt gestoßen.«

Ohne ihm zuzuhören, untersuchte ich meinen Arm. Keine Spur von einem Einstich. Mit schwerem Kopf richtete ich mich auf. Er hüstelte und kratzte sich die Wange.

»Wenn ich Sie recht verstanden habe, Georges, glauben Sie, daß Gregory nicht wirklich tot ist... Dabei erinnern Sie sich doch genau an den Tag seines Verschwindens.«

»Nein, ich erinnere mich nicht wirklich, all das ist sehr wirr. Hören Sie, Sie haben irgendwann einmal von Hypnose gesprochen. Nun, ich will es versuchen. Jetzt.«

Lanzmann seufzte, dann erhob er sich, um ein kleines Tonbandgerät einzuschalten.

»Gut, wenn Sie unbedingt wollen... Wir können es ja probieren. Aber ich kann Ihnen nichts versprechen. Die Hypnose ist ein Nebenweg. Es gibt Menschen, die nicht in der Lage sind, sich ausreichend zu entspannen, und wenn Sie besonders angespannt sind...«

»Fangen Sie an.«

Er sah mich schweigend an, schien etwas sagen zu wollen, überlegte es sich dann aber anders.

»Gut, sehen Sie mich an, atmen Sie langsam. So ist es gut, noch langsamer und tiefer. Ich werde bis zwanzig zählen. Sie hören meine Stimme. Sie sind ganz ruhig. Sie versenken sich in sich selbst, Stufe um Stufe. Nicht stoßweise, sondern progressiv, Sie steigen in Ihr eigenes Bewußtsein hinab...«

Glaubte er etwa, mich mit solchem Gerede zu überzeugen? Ich hatte das Gefühl, einem Märchenerzähler auf dem Jahrmarkt gegenüber zu sitzen!

Das war mein letzter bewußter Gedanke.

Plötzlich schreckte ich aus einer dumpfen Benommenheit auf. Ich war schweißgebadet und hatte furchtbare Kopfschmerzen. Lanzmann betrachtete mich mit seinem verfluchten Lächeln auf den Lippen. Es regnete, die Tropfen prasselten gegen die Fensterscheiben, das Zimmer war dunkel. So, als habe er meine Gedanken erraten, knipste er eine kleine Jugendstillampe an, die ein rosafarbenes Licht verbreitete.

»Erholt?«

»Ersparen Sie mir Ihren Sarkasmus. Was ist geschehen?«

»Wir haben diskutiert. Wollen Sie die Diskussion hören?«

»Was glauben Sie? Verdammt noch mal, Doktor, haben Sie sich vorgenommen, mich wahnsinnig zu machen oder was?«

Er lachte und erhob sich, um das Tonband einzuschalten.

Nach einer kurzen Weile erklang meine Stimme, sie war eigenartig verzerrt, kindlich, ja kindlich, höher, klagend. Ich fühlte mich unwohl, als ich diese Stimme vernahm, die wie ein unbeholfenes Echo der meinen klang, diese Stimme, die aus einem Bereich meines Selbst kam, das nicht mehr meiner Kontrolle unterlag. *Und das Beängstigendste war, daß diese Stimme Deutsch sprach, wie ich in meiner Kindheit!*

»Wo bin ich?«

»Georges, Sie sind in Ihrem eigenen Geist. Und Sie werden mir von Gregory erzählen.«

»Gregory ist böse. Mama sagt, daß er böse ist.«

»Hat Gregory Angst vor Mama?«

»Nein, er verabscheut sie. Er gehorcht nie. Dann muß Mama ihn schlagen.«

»Muß?«

»Ja, damit er versteht, damit er brav ist. Wegen Gregory werde ich immer bestraft. Mama schlägt ihn dauernd. Und ich habe Angst.«

»Kennst du Gregory gut?«

»Ja, er ist mein Bruder.«

»Georges, wo ist Gregory jetzt?«

»Wann, jetzt?«

Plötzlich sprach ich wieder Französisch, und meine Stimme klang erwachsener.

»Jetzt, 1990.«

»Ich weiß nicht. Wer sind Sie?«

»Georges, ich bin Doktor Lanzmann. Alles ist in Ordnung, Sie sind in Sicherheit, Ihre Mutter kann nicht hierher kommen.«

»Woher wissen Sie das?«

»Ihre Mutter gibt es hier nicht. Nur Sie und ich sind hier. Georges, Sie sind wieder acht Jahre alt, ja? Wo sind Sie?«

Meinc Stimme veränderte sich wieder hörbar, so als wäre ich jünger geworden.

»Im Waisenhaus.«

»Gut. Und wo ist Gregory?«

»Ich kenne keinen Gregory.«

»Georges, hören Sie mir gut zu.«

»Ich höre Ihnen zu. Ich bin müde.«

»Schlafen Sie nicht ein! Georges, Sie sind vier Jahre alt ...«

»Nein!«

Meine Stimme erhob sich entsetzt in der ruhigen Praxis, jetzt wieder auf Deutsch. Das Band lief weiter.

»Sie sind vier Jahre alt, Georges. Wo ist Gregory?«

»Nicht diesen Tag!«

»Was ist an diesem Tag geschehen?«

»Nichts, nichts! Gregory war wirklich zu böse!«

Lanzmanns eindringliche Stimme:

»Georges, entspannen Sie sich, Sie sind in völliger Sicherheit, Ihre Mutter wird nie wieder kommen und Ihnen etwas antun. Was ist an jenem Tag mit Gregory geschehen?«

»Sie ... Sie hat ihn ... Er war so böse, sie hat ihn ... geschlagen, ja, fest, sehr, sehr fest! Ich habe mich unter dem Tisch versteckt. Sie schlägt ihn so doll! Ich habe Angst, ich habe Angst, daß sie mich sieht, ich rühre mich nicht. Ich atme nicht, sie schlägt ihn so sehr mit dem glänzenden Ding ... Und sie schreit, sie schreit: ›Dreckiges Schwein!‹ Und er schreit, er schreit: ›Mama, nein, Mama!‹«

»Welches glänzende Ding?«

»Sie hat es aus der Küche geholt ...«

»Was hat sie aus der Küche geholt?«

»Das Messer, das Fleischmesser!«

Das Band hörte plötzlich auf. Ich war schweißgebadet. Lanzmann sah mich wortlos an, dann erklärte er:

»An dieser Stelle habe ich Sie lieber aufgeweckt.«

»Mein Gott«, flüsterte ich angestrengt, »sie hat ihn wirklich umgebracht, und ich habe alles gesehen! Mein Gott, Lanzmann, das ist entsetzlich!«

Er seufzte, dann sah er mich an:

»Ich weiß nicht, ob die Hypnose eine gute Idee war, Georges. Sie scheinen mir im Augenblick nicht ausgeglichen genug, um eine solche Information zu verdauen, eine Information, die Sie sorgfältig im letzten Winkel Ihres Gehirns versteckt hatten und die nie an die Oberfläche hätte kommen dürfen ...«

Ich war benommen:

»Sie hat ihn getötet! Sie hat ihr eigenes Kind getötet! Ich dachte mir, daß sie verrückt war, aber so sehr ...?«

Lanzmann korrigierte mich, als würde er eine Bridgepartie kommentieren:

»Nun überlegen Sie mal: Sie hat *versucht*, ihn umzubringen. Wenn er wirklich tot wäre, hätte er nie Offizier werden können.«

Außer mir brüllte ich:

»Aber sie wollte, daß er stirbt!«

»Viele Frauen haben solche Anfälle vorübergehender Umnachtung. Mörderische Ausbrüche gegenüber ihren Nächsten. Denken Sie nur an Medea, sie drückt diesen Haß aus, den man manchmal gegenüber denen empfindet, die man liebt.«

»Verschonen Sie mich mit Ihrem Geschwätz, Doktor. Ich habe gerade die Bestätigung bekommen, daß meine Mutter eine mordende Irre war, und Medea und Ödipus zusammen sind mir scheißegal!«

Lanzmann runzelte die Stirn:

»Hören Sie, Georges, es gibt noch die Möglichkeit, daß Sie einem Geschehen beigewohnt haben, das Sie falsch interpretiert haben. Vielleicht ein Geschehen, das nur in Ihrer Phantasie existiert.«

»Was wollen Sie damit sagen?«

»Nun, Sie kommen her und erzählen mir die Geschichte von Ihrem auferstandenen Bruder, Sie befördern bisher verborgene Erinnerungen zutage, nun, Georges, ich weiß nicht, aber vielleicht müssen Sie an diesen Bruder glauben? Ein deutscher Spion oder ich weiß nicht was ...«

Ich spürte kalten Zorn in mir aufsteigen. Es war nicht Lanzmann gewesen, der drei Abende zuvor einen Mann ins Leere gestoßen hatte, es war nicht Lanzmann, den anonyme Killer, Max, Phil und Benny umlegen wollten, nein, das war ich! Nein, er konnte das nicht verstehen. Hier war ich ebenso allein wie Martha gegenüber und gegenüber dem ganzen Rest der Welt. Allein in meiner Haut, und wegen Gregory allein in der Haut eines anderen!

»Ich muß gehen.«

»Sie haben noch fünfzehn Minuten.«

»Die schenke ich Ihnen. Scheiße, Doktor, es geht mir dreckig!«

»Sie sind tatsächlich nicht gerade in Hochform. Sagen Sie mal, erinnern Sie sich an Ihren Klinikaufenthalt nach dem Unfall?«

»Vage.«

»Und an den Unfall selbst?«

Ein fürchterlicher Schmerz durchzuckte meinen Schädel.

»Nein, nein, daran erinnere ich mich nicht!«

Ich sprang auf, zog das Honorar für die Sitzung aus der Tasche und legte es auf das niedrige Tischchen. Er hielt mich zurück:

»Georges, glauben Sie nicht, daß Ihnen ein wenig Ruhe guttun würde?«

»Welche Art Ruhe?«

»Nun, Sie könnten einige Zeit in der Klinik verbringen. Dort wären Sie in Sicherheit, und Ihre Verfolger könnten Ihnen nichts anhaben.«

»Ich bin nicht verrückt!«

»Überlegen Sie es sich. Und rufen Sie mich gegebenenfalls an. Dort hätten Sie Ihre Ruhe, und Sie könnten… über all das nachdenken.«

Er reichte mir die Hand, und ich schüttelte sie mechanisch.

Dann stand ich auf der Straße. Ich war völlig abwesend, und erst beim Anblick der vermummten Passanten wurde mir klar, wie kalt es war. Von meinen Lippen stieg Dampf auf, wie von einer Maschine, die auf Hochtouren läuft. Lanzmann hielt mich für verrückt. War ich es vielleicht wirklich? Und was würde das ändern? Ich hatte all diese Toten um mich herum schließlich nicht geträumt. Selbst wenn ich verrückt war, selbst wenn ich die Ereignisse falsch deutete, ich wurde doch verfolgt und in die Enge getrieben wie ein gehetztes Tier, und die Polizei war mir auf den Fersen. Ich mußte verschwinden, und ich mußte *die Wahrheit wissen*!

Martha erwartete mich. Im Kamin brannte Feuer. Auf der Damastdecke standen Leuchter mit gedrehten Kerzen, die ein warmes, flackerndes Licht verbreiteten. Sie reichte mir ein Glas Champagner, das ich in einem Zug leerte. Ich hatte Durst. Sie trug einen schwarzen Kaftan mit roten Paspeln und schien ruhig wie das Meer nach einem Sturm. Es war ein Festabend, also ging ich nach oben und zog meinen Smoking an. Das Haus war ruhig und verbreitete eine erholsame Atmosphäre, die Musik von Satie wirbelte durch den Raum wie ein helles Lachen.

Wir setzten uns zu Tisch und sprachen nur das Nötigste, beide darauf bedacht, diesen Ansatz von Harmonie nicht zu zerstören. Das Lachscarpaccio war hervorragend, und ich machte Martha ein Kompliment. Wir gaben uns ein wenig steif und förmlich, und das gab mir die Möglichkeit, meine trüben Gedanken zu verbergen.

Der eisgekühlte Champagner erfrischte mich angenehm, und langsam entspannte ich mich. Martha wollte tanzen. Sie legte eine Platte von Strauß auf, und wir tanzten im Kerzenschein Walzer wie ein Paar aus einer idyllischen Werbung für Hundefutter. Nach einer Weile knöpfte sie ihren Kaftan auf. Ich setzte mich auf das Sofa. Die volle Stimme von Oum Kalsoum erfüllte den Raum, der Kaftan fiel, und während ich meine Mousse aus Bitterschokolade genoß, begann Martha halbnackt zu tanzen. Sie war betrunken. Ihr Kopf schwankte, und sie taumelte leicht. Ich trat zu ihr. Auch ich wollte mich berauschen. Den Alptraum verlassen, der mein tägliches Leben geworden war. Wenigstens für einige Stunden.

Alles in allem war es ein schöner Geburtstagsabend. Der letzte schöne Abend.

Elfter Tag – Sonntag, 18. März

Mein erster Gedanke beim Aufwachen war, daß Sonntag war, und ich nicht so tun müßte, als ginge ich zur SELMCO. Man hätte mir entgegnen können, ich müsse diesen Schein nicht mehr aufrechterhalten, nachdem ich das Telefongespräch belauscht hatte, das mir bewies, daß Martha über die Deckadresse SELMCO informiert war. Doch ich wollte mein Verhalten nicht ändern. Ich fühlte mich sicherer, wenn Silbermann & Co weiterhin glaubten, ich wisse davon nichts.

Martha schlief noch. Als ich mich bewegte, öffnete sie die Augen. Unsere Blicke kreuzten sich. Mit einer impulsiven Geste, die ich sogleich bedauerte, streichelte ich ihre Wange: Ich wollte sie nicht mehr begehren, ich wollte sie nicht mehr lieben, ich wollte sie hassen, ich haßte sie! Sie räkelte sich wie ein Kätzchen und gähnte. Ich war fast darauf gefaßt, daß sie gleich ihre Krallen ausstrecken und einziehen würde. Ich setzte mich auf:

»Hättest du Lust, einen kleinen Ausflug zu machen?«

»Wohin?«

»Zu einem Schloß, das ich gerne besichtigen möchte. Das Schloß von Klausen.«

»Ist es weit?«

»In der Nähe der deutschen Grenze.«

»Was? Warum? Was gibt es denn da Besonderes zu sehen?«

»Nur so. Wollen wir hinfahren?«

»Wenn du willst...«

Ehe sie einen Fuß aus dem Bett setzte, gähnte Martha und tat so, als sei nichts, doch ich hatte bemerkt, daß sie extrem verärgert war. Das Schaf war offensichtlich nicht fügsam genug und ließ sich nicht willig ins Schlachthaus führen.

Sie kam zu mir ins Badezimmer und musterte sich kritisch im Spiegel:

»Ich sehe furchtbar aus.«

Automatisch antwortete ich:

»Wie alle Frauen, die für Matrosen tanzen.«

Martha zuckte die Schultern und ging nach unten, um Kaffee zu kochen. Die Stimmung war aggressionsgeladen, doch wir verhielten uns ruhig und höflich, mit jener Art von Höflichkeit, die oft gewaltsamen Ausbrüchen vorausgeht. Ich hatte das Gefühl, daß es gut war, das Haus zu verlassen, egal, ob um ein Schloß zu besichtigen oder nicht. Um 10.00 Uhr waren wir fertig. Ich schlug die Tür des Lada zu.

Das Wetter war schön, ausnahmsweise einmal wirklich schön, der Himmel wolkenlos. Richtiges Sonntagswetter. Martha trug einen irischen Pullover aus grüner Wolle, der ihren dunklen Teint vorteilhaft unterstrich. Sie hatte den Kopf an die Scheibe gelehnt und schien weit weg und abwesend. Beim Fahren ließ ich Lanzmanns Sätze Revue passieren. Er hielt mich für verrückt, das war offenkundig. Andererseits war ich sicher, bei der mysteriösen unbekannten Besucherin in seiner Praxis, Marthas Stimme erkannt zu haben. Gehörte er auch zu dem Komplott? Der Verdacht durchbohrte mich wie ein Pfeil.

Ich kannte Lanzmann seit fünf Jahren, seit jenem albernen Tag im Mai 1985, als mich der Tod gestreift hatte. Nachdem Max, Benny, Phil und ich unsere Gruppe aufgebaut hatten, hatte ich mich entschlossen, ihn wieder zu konsultieren. Und obwohl ich ihm nie von meiner illegalen Tätigkeit erzählt hatte, war er der Mensch, der mich am besten kannte. Der Geeignetste, um Informationen an irgendeinen Geheimdienst weiterzugeben. Außer, »sie« versuchten, ihn ohne sein Wissen zu benutzen …

Ich atmete tief die klare Bergluft ein und beschloß, für den Moment die ganze Sache zu vergessen. Ich fuhr schnell und folgte dem Weg, den ich auf der Karte angezeichnet hatte. Ich hatte damit gerechnet, je näher wir unserem Ziel kamen, ein gewisses Unwohlsein zu empfinden, wieder diese verfluchten Kopfschmerzen, doch nichts geschah, und um 12.56 Uhr zeichnete sich das Schloß von Klausen klar vor uns am Horizont ab. Martha rutschte auf ihrem Sitz hin und her. Die ganze Fahrt über war sie schweigsam gewesen, offensichtlich ganz in den Anblick der Landschaft vertieft. Am Fuße des Hügels bremste ich und bog in den kleinen Weg ein, der zur Schloßmauer führte.

»Bist du sicher, daß man das Schloß besichtigen kann?«

»Im Führer heißt es, daß es einen Wärter gibt, bei dem man sich den Schlüssel holen kann.«

Martha seufzte wie jemand, der ein kommendes Unheil nicht verhindern kann, und sich widerwillig dreinschickt.

Ich parkte den Lada vor dem schweren Tor aus schwarzem Schmiedeeisen. Eine säuberlich geharkte Allee führte zum Hauptgebäude, einem rechteckigen Bau, der mit kleinen Türmchen, Spitzbögen und Zinnen bewehrt war, eine eigenartige, architektonische Mischung aus mehreren Jahrhunderten. Außen am Tor hing die abgenutzte Kette einer Glocke, an der ich heftig zog. Ein eigenartiges Gefühl, eine Art leidenschaftliche Begeisterung, erfüllte mich. Dann tauchte ein alter Mann auf, der langsam die Allee heraufkam. Er trug eine dunkelblaue Schürze und einen großen Gärtnerstrohhut, der seine Augen überschattete. An seinem Gürtel hing ein riesiger Schlüsselbund. Ein bukolisches Bild aus vergangener Zeit. Man hätte fast erwartet, gleich das Geknatter eines antiken Dedion-Bouton-Automobils zu hören und junge Mädchen in weißen Mousselinekleidern fröhlich umherhüpfen zu sehen. Die Luft duftete nach Geißblatt.

Schließlich erreichte der alte Hausangestellte das Gitter und musterte uns. Noch ehe ich ein Wort sagen konnte, stieß er einen durchdringenden Schrei aus, preßte die Hände an die Brust und brach zusammen. Seine Lippen schnappten nach Luft wie das Maul eines Fischs auf dem Trockenen. Aber wegen des abgeschlossenen Gitters konnten wir ihm nicht zu Hilfe kommen! In panischer Angst wandte ich mich an Martha.

»Martha, er hat einen Herzinfarkt!«

»Wir müssen in der Stadt einen Arzt holen, fahr du hin, ich bleibe hier, falls er wieder zu Bewußtsein kommt, und beeil dich!«

Ich stürzte zu dem Lada und jagte die Serpentinenstraße hinunter. Aber es war gar nicht so einfach, am Sonntag einen Arzt zu finden. Schließlich erklärte sich ein junger praktischer Arzt, den ich mitten aus einer Tennispartie gerissen hatte, bereit, mitzukommen, und ich brachte ihn zum Schloß. Der alte Mann war wieder bei Bewußtsein, sein Atem ging schwer und röchelnd, die Nasenflügel waren zusammengekniffen und das Gesicht bläulich verfärbt. Mit viel Geduld hatte Martha ihn dazu bewegen können, ihr den Schlüssel durch das Gitter zu schieben, und nun hockte sie neben ihm und stützte ihn. Der junge Arzt untersuchte ihn schnell und schüttelte den Kopf, auf seinem Gesicht lag jener eigenartige Ausdruck, der mit der Feststellung des bevorstehenden Todes einhergeht: eine Mischung aus Trauer, Bitterkeit und Zorn.

»Wir müssen einen Krankenwagen rufen.«

»Im Haus gibt es sicherlich ein Telefon . . .«

Im Laufschritt begaben wir uns über die Allee zur Eingangstür, die der alte Wärter glücklicherweise offengelassen hatte. Nach dem Arzt betrat ich die riesige Halle mit dem versiegelten Parkett, die in ein gelbliches Licht getaucht war, das durch die große Glaswand hereindrang. Das Mobiliar war eine Mischung aus futuristischen Stücken, zeitgenössischem italienischen Design und ausgesuchten Stücken aus den dreißiger Jahren. Der junge Arzt fragte mich:

»Sehen Sie hier ein Telefon? Der Mann liegt im Sterben!«

»Da rechts, im Arbeitszimmer.«

Eine mit schwarzem Leder gepolsterte Tür führte in ein geräumiges Arbeitszimmer, das mit Dutzenden von Fotografien geschmückt war. Auf einem großen, rechteckigen Tisch, dessen Glasplatte auf vier Löwenfiguren aus Ebenholz ruhte, stand ein hochmodernes Telefon.

Der Arzt griff nach dem Hörer und wählte eilig eine Nummer. Ich hörte ihn sprechen, ohne wirklich zu hören, was er sagte. Ich war ganz in die Betrachtung der Fotos an den Wänden vertieft. Ausnahmslos zeigten sie militärische oder historische Szenen aus dem Zweiten Weltkrieg. Die große, öffentliche Bücherverbrennung in Berlin. Die eingeschlagenen Fensterscheiben jüdischer Geschäfte während des Krieges. Menschen mit einem gelben Stern, die geschlagen oder durch die Straßen gezerrt wurden. Abgemagerte Menschen in Lumpen im Hof eines Konzentrationslagers...

Es waren ausgezeichnete Vergrößerungen, die sorgfältig gerahmt waren. Einige der Bilder wirkten fast banal, so oft hatte man sie schon im Fernsehen oder in der Zeitung gesehen. Doch es gab andere, grauenvolle, unerträgliche, die zu jenen verbotenen Dokumenten gehören, zu denen nur Wissenschaftler Zugang haben und jene Menschen, die diese Untaten begangen haben! Hinrichtungen von zu Skeletten abgemagerten Männern und Frauen unter den grauenvollsten Bedingungen, von Bulldozern geöffnete Massengräber, Gefangene, die medizinischen Experimenten unterworfen wurden und deren verwirrter Blick in die Kamera starrte... Zutiefst schockiert wandte ich den Blick ab, doch wohin er auch wanderte, es war überall dasselbe: Würdenträger des Dritten Reiches in Galauniform, Soldaten an der Front, die mit starrem, irrem Blick ins Objektiv lächelten. Ein wahres Museum des Grauens beherrscht von den verzweifelten Blicken, die keinen Schmerz ausdrücken und nichts Menschliches mehr haben. Ich wollte meine Augen schützen. Nicht mehr diese Fleischerhaken sehen, die durch menschliche Kehlen gebohrt waren, oder diese Beile, die die Beine lebendiger Menschen abschlugen... Was mußte das für ein Mann sein, der sich solche Zeugnisse in seinem Arbeitszimmer aufhängte?!

Der Arzt hatte aufgelegt. Er warf einen schnellen, angewiderten Blick um sich:

»Was sind denn das für grauenvolle Sachen? Also, sie schicken einen Krankenwagen, ich gehe wieder zu ihm.«

Ich nickte, ohne zu antworten, ganz im Bann der Bilder, die mich umgaben. Über dem Schreibtisch prangte das Foto eines streng dreinblickenden Mannes. Sein volles, graues Haar war kurz geschnitten und unterstrich das kantige Gesicht mit der Hakennase und den tiefliegenden Adleraugen – die Karikatur eines preußischen Aristokraten. Die Augen, die Form der Brauen und die Wangenknochen schienen mir eigenartig vertraut, ebenso die gutgeschnittenen, vollen Lippen, die in der Andeutung eines ironischen Lächelns die Zähne entblößten. Ich wußte, wer dieser Mann war: Es war Lukas von Klausen. Ich wußte es ebenso sicher, wie ich mein Herz schlagen spürte.

Auf dem schwarzweiß gefliesten Gang hallten Schritte wider. Ich nahm sie unbestimmt und in der Ferne wahr. Mein Blick fiel auf das Telefon. Das Telefon! Es durchzuckte mich wie ein Blitz. Woher hatte ich wissen können, wo sich das Telefon befand? Ich war nie zuvor hier gewesen. In einem Anflug panischer Angst wandte ich mich zur Tür. Ein an der Innenseite befestigter Spiegel warf mein Bild zurück: Ein Mann von zweiundvierzig Jahren in einer alten schwarzen Cordhose und einem grauen, wollenen Rollkragenpullover mit kurzgeschnittenem Haar... Diese Augen, diese Wangenknochen, die Brauen, ich wußte, wo ich sie schon einmal gesehen hatte, es waren die meinen!

Ich eilte zu dem Portrait des alten von Klausen. Da war kein Zweifel möglich. Das Schild, das der ausgesetzte Gregory um den Hals getragen hatte, hatte also die Wahrheit gesagt! Lukas von Klausen, dieser widerwärtige alte Nazi, war zweifellos unser Vater, jener Vater, dessen Identität mir immer unbekannt gewesen war! Ich schwankte zwischen Ekel angesichts einer solchen Abstammung und leidenschaftlicher Erregung angesichts meiner Entdeckung. Mein Schädel vibrierte eigenartig, so als wolle er mir Signale geben, die ich leider nicht zu entschlüsseln vermochte. All das hatte einen Sinn, dessen war ich mir jetzt ganz sicher... Die Schritte erreichten die Tür, und in der Sekunde, als mir bewußt wurde, daß es nicht Martha war, und ich herumfuhr, traf mich seitlich ein heftiger Schlag am Kopf.

Unter der Wucht ging ich in die Knie, ein erneuter Schlag sauste nieder, doch ich hatte mich zur Seite gerollt, so daß er mich nur an der Schulter traf, wo er einen glühenden Schmerz auslöste. Zweifellos ein Schlagstock. Ich sah ein Paar braune Hosenbeine und eine breite Pranke, die tatsächlich einen schweren Schlagstock hielt. Mit Schwung stieß ich beide Beine in den Unterleib meines Angreifers. Er sank auf den Schreibtisch und riß im Fallen das Telefon mit. Keuchend richtete ich mich auf, und schon stürzte er sich wieder auf mich. Er trug eine dunkelblaue, wollene Kapuzenmütze, und ich konnte nur seine Augen sehen, blaßblaue Augen, in denen eisige Wut schimmerte. Der Schlagstock richtete sich auf wie eine wütende Schlange. Obwohl ich zur Seite sprang, streifte er meine Rippen. Nach Luft ringend lehnte ich mich an die Wand.

Der Mann sagte nichts. Er beobachtete mich, bereit zum Angriff und entschlossen, mir in aller Stille den Schädel einzuschlagen. Seine Größe, seine Korpulenz – ich hätte wetten können, daß es Gruber war. Es war totenstill. Wo blieb der Krankenwagen? In dem Augenblick, als ich mir diese Frage stellte, vernahm ich die Sirene. Es kam also Hilfe. Und Martha? Wo war Martha? Der Mann ließ seine Waffe kreisen und stürzte sich auf mich. So gut ich konnte, wehrte ich den Angriff mit dem linken Unterarm ab, der unter dem Schlag zu zersplittern schien. Ein mit Blei gefüllter Schlagstock! Gleichzeitig fuhr meine rechte Hand zwischen seine

Schenkel und drückte mit aller Kraft zu. Er sackte mit einem Grunzen nach vorne, meine Linke sauste blitzschnell auf seinen Mund. Ich spürte, wie seine Zähne nachgaben, und seine Kapuzenmütze tränkte sich mit Blut. Der Mund, die Augen und das Geschlecht sind die Schwachstellen jeden Mannes, egal, ob es sich um einen Zwerg oder einen Riesen handelt. Außer sich vor Wut schlug er blindlings zu, ein Hagel stechender Schläge. Es blieb mir nur ein einziger Ausweg: Ich sammelte all meine Kräfte, sprang über den Schreibtisch, durch die große Glastür und landete mit Glasscherben gespickt, auf dem Hortensienbeet. Der maskierte Mann setzte mir schon nach.

Ich rappelte mich auf und rannte, von Kopf bis Fuß voller winziger Glassplitter, los.

Atemlos und mit brennender Kehle lief ich durch die Zypressen-Allee, vorbei an einem kleinen, mit hübschen Seerosen bepflanzten Teich.

Der Mann mit der Kapuzenmütze kam bedenklich näher, und ich konnte fast spüren, wie er die Vorstellung genoß, mich zu Brei zu schlagen. Er hielt etwas Schwarzes in der Hand, machte kurz Pause, um einen anderen Gegenstand darauf zu befestigen, den ich sofort erkannte: Ein Schalldämpfer auf einem Revolver der Marke Python. Jetzt wurde mit harten Bandagen gekämpft! Der Anblick des Krankenwagens mit den geöffneten Türen schien ihn zu verwirren. Ich nutzte die Gelegenheit zu einem Sprint auf das Gitter zu. Der alte Mann lag noch immer an derselben Stelle. Martha war ebensowenig zu sehen wie der Arzt.

Außer Atem rannte ich wie ein Wahnsinniger im Zickzack los. Ich mußte das Gitter erreichen! Als ich es fast geschafft hatte, warf mich ein stechender Schmerz in der Schulter zu Boden. Der Dreckskerl! Er hatte mich erwischt! Eine zweite Kugel schlug neben meinem Kopf in den Boden und wirbelte den Kies auf. Ich spürte Blut über meinen Arm rinnen. Zittrig richtete ich mich, so gut ich konnte, auf. Zwei Krankenpfleger kamen auf mich zugelaufen. Meine Knie gaben nach, und ich fiel ihnen in die Arme.

»Ein bewaffneter Mann... Vorsicht...«

Ohne mir zu antworten, zogen sie mich schnell zu dem Krankenwagen. Aus den Augenwinkeln bemerkte ich den steifen Körper des alten Wärters, seinen starren Blick. Er war tot. Ich sah mich um: Die Allee, die zum Schloß führte, war leer. Kein Verrückter mit Kapuzenmütze. Nur Schmetterlinge und eine friedliche Brise. Aber dennoch hatte ich eine Kugel in der Schulter und verlor Blut. Als ich mich verrenkte, um die Wunde zu betasten, befahl mir der größere der beiden Krankenpfleger, mich ruhig zu verhalten, und schnallte mich auf der Bahre fest. Der andere gab mir eine Spritze.

Ich wollte ihnen sagen, daß man die Leiche des alten Mannes mitnehmen müßte, daß meine Frau verschwunden war, daß man mich hatte töten wollen, doch die Worte zerplatzten auf meinen Lippen wie Seifenblasen. Ich fühlte mich schwach, der Krankenpfleger schien mir weit weg, und jede Bewegung kostete mich übermenschliche Anstrengung.

Ein Motor sprang an. Doch es war nicht der des Krankenwagens. Ich wandte den Kopf. Durch das Fenster sah ich, wie ein Auto langsam vorbeifuhr. Ein brauner Ford. Ich erkannte den Fahrer. Es war der Mann im Regenmantel, den ich einige Lichtjahre zuvor in Brüssel gesehen hatte, zuerst in der U-Bahn, dann auf dem Flughafen. Hatte ich Wahnvorstellungen? Meine Augen suchten den Krankenpfleger, und plötzlich bemerkte ich, daß auf der Bahre neben mir noch jemand lag. Ich konzentrierte mich, und jetzt erkannte ich die Person im Schatten deutlich. Ich wollte schreien, brachte aber keinen Ton heraus.

Der junge Arzt sah mich mit seinen fahlen Augen an, seine Kehle war von einem Ohr bis zum anderen aufgeschlitzt.

Im selben Moment fuhr der Krankenwagen mit quietschenden Reifen an und raste den Hügel hinab. In jeder Kurve hüpfte der Kopf des Toten auf dem weißen Laken, und ich hatte die grauenvolle Befürchtung, er würde abfallen und zu mir herüberrollen. Vergeblich zerrte ich an den Gurten, mit denen ich festgeschnallt war. Plötzlich heulte eine Sirene auf. Die Polizei, war das die Polizei? Der Krankenwagen bremste. Ein zweiter Krankenwagen hielt neben uns, und ich sah das rote Kreuz auf der Karosserie. Meine Kehle war trocken wie Zunder, die Lippen geschwollen und gefühllos. Ich spürte, wie sich schwarze Schatten über mein Bewußtsein legten. Sie hatten mir eine Droge gespritzt.

Eine Männerstimme mit einem starken Schweizer Akzent fragte:

»Kommt ihr vom Schloß von Klausen?«

»Ja, man hat uns für nichts und wieder nichts rausgejagt!«

»Ich verstehe das nicht. Uns hat man wegen eines Herzinfarkts gerufen.«

»Uns auch, aber da oben ist niemand.«

»Ha, ein idiotischer Streich!«

Die Stimmen drangen verzerrt und schleppend aus der Ferne an mein Ohr. Ich mußte mit diesen Männern sprechen. Ich mußte mich befreien. Ich strampelte, doch ich konnte mich nicht bewegen, die Gurte waren fest über meine Brust geschnallt. Meine Schulter brannte wie Feuer. Ich versuchte zu rufen, doch es wollte mir nicht gelingen.

»Also dann, macht's gut, das Fondue wartet!«

»Schönen Tag auch.«

Meine letzte Hoffnung auf Rettung entschwand in aller Ruhe zum sonntäglichen Fondue.

Wir fuhren wieder an. Wohin brachte man mich? Auf einer holprigen Straße wurde ich durchgeschüttelt, der Schmerz breitete sich wellenartig in meinem ganzen Körper aus. Ich war in eine Falle getappt. Durch mein Verschulden war ein unschuldiger junger Arzt ums Leben gekommen. Bei dieser Vorstellung erfüllte ein bitterer Geschmack meinen Mund, und ich verlor das Bewußtsein.

Als ich wieder zu mir kam, schien mir die Sonne direkt ins Gesicht. Ich wollte mich vor dem grellen Licht schützen, aber ich konnte meine Arme nicht bewegen. Mir schoß ein entsetzlicher Gedanke durch den Kopf: Hatte man mich etwa amputiert? Doch dann kam mir die rettende Idee, meine Finger zu bewegen – alles war noch an seinem Platz. Allerdings steckte ich anscheinend in einer Zwangsjacke. Nachdem ich mich an das Licht gewöhnt hatte, sah ich mich um. Leider war es nicht die heiße Sonne der Malediven, die auf mich herunterbrannte, sondern der Schein einer gleißend hellen Halogenlampe, die über meinem Kopf angebracht war. Wohin ich auch sah, ich entdeckte nur gepolsterte Wände und kein einziges Fenster... Hatte ich Halluzinationen oder befand ich mich tatsächlich in einer Zelle der Psychiatrie? Nein, kein Zweifel, meine mysteriösen Retter hatten mich interniert! Ein leises Surren erregte meine Aufmerksamkeit. Suchend blickte ich mich um und entdeckte die Umrisse einer Videokamera, die über der Halogenlampe befestigt war.

Ich fixierte die Kamera und versuchte zu sprechen, doch die Laute, die über meine Lippen kamen, waren nur ein unverständliches Gestammel. Wegen des bitteren Geschmacks in meinem Mund, der mit Sicherheit von der Droge herrührte, die man mir verabreicht hatte, hätte ich gerne ausgespuckt, aber ich konnte mich nicht vorbeugen. Und außerdem mußte ich dringend pinkeln. Das sagte ich auch mit unglaublich rauh klingender Stimme in Richtung Kamera. Nichts. Da mein Bedürfnis immer dringender wurde, versuchte ich nach Kräften, micht aus der Zwangsjacke zu befreien, als sich plötzlich ein Stück der Wand zur Seite schob und ein Pfleger mit weißem Mundschutz hereinkam. Er hatte ein Urinal bei sich, und ich begrüßte ihn spöttisch:

»Wie aufmerksam!«

Ohne jede Regung schob er es mir unter und wartete, bis ich fertig war. Wortlos verschwand er wieder.

Der Aufenthalt begann ja gut. Der Service war einwandfrei,

wenn auch etwas unterkühlt. Wo war ich hier gelandet? Was hatte das alles zu bedeuten? Das einzig Vorteilhafte an meiner Lage war, daß weder Max noch Kommissar Malinois mich hier vermuten würden. Daß ich hier festgehalten wurde, ließ darauf schließen, daß eine Bande, die mit Silbermann, Gruber und Konsorten rivalisierte, sich eingeschaltet hatte. Und da man mich nicht getötet hatte, konnte das nur bedeuten, daß sie irgend etwas von mir wissen wollten. Aber was? Diese Vorstellung machte mir wirklich Angst, denn sie würden mit allen nur erdenklichen Mitteln versuchen, mir diese Information zu entlocken. Und das konnte unangenehm werden...

Wieder schob sich die Wand zur Seite. Der Pfleger erschien mit einem Tablett in der Hand, auf dem ein Glas Wasser, Tabletten und ein Teller mit Brei standen. Er stellte es ab, dann holte er aus seiner Kitteltasche einen Trichter, schob ihn mir in den Mund und hielt mir die Nase zu. Er füllte den Brei in den Trichter, und um nicht zu ersticken, mußte ich wohl oder übel schlucken. Zum Abschluß dieser sehr pragmatischen, aber nicht sonderlich feinfühligen Art der Verpflegung schüttete er das Glas Wasser, zusammen mit den Tabletten, hinterher. Er entfernte den Trichter und verabreichte mir eine Spritze. Erneut verlor ich das Bewußtsein. Ich hatte das undeutliche Gefühl, daß jemand mit mir sprach, aber ich konnte nicht antworten.

Ich wußte nicht, wieviel Zeit ich in diesem Dämmerzustand voller merkwürdiger und quälender Träume verbracht hatte, doch als ich aus einem Alptraum, in dem mein Vater, das Monster, mich durchdringend angestarrt hatte, hochschreckte, war es um mich herum stockfinster. Um mich vor meinem Vater zu schützen, hatte ich im Traum instinktiv die Hände vor das Gesicht geschlagen, und nun stellte ich zu meinem Erstaunen fest, daß ich das tatsächlich hatte tun können: Die Zwangsjacke war verschwunden. Was ging hier vor? Ich lauschte, doch in dem schallisolierten Raum war es totenstill.

Als ich mich aufrichtete, wurde mir schwindelig, doch ich

merkte, daß ich an der Schulter einen Verband hatte. Man hatte mich also verarztet, und deshalb trug ich keine Zwangsjacke mehr! Doch das war jetzt alles nicht wichtig, ich mußte sehen, daß ich hier wegkam. Wer weiß, weshalb man mich am Leben gelassen hatte. Ich stand auf, und als ich hilfesuchend um mich tastete, fühlte ich einen kühlen Gegenstand. Meine Augen hatten sich an die Dunkelheit gewöhnt, und so sah ich, daß es eine spitze Schere war, die man zum Schneiden des Verbandes verwendet und dann vergessen hatte. Ich nahm sie an mich, ging zur Wand hinüber und untersuchte sorgfältig die Stelle, an der der Pfleger aufgetaucht war, aber es war zu dunkel, als daß ich den Mechanismus hätte entdecken können. Ich beschloß, mich einfach auf die Lauer zu legen, denn wenn sie mich nicht mehr mit der Videokamera sehen konnten, die direkt über dem Bett angebracht war, würde sich bestimmt bald jemand blicken lassen. Und so war es. Kurze Zeit später hörte ich ein leichtes Knarren, und die Wand schob sich zur Seite. Ein Mann mit einer Taschenlampe betrat den Raum. Ich konnte nicht lange überlegen, also warf ich mich mit meinem ganzen Gewicht auf ihn und stach möglichst weit oben mit der Schere auf ihn ein. Ich spürte, wie sich die Spitzen in weiches Fleisch bohrten und eine warme Flüssigkeit auf meine Hand tropfte. Ein heiserer Schrei war zu hören. Durch diesen Laut wußte ich ungefähr, in welcher Höhe sich der Kopf befand, und mit einem Fausthieb setzte ich den Kerl außer Gefecht. Langsam sackte er zu Boden, die Lampe glitt ihm aus der Hand.

Die Schere steckte in seiner Brust, unweit des Herzens, und er atmete schwer. Vorsichtig zog ich ihm den Kittel aus und seinen Mundschutz herunter. Zu meiner Verblüffung erkannte ich in ihm den Mann aus dem braunen Ford. Vermutlich war das unsere letzte Begegnung. Ich zog mir den Kittel über, griff mir die Lampe und machte mich schnell davon. Meine Schulter schmerzte stark, und ich konnte mich kaum auf den Beinen halten. In meiner Verkleidung mit dem

Mundschutz dürfte mich wohl niemand auf den ersten Blick erkennen. Ich stand in einem langen dunklen Gang. In einiger Ferne hörte ich Stimmengemurmel. Tastend schlich ich mich langsam vorwärts.

»Verdammt! Na, da werden wir was zu hören bekommen!«

»Das ist doch nicht unsere Schuld, wenn der Generator schlappmacht.«

Eine Panne. Es hatte eine Panne gegeben. Der Strom war ausgefallen! Ich stieg lautlos eine Treppe hinauf und versuchte mich zurechtzufinden. Plötzlich spürte ich einen kalten Luftzug. Jemand hatte die Eingangstür aufgemacht! Ich entkam nach draußen. Es goß in Strömen, und ich befand mich offensichtlich in einem großen Park. Ich rannte so schnell es ging den Weg entlang, denn es würde sicher nicht lange dauern, bis sie mein Verschwinden bemerkten. Das Wasser lief mir in den Kragen des Kittels, ich fror, aber ich lief immer weiter, bis ich zu einer Mauer und einem schmiedeeisernen Tor kam. In meinem Zustand konnte ich unmöglich über die hohe Mauer klettern. Als ich gerade verzweifeln wollte, hörte ich von hinten ein Motorengeräusch. Ein Auto hielt vor dem Tor, ein Mann stieg aus und schloß es bei laufendem Motor auf. Das war meine Chance! Es gelang mir, vor ihm ins Auto zu klettern, ich schlug die Tür zu und brauste einfach los. Im Rückspiegel sah ich ihn wild gestikulierend stehen, bis er schließlich zum Haus zurücklief. Ich wollte mich entspannt zurücklehnen, aber die kurvenreiche Straße verlangte mir alle Aufmerksamkeit ab. Und mit einem Mal wußte ich, wo ich festgehalten worden war: in Lanzmanns Klinik. Doch eigentlich überraschte micht das nicht sonderlich. Mein erster Impuls war, zu seinem Haus zu fahren und ihn mir zu schnappen, doch sicher würde dort schon ein Empfangskomitee auf mich warten. Ich mußte irgendwohin, wo ich weder Lanzmann noch Silbermann in die Arme lief. Kurz entschlossen fuhr ich Richtung Deutschland. Wenn ich das alles verstehen wollte, mußte ich mehr über meinen Bruder in Erfahrung bringen.

Zwölfter Tag – Montag, 19. März

Ich war müde. Unsäglich müde. Der Sturm hatte sich gelegt, und an seine Stelle war ein dichter, gleichmäßiger Regen getreten, der eine hypnotische Wirkung hatte. Die Uhr am Armaturenbrett zeigte 1.10 Uhr, wahrscheinlich war es Montag. Es sei denn, ich wäre mehrere Tage bewußtlos gewesen. In meinem Kopf überschlug sich alles. Ich konnte keinen klaren Gedanken fassen, also konzentrierte ich mich ganz aufs Fahren. Bestimmt waren sie hinter mir her, also durfte ich nicht anhalten. Meine Augenlider brannten, und ich hatte panische Angst davor, einzuschlafen. Ich kurbelte das Fenster herunter und hoffte, daß die eiskalte Luft und der Regen, der mir ins Gesicht schlug, mich wach halten würden.

Meine Hände umklammerten das Lenkrad, und mit zusammengebissenen Zähnen zwang ich mich, an nichts anderes als an die nächste Viertelstunde zu denken, dann an die nächste und so weiter und so fort. Meine Zukunft beschränkte sich darauf, die nächste Viertelstunde zu überstehen, dann noch eine – viele kleine Viertelstunden Galgenfrist...

Ich schreckte hoch. Mir waren die Augen zugefallen, und für eine Sekunde war ich eingenickt! Instinktiv hatte ich wohl meine Fahrt verlangsamt, denn der Wagen beschrieb träge eine Kurve, die ihn geradewegs in ein großes Feld führte. Ich riß das Steuer herum, bremste und stellte den Motor ab. Die Stille tat mir gut. Der Morgen brach an. Es hatte aufgehört zu regnen. Das Wageninnere war naß, und es stank nach Hund. Ich stank auch und hätte, so blut- und dreckverschmiert wie ich war, dringend eine Dusche nötig gehabt.

Meine Schulter tat mir weh, der stechende Schmerz durchzuckte mich wie ein Dolchstoß. Unbeholfen tastete ich die Wunde ab, die unter einer dicken Verbandsschicht lag. Da ich kein frisches Blut auf der Gaze spürte, durfte ich hoffen, daß sich die Wunde nicht wieder geöffnet hatte.

Als ich mich ein wenig umsah, entdeckte ich ein dichtes Wäldchen. Ich ließ den Motor an und fuhr langsam darauf zu. Sobald der Wagen im Schutz der Bäume stand, stieg ich aus. Die eisige Morgenluft stach mir ins Gesicht und in die Kehle. Mein ganzer Körper zitterte wie eine Maschine, die auf Hochtouren lief, und erst jetzt merkte ich, daß ich außer dem weißen Kittel und der Hose des Krankenpflegers nichts anhatte. Und das war entschieden zu wenig für einen eiskalten Märzmorgen.

Zitternd und niesend stieg ich wieder in den Wagen. Mein Kopf glühte, ich hatte eindeutig Fieber. Was ich jetzt brauchte, war viel Wärme und Schlaf. Meine Zähne klapperten vor Kälte. Steif und ungelenk durchstöberte ich auf allen vieren den Renault Espace und kramte aus einer Ecke eine alte, ölverschmierte Plane hervor. Sie kam mir entsetzlich schwer vor. Ich dachte noch daran, die Türen zu verriegeln, dann legte ich mich im Fond auf den Boden und deckte mich sorgfältig mit der Plane zu. Trotz der Kälte und der vielen unbeantworteten Fragen, die mich quälten, fiel ich fast sofort in einen bleiernen Schlaf.

Martha und ich liebten uns. Ich schwitzte stark, als ich ihren glatten Körper an mich preßte und meinen Mund auf ihre warme Schulter drückte. Aber Martha wirkte irgendwie merkwürdig... sehr merkwürdig, weit weg, wie... wie eine Puppe, ja eine Gummipuppe mit toten Augen. Ich schüttelte sie wild und schrie: »Martha, hörst du mich? Martha!« und wachte schweißgebadet, in der Plastikplane verheddert, auf.

Ein Sonnenstrahl schien hell durch die Scheibe. Anscheinend hatte sich der Frühling entschlossen zu beweisen, daß er nicht nur eine vage Hoffnung war... Ich befreite mich mühselig aus meinem provisorischen Kokon und sah auf die Uhr am Armaturenbrett. Es war 9.43 Uhr. Ich lag in einem gestohlenen Auto, hatte keine Papiere, kein Geld und keine Kleidung. Und vor allen Dingen keine Ahnung, was hier vor sich ging. Ein gefundenes Fressen für die Polizei. Ich mußte mich den Tatsachen stellen: Meine Karriere neigte sich dem Ende zu, wie ein Meteorit, der in rasendem Tempo auf die Erde zurast, und schon bald würde ich im Gefängnis landen. Es sei denn, ich bekäme vorher noch eine Kugel zwischen die Augen verpaßt, die mein Leid beenden würde.

Ich schüttelte mich und kletterte nach vorne. Im Handschuhfach fand ich ordentlich zusammengefaltete Straßenkarten, eine Tüte Hustenpastillen, eine Schachtel mit etwas Kleingeld, eine Sonnenbrille, ein Paar gefütterte Handschuhe, ein Schild mit einem Äskulapstab und der Aufschrift »Arzt«, das man hinter die Windschutzscheibe legen konnte, und die Wagenpapiere. Wie ich schon vermutet hatte, gehörte der Wagen LE COLOMBIER, das war die Klinik von diesem Dreckskerl Lanzmann.

Ich stopfte mir eine Handvoll Hustenpastillen in den Mund und lutschte sie, doch meine Kehle war so trocken, daß das Schlucken schmerzte. Ich mußte unbedingt etwas trinken. Als ich aus dem Wagen in die feuchte Wiese stieg, versanken meine dünnen Bastschuhe in dem wasserdurchtränkten Boden. Wasser! Überall auf dem Weg hatten sich Pfützen gebildet, und so kauerte ich mich hin wie ein Tier und sog gierig das erdige Wasser auf. Mein Bedürfnis nach Flüssigkeit war stärker als alles andere. Als ich mich schließlich wieder aufrichtete, fühlte ich mich besser. Mein Schweiß war inzwischen getrocknet und bildete einen eisigen Film auf meiner Haut. Auf dem Weg zum Wagen bemerkte ich zum ersten Mal, daß auf den Seiten in himmelblauen Buchstaben CLINI-

QUE LE COLOMBIER stand. Tja, unauffälliger ging es nun wirklich nicht!

Ohne mir große Hoffnungen zu machen, durchsuchte ich das Auto weiter, was wegen meiner schmerzenden Muskeln äußerst mühsam war, doch außer einem Magnet-Blaulicht und einem leeren Benzinkanister konnte ich nichts finden. Nichts, was mir hätte helfen können, über die Grenze zu kommen; außer, ich würde mir das Blaulicht aufsetzen und behaupten, ich sei ein Außerirdischer. Ich nahm mir noch eine Handvoll Hustenpastillen und studierte kauend die Karte der Region. Nachdem ich den letzten Ort, an den ich mich sicher erinnern konnte, gefunden hatte, wurde mir klar, daß ich mich in unmittelbarer Nähe der Grenze befand. Wegen des Fiebers hatte ich den Eindruck, daß sich alle meine Bewegungen in Zeitlupe abspielten, und so faltete ich im Schneckentempo die Karte wieder zusammen, ließ den Wagen an und fuhr ihn, das Blaulicht auf dem Dach, mitten auf die Fahrbahn. Ich mußte gut eine Viertelstunde warten, bis sich schließlich gemächlich ein grauer, verdreckter VW-Kombi näherte. Der Fahrer, ein Typ um die fünfzig mit gegerbtem Gesicht, bremste und beobachtete mich abwartend. Ich stand in der Krankenpflegeruniform neben dem Wagen, den leeren Benzinkanister in der Hand, und versuchte, einen möglichst freundlichen und normalen Eindruck zu machen. Den Benzinkanister schwenkend ging ich auf ihn zu. Er sah mich mit seinem herabhängenden Schnurrbart trübselig an. Ich betete, daß mein Kittel nicht allzu blutverschmiert war, mir der Schweiß nicht über das glühende Gesicht lief und ich nicht wie ein gefährlicher Irrer aussah.

Entweder war er von Natur aus besonders gutgläubig, oder er hatte noch nie einen Horrorfilm gesehen, denn er kurbelte das Fenster herunter. Das war es, worauf ich gewartet hatte. Mit der rechten Hand packte ich ihn brutal am Kragen, mit der Linken öffnete ich die Tür und zerrte ihn aus dem Wagen.

Ich hatte das Gefühl, meine Schulter müsse jeden Augenblick explodieren.

Starr vor Entsetzen machte er den Mund auf und zu wie ein Fisch auf dem Trockenen. Ich drehe ihn um und drängte ihn gegen die Motorhaube, wobei ich ihm brutal den Arm verdrehte. Er war bestimmt fünfzehn Zentimeter kleiner und zehn Kilo leichter als ich, so daß ich mich wie ein blutrünstiger Brutalo fühlte. Ich versuchte, vernünftig mit ihm zu reden.

»Haben Sie keine Angst, ich werde Ihnen nichts tun, ich brauche nur Ihre Kleider.«

»Meine Kleider?«

Die Worte kamen ihm nur schwer über die Lippen.

Ich nickte und zog ihm die Jacke aus. Während er es entsetzt mit sich geschehen ließ, fiel sein verschreckter Blick zunächst auf die Aufschrift KLINIK und dann auf mein Gesicht, das für ihn wohl wie das eines Tobsüchtigen aussah. Ich knöpfte sein Hemd auf, und er, als wolle er es schneller hinter sich bringen, zog sich die Hose aus. Bibbernd stand er in seiner weißen Unterhose auf der Straße. Ich gab ihm meinen Kittel. Angewidert betrachtete er ihn und hielt ihn zusammengerollt in der Hand. Nachdem ich mich umgezogen hatte, stieg ich unter seinen unglücklichen Blicken in den VW-Kombi und ließ ihn an.

»Ich werde den Wagen nicht beschädigen, das verspreche ich Ihnen, und Sie bekommen natürlich auch all Ihre Sachen zurück«, rief ich ihm noch zu, als ich losfuhr.

Doch ich konnte sehen, daß ihn das ebensowenig überzeugte wie mich selbst.

Plötzlich drohte er mir mit der Faust und lief zum Renault hinüber. Die Tür war zwar offen, aber die Schlüssel steckten in meiner Tasche. Ich fuhr schneller und machte es mir in dem Sitz bequem. Seine gefütterte Jacke und sein kariertes Wollhemd, das über meinem breiten Brustkorb spannte, wärmten mich. Meine Füße steckten in viel zu kleinen Gummistiefeln. Die Hose hatte ich nicht zuknöpfen können und sie mit einem Ledergürtel um den Leib gezurrt. Es tat mir leid, daß ich mich an diesem wehrlosen Typen hatte vergreifen müssen; es tat mir leid, daß ich in meiner Bedrängnis zu einer Art Tier geworden war, zu allem bereit. Mir tat diese ganze Scheißgeschichte leid, aber ich sah keinen Ausweg.

Schon bald tauchte der deutsche Grenzübergang auf. Ich machte die Jacke zu und vergewisserte mich, daß der Typ – den Sachen im Kombi nach zu urteilen ein Schreiner – ordnungsgemäße Papiere hatte. Eigentlich dürfte er nicht genug Zeit gehabt haben, um Alarm zu schlagen. Es fuhren um diese Zeit zu wenige Autos auf jener kleinen Nebenstraße, wo er mir zu seinem Unglück begegnet war. Mit undurchdringlichem Gesichtsausdruck fuhr ich langsam auf den Grenzübergang zu. Der Beamte, der sich in sein Häuschen verschanzt hatte, winkte mich ungeduldig durch. Falls schon entsprechende Hinweise eingegangen sein sollten, konzentrierten die sich natürlich auf einen Renault Espace. Der deutsche Zöllner auf der anderen Seite würdigte mich keines Blickes. Er starrte gebannt in einen kleinen Fernseher, wo man gerade über einen Flugzeugabsturz berichtete. Ich fuhr im Schrittempo an ihm vorbei, dann gab ich Gas. Das war geschafft.

In der Brieftasche des Schreiners fand ich Geld, rund 500 Schweizer Franken, eine Kreditkarte und diese großartigen Travellerschecks. Zweifellos war der brave Mann zu einer Spritztour auf die andere Seite der Grenze unterwegs gewesen. Ein zerfleddertes Kärtchen, das die Vorzüge eines Massagestudios mit dem verheißungsvollen Namen TOTAL RELAX anpries und den Hinweis *Diskretion Ehrensache* trug, bestätigte meine Vermutungen.

Meiner Gewohnheit entsprechend, hielt ich auf dem Parkplatz des ersten Supermarktes, den ich unterwegs sah, und tätigte meine Einkäufe.

Dieses Mal suchte ich mir bequeme Garderobe aus: Jeans, eine gefütterte Jeansjacke, einen grauen Rollkragenpullover, schwarze Strümpfe und Turnschuhe. Sechs Flaschen Wasser, Aspirin, Verbandsmaterial, Desinfektionsmittel, eine Straßenkarte, Chips, Orangen und Schokolade vervollständigten meine Einkäufe, die ich in einer schwarzen Sporttasche aus Nylon verstaute. Ich bezahlte mit der Kreditkarte, deren Diebstahl noch nicht gemeldet sein konnte.

Kaum war ich draußen, trank ich gierig aus der Flasche. In einem Zug leerte ich fast die Hälfte einer Wasserflasche. Ich stellte die Sachen ins Auto und beschloß, mir eine Unterkunft zu suchen, wo ich mich waschen, meine Wunde versorgen und schlafen konnte. Doch zunächst mußte ich mir ein anderes Auto besorgen. Ich ging zur Bank, um die Travellerschecks einzulösen und die Schweizer Franken zu tauschen. Damit setzte ich alles auf eine Karte, denn ich hoffte, daß der brave Schreiner noch immer mitten in der Pampa festsaß. Der Bankangestellte – ein flachsblonder Mann, der intensiv in der Nase bohrte – warf nur einen kurzen Blick auf den Ausweis, den ich ihm hinhielt. Auf diese Weise erfuhr ich, daß ich Axel Wiener hieß, am 14. Oktober 1936 in Bern geboren und von Beruf Möbelrestaurator war. Der Flachshaarige, der von dem Altersunterschied zwischen Wiener und mir nicht sonderlich beeindruckt zu sein schien, warf lediglich einen zerstreuten Blick auf meine Schecks, händigte mir ein Bündel Geldscheine aus und vertiefte sich wieder in das Studium seiner Nasenpopel. Offensichtlich hatte ich genau den richtigen Zeitpunkt erwischt.

Als nächstes hielt ich bei Hertz, wo ich einen diskreten, grauen Golf mietete. Den fälligen Betrag bezahlte ich freigebig mit der gestohlenen Kreditkarte und ging anschließend zum Kombi zurück. Ich lud mein Gepäck in den Golf um und machte mich endlich auf die Suche nach einem Hotel.

Auf der Fahrt aß ich Orangen und die Schokolade. Meine Schulter tat verflucht weh, und der Schmerz strahlte in den ganzen Rücken aus. Ich fühlte mich, als sei ich von einem Panzer aus Schmutz umgeben; und der Schweiß, der auf eine

Erkrankung hindeutete, lief nur so an mir herunter. Ich hatte bestimmt noch Fieber. Mühsam fuhr ich noch etwa fünfzig Kilometer, bis ich schließlich einen kleinen Landgasthof entdeckte. Erleichtert hielt ich dort an. Eine rundliche Dame reiferen Alters empfing mich mit einem freundlichen Lächeln und vermietete mir ein kleines, ein wenig rustikal anmutendes Zimmer, das ich im voraus bezahlte. Ich sagte ihr, daß ich auf keinen Fall gestört werden wolle. Gierig – wie der von Tex Avery gezeichnete Wolf, wenn er ein vollbusiges Mädchen anstarrt – fiel mein Blick auf das Bett mit der rosafarbenen Federdecke. Die Dusche konnte warten. Ich war nur noch dazu in der Lage, mich aufs Bett fallen zu lassen und die Augen zu schließen.

Dreizehnter Tag – Dienstag, 20. März

Als ich aufwachte, war es dunkel. Das Leuchtzifferblatt meiner Uhr zeigte 5.02 Uhr an. Ich hatte seit 14.25 Uhr geschlafen – fast fünfzehn Stunden. Nicht weit entfernt hörte ich einen Hahn krähen. Ich stand auf und ging ins Bad. Meine Glieder schmerzten derart, daß ich mich kaum rühren konnte, aber mein Kopfweh war verschwunden, und ich fühlte mich besser. Mühsam zog ich mich aus und entfernte den blut- und dreckverschmierten Verband, der meine Wunde »schützte«. Sie ziepte und schmerzte, aber sie hatte sich offensichtlich nicht wieder geöffnet.

Ich stellte mich unter die Dusche und ließ das warme Wasser genüßlich über Nacken und Oberkörper rinnen. Lange stand ich so da und sah zu, wie sich unter dem starken Wasserstrahl die Schmutzschicht von meinem Körper löste. Während das Wasser belebend über meinen Körper prasselte, fühlte ich, wie allmählich meine Lebensgeister wieder erwachten. Doch plötzlich schob sich ein anderes Bild dazwischen: Martha nackt neben mir unter der Dusche. Mit einem Ruck drehte ich den Wasserhahn zu. Es kam gar nicht in Frage, daß ich an Martha dachte. Nicht jetzt.

Ich trocknete mich vorsichtig ab, verzog aber dennoch einige Male das Gesicht vor Schmerzen. Zufrieden stellte ich fest, daß mein Bart gewachsen war, was mein Äußeres ziemlich veränderte. Ich legte mir, so gut es ging, einen neuen Verband an, zog mir saubere Sachen an, aß und trank etwas und ging.

Es war nicht mehr Nacht und noch nicht Tag. Mehr als ein fahler und diffuser Lichtschein war noch nicht auszumachen, der aber wurde von dem Hahn ein weiteres Mal überschwenglich begrüßt. Ich sah mich um, sog tief die eisige Luft ein, stieg in den Wagen und ließ den Motor an. Als ich den Golf mietete, hatte ich die Gebühr im voraus bezahlt, und normalerweise bestand für die Autovermietung keine Veranlassung, die Nummer der Kreditkarte, die ich als Garantie angegeben hatte, ein zweites Mal zu überprüfen. Doch als ich einen alten, verlassenen Lieferwagen am Rande eines Ackers entdeckte, hielt ich an. Es war noch dunkel, die Straße leer. Ich holte einen Schraubenzieher aus der Werkzeugtasche im Kofferraum. Der alte Lieferwagen hatte keine Räder mehr und war völlig verrostet.

Höchstwahrscheinlich würde niemand den Diebstahl der Nummernschilder melden. Ich schraube sie eilig ab und verstaute sie im Golf. Fünf Kilometer weiter bog ich in einen Feldweg ein, wechselte die Schilder aus und warf meine in einen Dornenstrauch.

Vier Stunden später erreichte ich München und mußte an die Ereignisse denken, die vor fünfzig Jahren hier ihren Anfang genommen hatten. Und nun war ich hier, um Nachforschungen über meinen Bruder anzustellen, den ich kaum gekannt hatte; wie so viele Familien, die damals auseinandergerissen worden waren – Strohhalme im Wind der Geschichte.

Ich parkte den Wagen im Stadtzentrum, nahm ein Taxi und ließ mich zum Flughafen fahren. Dort kaufte ich mir für den nächstmöglichen Flug ein Ticket nach Dresden, das ich bar bezahlte. Falls der Angestellte darüber erstaunt war, ließ er es sich zumindest nicht anmerken. Im Flugzeug dachte ich an meinen Bruder, der gezwungen gewesen war, mit seinem

Flugzeug in den Westen zu fliehen. Sechs Jahre später hätte er, genau wie ich, nicht einmal mehr durch den Zoll gemußt... Die Welt änderte sich viel zu schnell, man konnte ihr nicht mehr trauen, egal, um was es ging.

Dresden... Ein Name, der düstere Erinnerungen wachrief. Man brauchte ihn nur auszusprechen, und schon glaubte man die Druckwellen der Bomben zu spüren, fühlte den rauhen Hauch des Feuers auf dem Gesicht. In Wirklichkeit war die Stadt grau und alltäglich. Insgeheim mußte ich über meine Feuerwehrmann-Lyrik lachen. Ein zerbeultes Taxi brachte mich zu dem Luftwaffenstützpunkt, auf dem mein Bruder seine letzten Soldatenjahre verbracht hatte. Durch die verschmutzten Scheiben betrachtete ich die düstere Landschaft und fühlte, wie der mir schon vertraute Schmerz in meinen Schläfen pochte.

Am Himmel braute sich ein Gewitter zusammen. Ich bezahlte das Taxi und ging. Ein Wachposten erklärte mir den Weg zum Empfang, der sich in einem Gebäude mit abgeblätterter Fassade befand. Dort fragte ich nach Unteroffizier Bohm, einer der Namen, die mir der liebenswürdige Beamte aus Ostberlin genannt hatte, nachdem ich eine Familienangelegenheit vorgeschoben hatte. Es war 18.36 Uhr. Unteroffizier Bohm hatte just an jenem Abend frei und wollte in die Stadt. Man bat mich, im Kasernenhof auf ihn zu warten. Ich kam vor Kälte fast um, als ich gut eine Viertelstunde unter den spöttischen Blicken des in einen warmen Parka gehüllten Wachpostens draußen stand und wartete. Schließlich tauchte ein dicker Mann mit kahlgeschorenem Kopf auf, der sich in eine tadellos gebügelte Uniform gezwängt hatte. Der Posten rief ihn zu sich und informierte ihn anscheinend darüber, daß ich auf ihn wartete, denn er kam sofort auf mich zu. Er baute sich vor mir auf und starrte mich an. Er hatte ein pausbäckiges Gesicht mit weichen, freundlichen Zügen, das im merkwürdigen Kontrast zu seinen eiskalten Augen stand. Und als er mich mit undurchdringlicher Miene ansah, fiel mir auf, daß sich unter seinem wettergegerbten Teint eine eigenartige Blässe ausbreitete. Doch scheinbar ungerührt musterte er mich von oben bis unten, machte dann plötzlich auf dem Absatz kehrt und ging in raschem Schritt auf den großen, leeren Platz vor dem Stützpunkt zu. Ich hängte mir meine Tasche um und folgte ihm.

»Unteroffizier!«

Er drehte sich nicht um, sondern ging mit ruhigem, gleichmäßigem Schritt weiter. In Höhe der Autobushaltestelle holte ich ihn schließlich ein.

»Ich muß mit Ihnen sprechen!«

Ohne mich anzusehen, sagte er leise:

»Bist du verrückt geworden? Willst du, daß sie uns schnappen?«

Der Bus kam. Er kramte Geld aus seiner Tasche, und ich sah, daß seine Hand zitterte.

»Ich muß mit Ihnen sprechen, über Gregory von Klausen.«

»Verschwinde!«

»Es geht nicht anders. Tut mir leid für Sie, aber ich muß mit Ihnen sprechen.«

»Um 20 Uhr im Stiller am Marktplatz. Frag nach dem Lehrer.«

Der Bus hielt scheppernd und quietschend an. Bohm stieg ein. Völlig verwirrt folgte ich ihm. Er beachtete mich überhaupt nicht, sondern nahm neben einer dicken Frau Platz, mit der er sofort ein Gespräch anfing. Ich setzte mich am Ende des Gangs ans Fenster, und der Bus fuhr schwankend weiter. Unteroffizier Bohm stieg am Stadtrand aus. Ich hielt es für besser, ihm nicht zu folgen, um unser Treffen nicht zu gefährden.

Ich lief eine Weile in der Stadt umher, bis ich den Marktplatz fand. Als ich dort ankam, war ich völlig durchgefroren. Es war noch kälter als in Genf, und die Bürgersteige waren mit einer dünnen Eisschicht bedeckt. Das »Stiller« war eine kleine Kneipe am Ende des Platzes, jene Art von Kneipe, die eine Frau alleine nur ungern betritt und wo die Typen mit dem

Tresen fest verwachsen zu sein scheinen und vermutlich umfallen würden, wenn man ihnen ihr Glas wegnähme.

Ich war eine halbe Stunde zu früh dran, also bestellte ich mir in einer nahegelegenen, hell erleuchteten Gaststätte, in der ein alter Mann Geige spielte, einen Kaffee. Um 19.58 Uhr erhob ich mich, zahlte und ging.

Nach dem heißen Kaffee kam es mir draußen noch kälter vor. Ich überquerte fröstelnd den Platz und betrat die kleine, verrauchte Kneipe. Köpfe drehten sich nach mir um, musterten mich mit dumpfen Blicken, bevor sie ebenso rasch wieder in ihre Gläser stierten, als seien es Kristallkugeln. Der Kellner mit der Statur eines Gewichthebers bewegte sich, eine weiße Serviette über der Schulter, energisch auf mich zu:

»Wat wollnse?«

Er sprach einen Dialekt, den ich nur mit Mühe verstand.

»Ich möchte zum Lehrer.«

Als ich diesen Satz sagte, fühlte ich mich absolut lachhaft. Wie die billige Kopie eines Spions aus einem Hitchcock-Film. Der Kellner starrte mich durchdringend an. Mit seinem Psychopathenblick und dem nervös zuckenden Gesicht paßte er wunderbar in dieses Dekor.

»Kommense mit.«

Ich folgte ihm, wobei ich mir einen Weg durch die schwankenden Gestalten in der mit Sägemehl ausgestreuten Kneipe bahnen mußte.

Er ging nach links, und wir kamen in ein kleines, mit vielen Kartons vollgestelltes Zimmer. Ein Lager. Hier angekommen, schneuzte er sich in seine Serviette und ging dann türenschlagend davon. Ich blieb verdutzt zurück und fürchtete, in eine Falle getappt zu sein. Ein Stapel Kartons bewegte sich, und ich fuhr erschreckt zusammen. Gab es hier vielleicht Ratten? Hinter dem Stapel kam die blankpolierte Glatze von Unteroffizier Bohm zum Vorschein. Ich konnte die Umrisse einer Tür erkennen. Durch das Lager kam man zweifellos in das benachbarte Gebäude. Der Unteroffizier fixierte mich mit seinen eiskalten blauen Augen und hatte seine Dienstpistole, eine gut geschmierte Mauser, auf meinen Kopf gerichtet. Ich seufzte:

»Hören Sie, ich will doch nur mit Ihnen reden!«

Er schüttelte den Kopf, seine Stimme hatte einen klagenden, etwas zu hohen Klang:

»Warum machst du das, Greg, verdammt noch mal, warum?«

Als mir klarwurde, daß er mich für meinen Bruder hielt, wehrte ich ab:

»Ich bin nicht Gregory, ich bin sein Bruder Georges.«

Er sah mich zornig an und meinte grimmig:

»Hör mit dem Blödsinn auf, du Dreckskerl! Erst verdrückst du dich und versprichst mir vorher noch, von dir hören zu lassen, dann herrscht sechs Jahre lang Funkstille, und jetzt kreuzt du hier auf einmal auf, als wäre nichts gewesen... Sie haben dich rumgekriegt, was, jetzt stehst du auf ihrer Seite, du Mistkerl! Glaubst du vielleicht, es reicht, sich die Nase operieren zu lassen, um mich hinters Licht führen zu können?«

»Ich bin nicht Gregory. Gregory ist tot. Ich bin sein Bruder. Sein Zwillingsbruder.«

»Ach ja? Und ich, ich bin die Königin von England, aber Sie erkennen mich nicht, weil ich heute meinen Hut nicht aufhabe!«

Ohne daß ich es wollte, gefiel mir doch sein überraschender Humor, aber ich mußte ihn unbedingt überzeugen:

»Er glaubte, mich niemals wiederzusehen, und ich hielt ihn für tot. Darf ich Ihnen das vielleicht erklären?«

Er musterte mich aufmerksam mit zusammengekniffenen Augen.

»Georges, hm? Von mir aus, versuchen Sie es. Und ich hoffe für Sie, daß Sie ein paar gute Argumente parat haben. Denn wenn ich Sie weiter für dieses Arschloch Gregory halte, dann...«

Er beschrieb eine eindeutige Bewegung mit der Mauser. Also stürzte ich mich in eine ausführliche Darstellung meiner Abenteuer. Vielleicht hatte ich ja unrecht, und dieser Typ gehörte zu meinen Verfolgern, aber ich hatte keine andere Wahl und mußte das Risiko eingehen. Er hörte mir aufmerksam und ungerührt zu, ohne auch nur für eine Sekunde die Waffe zu senken. Dabei wirkte er ganz ruhig, so als sei ich ein Vertreter, der versuchte, ihm ein Gerät anzudrehen, mit dem man Karotten achteln konnte, und ich spürte, wie mir der Schweiß über den Rücken lief.

Einmal bat ich ihn, mir die Jacke ausziehen zu dürfen, doch er sagte ganz einfach nein. Keine unnötigen Bewegungen. Kein Risiko.

Trotz der stechenden Kopfschmerzen, die mich plagten, versuchte ich, überzeugend zu sein.

Als ich schließlich fertig war, räusperte er sich. Er hatte den gleichen Blick wie Benny – diesen abschätzenden Blick, mit dem er im Bruchteil einer Sekunde entscheiden würde, ob man noch länger unter den Lebenden weilen würde oder nicht.

»Nette Geschichte«, meinte er schließlich. »Gut ausgedacht. Die werden wir gleich mal überprüfen. Gregory hatte eine Tätowierung unter der rechten Achsel. Ziehen Sie sich aus.«

Erleichtert sah ich ihn an und dankte im Geiste meinem Bruder und seiner billigen Tätowierung, doch kaum hatte ich die Jacke ausgezogen, da unterbrach er mich:

»Ist nicht nötig. Hören Sie auf. Gregory hatte keine Tätowierung. Ich wollte nur sehen, wie Sie reagieren. Sie sind nicht Gregory. Und jetzt stecken Sie ganz schön in der Scheiße.«

Er wühlte mit der freien Hand in einem der Kartons und förderte eine Flasche Wodka zutage, die er mir zuwarf. Ich fing sie auf.

»Machen Sie sie auf, ich habe Durst.«

Ich öffnete die Flasche und reichte sie ihm. Er packte sie und nahm einen kräftigen Schluck, bevor er sie mir zurückgab. Nun waren wir also zum Ritual des gemeinsamen Trinkens übergegangen, und das beruhigte mich ein wenig. Lakonisch meinte er:

»Also, er ist tot...«

Ich nickte. Er nahm noch einen Schluck und murmelte dann, quasi anstelle einer Grabrede:

»Das wundert mich überhaupt nicht bei diesem Idioten...«

Aber ich spürte, daß diese Neuigkeit ihm doch naheging, denn seine Hand schien jetzt weniger sicher. Rasch hatte er sich jedoch wieder im Griff, trank noch mal und erzählte mir schließlich, was mich interessierte:

»Gregory war eine Nervensäge. Jeden Tag wollte er was anderes. Woanders hin. Na, das ist er ja jetzt auch, woanders...

Offiziell gehörte er zu unserer Eliteeinheit. In Wahrheit arbeitete er für eine ganz spezielle Abteilung, die Hauptabteilung der Archive, und unterstand dabei direkt Erich Mielke, dem Chef der Stasi.«

Ich mußte ihn verwundert angesehen haben, denn er fügte hinzu:

»Verständlich, daß Ihnen das nichts sagt, das sagt niemandem etwas. Eine Elite-Gruppe, lauter kluge Köpfe und ideologisch einwandfrei, wenn Sie verstehen, was ich meine. Keine Bücherwürmer, obwohl sie die Nase recht oft in Bücher steckten. Sie wurden ›die Historiker‹ genannt. Die Art von Leuten, die in der Lage sind, in der Zeit, die jeder Normalsterbliche braucht, um mal kurz pinkeln zu gehen, einen Parteikader auseinanderzunehmen. Sie waren über die ganze beschissene Vergangenheit eines jeden Bürgers dieses verdammten Staates auf dem laufenden. Manchmal wurden ihnen Sonderaufgaben übertragen. Gregory zum Beispiel arbeitete an der Übereignung der Güter von Vertriebenen. Im Klartext, ›wer‹ hatte das Vermögen jener eingestrichen, die sich nach dem Krieg im

Westen befanden, und ähnliche Sachen. Nicht sonderlich aufregend, werden Sie mir sagen … Aber Greg machte es Spaß, sich durch solche Geschichten zu wühlen – wegen seines Vaters, diesem alten Dreckskerl von Klausen, der ja leider, mit Verlaub gesagt, dann auch Ihr Vater gewesen sein muß … Er hat seinen Vater dafür gehaßt, daß er ihn im Stich gelassen hatte.«

Ich dachte bei mir, daß er eigentlich unsere liebe Mutter hätte hassen müssen.

Unteroffizier Bohm nahm einen kräftigen Schluck aus der Flasche und wischte sich mit dem Ärmel über die Stirn, bevor er fortfuhr:

»Gregory war auf eine phantastische Geschichte gestoßen. Er hatte bestimmte Informationen verglichen, und zwar nicht etwa mit Hilfe eines dieser Scheißcomputer, nein, einfach nur mit Papier und Bleistift … Er hat Stunden um Stunden daran gesessen, und eines Tages hatte er das Netz entdeckt …«

»Das Netz?«

»Ja. Ein ganzes Netz von hohen Naziparteifunktionären, die sich mit ihrer Kohle ins Ausland abgesetzt hatten.«

»Das ist doch nichts wirklich Neues.«

Ich trank einen Schluck Wodka, um im Kopf wieder klar zu werden.

»Stimmt, doch das Sensationelle war, daß Gregory hinter den Aufbau des Netzes gekommen war. Wie sie vorgegangen waren. Über welche Kanäle. Wer mit ihnen gemeinsame Sache gemacht hatte … Wie die internationalen Verknüpfungen aussahen. Er hatte ein altes Skelett ans Tageslicht befördert: die Eiserne Rose.«

Das Ganze fing an, mich zu erschöpfen. Die stechenden Kopfschmerzen hatten wieder angefangen, und ich setzte mich auf eine Kiste:

»Die Eiserne Rose? Eine Geheimorganisation?«

»Genau, mein Junge. Eine geheime und paramilitärische Organisation, die sich über alle Kontinente erstreckt. Eine

Art Staat im Staat, deren Wurzeln sich hier befinden. (Er stampfte mit dem Fuß auf den Zementboden.) Und Gregorys Vater, dieser alte Dreckskerl von Klausen, war der Chef dieser Organisation!«

Ich sah ihn an und bemerkte dabei gar nicht mehr, daß er noch immer seine Waffe auf mich gerichtet hielt. Meine Kopfschmerzen waren noch schlimmer geworden, und ich fühlte mich, als stünde ich unter Hochspannung:

»Aber von welchem Interesse können diese alten Geschichten denn heute noch sein?«

»Genau das hat sich Gregory anfangs auch gefragt. Ihn faszinierte die ganze Sache vor allem als Historiker. Er hat das Skelett, das er ausgegraben hatte, abgestaubt und stolz seinem Abteilungsleiter präsentiert. Am übernächsten Tag wäre er beinahe gestorben. Man hatte sich an den Bremsen seines Autos zu schaffen gemacht. Ein dummer Unfall, der ihm zu denken gab.«

»Also wirklich, wir schreiben das Jahr 1990! Wer interessiert sich denn noch für diesen ganzen Quatsch der Nazis und irgendwelcher Schätze?«

»Hören Sie, glauben Sie etwa, daß es dieser Bande von Dinosauriern, die in nicht gerade wenigen Ländern die höchsten Ämter bekleiden, gefallen würde, wenn ihre Zugehörigkeit zu einer faschistischen Bruderschaft enthüllt wird?«

»Wollen Sie damit etwa sagen, daß dieser Bund noch immer aktiv ist?«

»Und wie! Das war es, was Ihr Bruder, ohne es zu wollen, ans Licht gebracht hat. Nicht nur, daß dieser Bund noch immer aktiv ist, sondern er steht auch gut da. Verstehen Sie, was das bedeutet? ›Wir leben in einer Welt voller Scheinkriege, die aufgrund vorgetäuschter und von mächtigen, im Untergrund operierenden Interessengruppen erdachter Vorwände geführt werden.‹ Ein Zitat von Gregory. Im Klartext heißt das, die Eiserne Rose hat sich überall dort Zugang verschafft, wo man einträgliche Geschäfte machen kann: Drogenkartell,

Waffenfabriken, Unterstützung terroristischer Splittergruppen, Verkauf chemischer Waffen und so weiter, und so weiter. Aber Vorsicht, diese Leute haben nichts mit der Mafia oder einer anderen, folkloristischen Gruppierung zu tun! All das geschieht mit Hilfe multinationaler, völlig legaler Konzerne, die nach außen häufig ein positives Image haben: Waschmittelhersteller, Nahrungsmittelindustrie, Computerbranche und vor allem, ganz klar, Banken. Eine Macht im Verborgenen, wie man zu meiner Zeit so schön sagte. Die Generation der Mikrochip-SS, wie ich es in bezug auf die Computer nenne. Und diese Typen mögen es nun mal gar nicht, wenn man ihnen ins Gehege kommt oder ihr Image als ›Gute‹ zerstört. Die Bösen sollen schön da bleiben, wo sie sind, mein Lieber: auf der anderen Seite.«

Ich dachte kurz an das Problem Boliviens und verstand, was er mir sagen wollte. Das Drogenkartell war – weltweit gesehen – eine ebenso bedeutende Macht wie IBM oder der Kongo. Und wenn irgendwo auf der Welt Krieg ausbrach, konnte niemand mehr sagen, ob er im Interesse der Mafia, der Fundamentalisten, des amerikanischen Präsidenten oder ganz einfach im Interesse der am Geschehen beteiligten armen Teufel war. Aber das Gesicht muß gewahrt bleiben, damit alle Duponts, Smiths und Iwanowitschs der Welt weiter arbeiten können, um für ihre unsichtbaren Herren einen noch größeren Profit zu erwirtschaften.

Mein Bruder hatte sich in der gleichen Lage befunden wie ein Kind, das eine vergessene Granate ausgräbt: Er ahnte nicht, daß sie hochgehen kann. Und genau das war passiert: »sie« hatten ihn getötet.

Der Unteroffizier reichte mir ein Päckchen Zigaretten, schwarz und ohne Filter. Ich nahm eine, vielleicht würde mir das gegen die Übelkeit helfen, die mir den Magen zuschnürte. Eine Frage brannte mir auf den Lippen:

»Und Sie, wie kommt es, daß Ihnen nichts zugestoßen ist?«

»Wissen Sie, ich bin nur eine unbedeutende Nummer, ein

verknöcherter alter Unteroffizier. Die sind gar nicht auf die Idee gekommen, daß Gregory mir von der ganzen Sache erzählt haben könnte. Ich bin nur ein kleiner Soldat, ein alter Soldat, ein alter, beschränkter Ausbilder. Ich habe Gregory das Fallschirmspringen beigebracht. Gregory hat mir gern seine Geschichten erzählt. Er sprach mit lauter Stimme einfach vor sich hin, so wie man mit seinem Köter redet. Mir gefiel das, ich trank mein Bier, hörte ihm zu und hielt dabei die Klappe, wir hatten unsere Ruhe. Er hatte keinen Vater und ich nie einen Sohn gehabt. Aber das geht wirklich niemanden etwas an.«

Irgend etwas störte mich an Unteroffizier Bohm; vielleicht war es dieser Gegensatz zwischen seiner etwas hohen Stimme und der betont männlichen Ausdrucksweise. Und plötzlich ging mir ein Licht auf: Möglicherweise hatte er für Gregory etwas mehr als rein väterliche Gefühle gehegt – Gefühle, die er sicher hatte unterdrücken müssen... Und da wußte ich, an wen er mich erinnerte: Er wirkte auf mich wie eine Figur aus einem Roman von Jean Genet, wie eine Art Donald Pleasance. Neugierig erkundigte ich mich, wie sich die Geschichte weiter entwickelt hatte:

»Und was geschah dann?«

»Er hatte irgendwie herausbekommen, daß der alte von Klausen eine Liste der Mitglieder des Ordens besaß, in der ihre Bankverbindungen und ihre Beteiligung an den internationalen Schein- oder unterwanderten Gesellschaften aufgeführt waren. Eine Liste, schwarz auf weiß, die ihm eine verdammt große Macht über die anderen Mitglieder gab... So beschloß er, in den Westen zu gehen, seinen Vater zu treffen und sich die Liste zu holen. Und außerdem wollte er Sie wiederfinden.«

»Mich wiederfinden? Wollen Sie damit sagen, daß Gregory Ihnen von mir erzählt hat?! Aber wieso haben Sie dann vorhin...«

»Immer mit der Ruhe, Kumpel! Gregory war, was die Arbeit betraf, präzise wie ein Kompaß, aber wenn es um Gefühlsdinge ging, nahm er es nicht so genau. Er neigte dazu, je nach Lust und Laune, sich Sachen auszudenken, sich die Welt schöner zu machen oder schwarz zu malen, verstehen Sie... Als er mir also erzählte, daß er immer ungezogen gewesen sei, daß seine Mutter ihn gehaßt und er einen Zwillingsbruder habe, daß seine Mutter seinen Bruder ihm vorzog, er als Kind mißhandelt worden sei und seine Mutter versucht habe, ihn umzubringen, um Sie, Georges, zu behalten und andere Sachen dieser Art, da sagte ich mir, daß das möglicherweise der blühenden Phantasie eines Kindes entsprungen sei, das im Waisenhaus groß geworden war. Das Bedürfnis, sich schuldig zu fühlen, wie es im Fernsehen so schön heißt. Tja, Sie sehen, sogar Landser machen heute schon in Psychologie...«

Ich fiel ihm ins Wort, da mich die kalte Wut packte:

»Wenn ich Sie recht verstehe, wollen Sie damit andeuten, daß Gregory ein Mythomane, ein krankhafter Lügner war, oder?«

Er nahm einen Schluck, spülte sich den Mund aus und spuckte auf den Boden:

»Oh, bloß keine komplizierten Ausdrücke in meiner Gegenwart! Gregory war wie er war, das ist alles, und er war mein Freund. Er wollte sich aus diesem wundervollen, aufstrebenden Land abseilen, und das hat er getan. Ende der Geschichte, was mich betrifft.«

Und der Anfang der meinen. Nun wußte ich mit Bestimmtheit, daß mein ganzer Ärger mit dieser Liste zusammenhing. War es Gregory gelungen, sie sich zu beschaffen? Sicher. Und alle wollten sie zurück, und zwar von mir: Silbermann, Lanzmann, Martha...

Martha.

Ich trat den Zigarettenstummel aus und schob ihn ordentlich in die Ecke. Martha pochte in meinem Herzen wie der Schmerz in meinen Schläfen. Ich konnte nicht aufhören, nicht jetzt. Soviel stand fest, der Gregory, den ich als Kind gekannt hatte, hatte sich nicht geändert, und er hatte es geschafft, daß ich nun bis zum Hals in der Scheiße steckte.

»Wer war sein Vorgesetzter in der Abteilung?«

»Genauso verbohrt wie er, hm? Da seid ihr wohl erblich vorbelastet, wie es im Fernsehen so schön heißt. Markus. Professor Markus. Bergadenstraße 270. Büro der Heeresarchive. Dienststelle 28. Den Professor erkennen Sie leicht: Markus trägt am rechten Fuß einen orthopädischen Schuh. Versuchen Sie ja nicht, noch mal mit mir Kontakt aufzunehmen, und halten Sie mich auf keinen Fall auf dem laufenden. In sechs Monaten gehe ich in Rente, und ich will unbedingt auf die Balearen.«

Ich nickte und reichte ihm die Hand. Er zögerte einen Augenblick, bevor er sie kräftig schüttelte:

»Schon merkwürdig, einem Toten die Hand zu schütteln...«

Ich mußte lächeln.

»Danke. Ich wußte wirklich nicht mehr, woran ich war.«

Er zuckte schicksalsergeben mit den Achseln, erhob sich, schob den Karton beiseite, der an die Wand gelehnt war, und wollte gerade durch die verborgene Tür verschwinden, als ich ihm noch eine letzte Frage stellte:

»Warum nennen Sie sich ›der Lehrer‹?«

»Weil ich Analphabet bin. Aber behalten Sie das für sich, es ist ein Geheimnis, das ich nun schon seit über fünfzig Jahren hüte!«

Er lachte schallend mit hoher Stimme und verschwand. Ich blieb allein und nachdenklich in dem kleinen Lagerraum zurück.

Ich stand einer Meute unsichtbarer Feinde gegenüber und hatte nicht die geringste Möglichkeit, irgendeinen Menschen um Hilfe zu bitten. Doch falls Unteroffizier Bohm nicht gelogen hatte, wußte ich nun endlich, was sich zugetragen hatte.

Ich trat hinaus in die eiskalte Nacht. Es schneite. Feiner, nasser Schnee legte sich auf meinen Jackenkragen, und ich spürte, wie mein Hals naß wurde. Ein Betrunkener sank auf einen Abfallhaufen und übergab sich. Sein Erbrochenes dampfte in der Kälte wie der Körper eines verwundeten Tieres.

Letztendlich betraf mich diese ganze Geschichte überhaupt nicht. Ich brauchte nur zum Flughafen zu fahren, mir blind einen Ort auf der Landkarte auszusuchen und dieser kleinen anachronistischen Welt adieu zu sagen.

Martha.

Martha niemals wiederzusehen überstieg meine Kräfte. Sie zu finden und endlich die Karten offen auf den Tisch zu legen, dafür wäre ich sogar bereit, mein Leben zu lassen.

Vierzehnter Tag – Mittwoch, 21. März

Ich wachte um 8 Uhr morgens in einem düsteren Hotelzimmer auf. Das kalte und unpersönliche Plastikmobiliar lud nicht gerade zum süßen Nichtstun ein.

Eine halbe Stunde später stand ich in einer Telefonzelle in der Nähe der Bergadenstraße 270 und verlangte die Dienststelle 28 des Archivs. Es läutete einmal, dann hörte ich, wie eine schrille Stimme, die teilweise von einem Rauschen in der Leitung überdeckt wurde, sagte:

»Professor Markus am Apparat. Wer spricht bitte?«

»Viele Grüße von Gregory von Klausen.«

Mein Gesprächspartner sagte erst einmal gar nichts, dann hörte ich ihn schlucken. Mit einem Grinsen hängte ich ein.

Das Büro der Heeresarchive befand sich in einem alten, grauen Gebäude, das zwischen moderneren, aber ebenso düsteren Bauten stand. Geduldig wartete ich gegenüber dem schmiedeeisernen Portal. Es dauerte nicht lange, und die Tür des Gebäudes öffnete sich. Ich hielt gespannt den Atem an. Doch nur eine kleine, hagere alte Dame trippelte heraus. Ihr Regenmantel flatterte im Wind. Ihr Gesicht, runzlig wie ein vertrockneter Apfel, war von weißem Haar umrahmt. Als ich sie sah, wollte ich gerade den Blick abwenden – als mir der orthopädische Schuh ins Auge stach. Die Beschreibung des Unteroffiziers war ausgezeichnet, er hatte leider nur vergessen zu erwähnen, daß Professor Markus eine Frau war! Zweifelsohne eine Frage des Humors. Wir beide hatten offensichtlich nicht denselben.

Die alte Dame, die sichtlich nervös war, ging mit raschen Schritten davon. Ich folgte ihr, verschanzt hinter dem hochgestellten Jackenkragen, meinem Bart und meiner Brille mit den getönten Gläsern. Glücklicherweise waren viele Leute unterwegs, die hitzig das politische Tagesgeschehen und die letzten Umwälzungen diskutierten. Professor Markus sah sich hin und wieder nervös um, schien mich aber nicht zu bemerken.

Sie betrat einen großen öffentlichen Park, in dem Enten in einem kleinen Teich quakten, und verlangsamte ihren Schritt, darauf bedacht, wie eine friedfertige Oma zu wirken, die einen Spaziergang macht. Auch ich bemühte mich in sicherer Entfernung, den Eindruck eines normalen Spaziergängers zu erwecken, während ich mich durch dick eingemummelte Grüppchen junger Mütter mit rotwangigen Kindern schlängelte. Hatte Professor Markus sich hier mit jemandem verabredet? Soweit ich mich erinnerte, waren öffentliche Parks bei Schriftstellern von Spionageromanen ein beliebter Treffpunkt.

Schließlich ließ sie sich auf einer feuchten Bank nieder und kramte aus ihrer Tasche ein Stück Brot hervor, das sie an die Tauben verfütterte. Ich wartete gut eine Viertelstunde, daß irgend jemand sich ihr näherte, doch nichts geschah. Die Tauben gurrten, die Kinder plärrten, und Professor Markus schien unruhig geworden zu sein, denn sie schlug sich mit einer zusammengerollten Zeitung gegen ihr Knie und sah immer wieder auf die Uhr.

Ich wandte für einen Moment den Blick ab, um mich zu vergewissern, daß mich nicht plötzlich jemand von hinten überraschte. Als ich wieder zu ihr hinsah, starrte sie mich aus ihren blauen Augen derart haßerfüllt an, daß ich einen Schlag zu spüren glaubte.

Im gleichen Augenblick registrierte ich, daß die zusammengerollte Zeitung in meine Richtung deutete und warf mich, ohne weiter zu überlegen, auf den Boden. Die Kugel pfiff an meinem Ohr vorbei. Ich rollte mich unter die Büsche. Die Enten paddelten noch immer friedlich im Wasser und übertönten die sie umgebenden Geräusche mit ihrem durchdringenden Gequake. Als ich einen Blick riskierte, war die gute Professorin schon verschwunden. Die alte Hexe hatte mich also die ganze Zeit aus den Augenwinkeln beobachtet und nur darauf gewartet, daß ich für einen Moment abgelenkt war...

Unter den unerschütterlichen Blicken einer Mutter, die ihr Kind davon abzuhalten versuchte, sich in den Ententeich zu stürzen, kroch ich unter den Büschen hervor. Niemand hatte auch nur das Geringste gehört! Das ist das Schöne an Pistolen mit Schalldämpfern – sie stören die öffentliche Ordnung nicht... Suchend schaute ich im Park umher in der Hoffnung, den weißen Haardutt irgendwo zu entdecken. Plötzlich sah ich, wie sie sich auf den gegenüberliegenden Ausgang zu bewegte. Ich lief mit langen, gleichmäßigen Schritten los, hielt mich dabei aber im Schutz der Bäume und versuchte, den schmerzhaften Protest meiner Schulter zu ignorieren. Das Leben eines bewaffneten Bankräubers war verglichen mit dem dieser Schatteninfanteristen ein Spaziergang. Im Laufen sah ich einen großen Kieselstein und schnappte ihn mir. Er hatte zwar nicht die gleiche Wirkung wie eine Kugel aus einer Waffe mit Schalldämpfer, aber auch er flog geräuschlos.

Ich erreichte Professor Markus, als sie hinkend gerade das Gitter des Parks erreichte. Sie mußte mich gehört haben, denn sie wandte mir ihr haßverzerrtes Großmuttergesicht zu, und der Stein, den ich mit aller Kraft nach ihr schleuderte, traf sie auf die Nase. Sie schwankte und verlor beinahe das Gleichgewicht. Ich nutzte die Gelegenheit, um mich auf sie zu stürzen und sie am Handgelenk zu packen. Sie versuchte nicht, sich aus meinem Griff zu befreien, sondern starrte mich nur voller

Entsetzen an. Blut lief ihr aus der Nase, die ich ihr hoffentlich gebrochen hatte.

»Lassen Sie mich los, Sie sind wohl verrückt geworden! Alle werden uns sehen.«

»Geben Sie mir unauffällig Ihre Waffe. Oder ich breche Ihnen den Arm.«

»Das wagen Sie nicht!«

»Alles hat irgendwann ein Ende, Professor Markus. Ich zähle langsam bis drei, eins...«

Sie ließ die Zeitung los, in der die winzige Waffe versteckt war. Ich griff sie mir und ließ sie augenblicklich in einer meiner großen Jackentaschen verschwinden, um durch den Stoff hindurch damit auf ihren Magen zu zielen:

»Besten Dank. So, und nun werden wir uns mal ein bißchen unterhalten.«

»Nicht hier. Gehen wir.«

Sie suchte nach einem Taschentuch und legte es sich auf ihre lädierte Nase, die sie vorsichtig, die beleidigte Dame spielend, abtupfte, doch ihr Theater beeindruckte mich nicht sonderlich. Wir verließen den Park durch das Gittertor und gingen nun eine große, breite Straße entlang, die zu beiden Seiten von grauen Gebäuden und kümmerlichen Bäumen gesäumt war. Hier waren nur wenig Passanten unterwegs, die es alle eilig zu haben schienen. Es war kalt. Der bleigraue Himmel lag wie eine Decke über der Stadt. Professor Markus seufzte tief:

»Warum, zum Teufel, sind Sie zurückgekommen? Haben Sie Ihre Lektion noch immer nicht gelernt?«

Ich begriff, daß sie mich für meinen Bruder hielt, und beschloß, dies zu meinem Vorteil zu nutzen.

»Ich bin gekommen, um abzurechnen, Professor Markus.«

»Wollen Sie mich umbringen?«

»Vielleicht... Das hängt ganz davon ab, was Sie mir erzählen.«

»Nichts, ich habe Ihnen nichts zu erzählen! Sie glauben

doch nicht, daß die anderen mich am Leben lassen, wenn ich Ihnen etwas erzählte!«

»Sie werden es nicht erfahren. Und wenn sie es herausbekommen, dann ist es bereits zu spät. Dann werden sie schon bezahlt haben.«

Sie zuckte skeptisch die Schultern, und ihr sanftes Gesicht verzog sich sorgenvoll. Noch immer tupfte sie mit dem Taschentuch über ihre ramponierte Nase, während sie rasch, wenn auch leicht hinkend, weiterging. Ein echter kleiner Pfadfinderführer.

»Nicht nur, daß ich nicht, wie eigentlich vorgesehen, tot bin, Professor Markus, sondern darüber hinaus ist es mir auch gelungen, bis hierher vorzudringen, trotz Silbermann und Konsorten.«

Beim Namen Silbermann zuckten ihre Augen nervös. Ich fuhr fort:

»Ausgerechnet Sie, Professor Markus, eine Person, der ich vertraute, hätten mich fast das Leben gekostet. Also, soviel kann ich Ihnen verraten, ich werde Sie nicht einfach töten. Nein, ich werde mir Zeit lassen, Ihnen erst eine Kniescheibe zerschmettern, dann die andere. Und so werde ich weitermachen, bis Sie vor Schmerzen schier wahnsinnig sind. Sie sind zu alt für diese Art von Sport, ›Fräulein‹ Markus.«

»Aber was wollen Sie?!«

»Ich will alles. Wer ist Gruber?«

Sie zögerte. Wir gingen nun an einem Fluß entlang, dessen Kais verlassen dalagen. Ich hatte sie am Ellenbogen gepackt, um sicher zu gehen, daß sie mir nicht entwischte. Sie wirkte alt und erschöpft.

»Wenn mich irgend jemand mit Ihnen gesehen hat, bin ich tot...«

»Wer ist Gruber?«

Sie sah auf den Fluß, auf dem ein schwerbeladener Frachtkahn entlangschipperte. Ein Matrose winkte uns fröhlich zu. Professor Markus erwiderte seinen Gruß. Unter dem dünnen, weißen Haar, das im Wind flatterte, war ihr blasser, von blauen Äderchen durchzogener Schädel zu sehen. Schließlich beantwortete sie mir meine Frage:

»Gruber ist einer von uns. Major Gruber. Unser Mann in Belgien. Botschaftssekretär. Einer der brillantesten Köpfe unseres Geheimdienstes.«

»Auch ein Verräter?«

»Nach Ihren anachronistischen Kriterien, ja. Sagen wir es so: ein aktiver Sympathisant unserer Sache.«

Ich verstärkte den Druck auf ihren Ellenbogen:

»Und Magdalena Gruber?«

Ein schwaches Lächeln huschte über ihr müdes Gesicht.

»Ach, daher weht der Wind! Magdalena ist noch nicht lange bei uns. Gruber hat sie rekrutiert. Magdalena, die Geheimwaffe von Silbermann! Nun, allem Anschein nach war diese Idee wohl doch nicht so genial...«

Nun, damit hatte ich die Bestätigung für Marthas Verrat. Die Frau, die ich liebte und für die ich bereit gewesen wäre, mein Leben zu riskieren, war eine Fanatikerin der schlimmsten Sorte, eine Faschistin und Mörderin. Ich widerstand der Versuchung, die arme Professor Markus tüchtig durchzuschütteln, und setzte alles auf eine Karte:

»Wäre es nicht einfacher gewesen, zu versuchen, die Liste von mir zurückzukaufen?«

»Wer hätte uns garantiert, daß Sie nicht eine Kopie behalten? Und im übrigen, Sie erpressen uns seit drei Jahren, und jetzt spielen Sie sich hier als Moralapostel auf... Ganz Paraguay ist Ihretwegen in hellem Aufruhr, und ich kenne einige Leute in Argentinien, die seit Monaten kein Auge mehr zutun. Sie fürchten nicht so sehr den Skandal, als vielmehr gedungenen zionistischen Mördern ans Messer geliefert zu werden, falls ihre wahren Identitäten ans Licht kommen...«

Ich überspielte meine Überraschung, denn diese Information mußte ich erst einmal verdauen. Ich erpreßte die Organisation seit drei Jahren? Das war das erste Mal, daß ich davon hörte! Irgend jemand war im Besitz dieser Sch ... liste und bediente sich ihrer anstelle von Gregory von Klausen. Irgend jemand, mit dem mein Bruder vor seinem Ableben in Kontakt gestanden haben mußte.

Es fing an zu nieseln – feine Tropfen, die nicht naß zu machen schienen. Die alte Dame hatte all meine Vermutungen bestätigt: »Man« hielt mich für meinen Bruder, und »man« hatte Martha damit beauftragt, diese berühmt-berüchtigte und derart kompromittierende Liste zurückzuholen. Es existierte tatsächlich eine Geheimorganisation, die ihr feines Netz über alle fünf Kontinente gesponnen hatte. Und mit einem Schlag stand ich vor einem verdammten Problem: Diese Leute machten nicht den Eindruck, als würden sie scherzen. Wenn ich Mylady Markus gehen ließ, würde ich mich selbst zum Tode verurteilen. Sie hätte mit Sicherheit nichts Eiligeres zu tun, als sich mit Silbermann in Verbindung zu setzen und ihm meinen Aufenthaltsort mitzuteilen. Und ich brauchte Zeit. Ruckartig drehte ich mich zu ihr um:

»Vorhin haben Sie auf mich geschossen. Das war dumm. Sie konnten sich doch denken, daß mein Verschwinden für die Organisation bedauerliche Folgen haben würde ...«

»Ich dachte, Sie seien gekommen, um mich zu töten. Sie waren schon immer ein Idealist. Sie glauben doch nicht im Ernst, daß ich in dem Augenblick, wo mir möglicherweise der Tod droht, mir als erstes Sorgen um die Sicherheit der Organisation mache? Ich weiß, daß Sie Kopien der Liste in einer dieser Bankfestungen in Genf deponiert haben. Für den Fall, daß Sie verschwinden, haben Sie verfügt, daß Exemplare davon an alle großen europäischen und amerikanischen Zeitungen gehen. Ich weiß es bis zum Erbrechen. Nachdem diese Idioten Sie in der Schweiz haben entkommen lassen, wußte ich, daß wir noch Ärger bekommen. Ich habe immer befürchtet, daß Ihr kindisches Vergnügen für eherne Ziele Sie dazu bringen würde, diese Liste trotz der gigantischen Summen, die wir

Ihnen zahlen, zu veröffentlichen, daß Ihr machohafter Ehrbegriff dazu führen würde, daß Sie eines Tages hier auftauchen und mich wie einen häßlichen Fleck ausmerzen. Als ich Sie vor dem Büro sah, war ich fast erleichtert. Meine Befürchtungen bewahrheiteten sich letztendlich, und mein Warten hatte ein Ende.«

Sie seufzte gedankenverloren:

»Warten ... Nun warte ich schon fünfundvierzig Jahre. Eine lange Zeit.«

Wir waren bei einer Brücke angekommen, die über den Fluß führte. Ein Lkw fuhr vorbei und brachte die Metallkonstruktion zum Schwingen. Ich wandte mich an Professor Markus:

»Und Lanzmann?«

»Lanzmann? Welcher Lanzmann?«

Sie kannte Lanzmann nicht ... Ich konnte also davon ausgehen, daß er nicht zum Netzwerk gehörte. Die verschiedenen Teile des Puzzles fügten sich nun ineinander. Lanzmann hatte mich aus Grubers Klauen befreit. Er arbeitete sicher im Auftrag irgendeines Spionagerings und versuchte, mich in dessen Interesse zu schützen. Glaubte er auch, daß ich im Besitz entscheidender Informationcn war? Professor Markus, die nun nicht mehr zu bremsen war, fuhr fort:

»Als Silbermann klar wurde, daß Sie Magdalena enttarnt hatten, verlor er den Kopf. Er hat Gruber auf Sie angesetzt. Wenn wir Sie erst einmal geschnappt hätten, hätten wir Sie auch zum Reden gebracht. Wenn man sich darauf versteht, die Leute zu befragen, macht irgendwann jeder den Mund auf. Das ist eine These, die ich von Anfang an mit Nachdruck vertreten habe. Aber Silbermann hat nicht die eiserne Faust, die Ihr Vater hatte. Er wollte mit Samthandschuhen arbeiten. Wozu das führt, sehen wir ja jetzt ...«

»Haben Sie meinen Vater gekannt?«

Kokett verzog sie das Gesicht und meinte:

»Oh, sehr gut sogar, mein Lieber, sehr gut.«

Mich schüttelte es bei dem Gedanken an die Liebschaft zwischen diesen beiden Reptilien.

»Er wußte, daß Sie mich beseitigen wollten, weil ich von der Existenz der Eisernen Rose erfahren hatte?«

Sie sah mich mit einem bösen Lächeln an:

»Er hat mir selbst den Befehl dazu gegeben ... Wenn er Sie als Sohn gewollt hätte, dann hätte er Sie großgezogen, nehme ich an. Doch das Erbe von seiten Ihrer Mutter war ... zu abstoßend.«

Ich spürte, wie ein Adrenalinstoß durch meine Adern zuckte, und meine Finger krallten sich in den Ellenbogen der alten Frau. Trotz des Schmerzes lächelte sie haßerfüllt. Man hätte meinen können, zwei alte Freunde stehen friedlich plaudernd auf einer Brücke und schauen hinab ins dunkle Wasser, in dem tote Fische treiben. Mein Herz klopfte zum Zerspringen:

»Was wissen Sie von meiner Mutter?«

»Ich habe auch sie gekannt, mein Lieber, gut gekannt ... Sie ist nicht immer eine Hure gewesen. Sie stammte aus exzellentem Haus. Aus einer Wiener Bankiersfamilie.«

»Sie lügen!«

Ich hatte ungewollt die Stimme erhoben. Sie freute sich diebisch, als sie merkte, daß ich die Kontrolle verlor, und ihre blauen Puppenaugen strahlten. Ich versuchte, mich zu beherrschen.

»Wenn es stimmt, was Sie sagen, warum sollte sie dann eine Prostituierte gewesen sein?«

»Nun, sie hatte einen leichten Makel – zumindest für die damalige Zeit ...«

»Welchen?«

Doch ich ahnte schon, was nun kommen würde.

»Unter anderem ihr Name. Sarah Levy ...«

»Meine Mutter hieß Ulrike Stroh!«

»Später ja. Ein Geschenk Ihres Vaters. Sein Abschiedsgeschenk.«

»Wer hat Ihnen das alles erzählt?«

»Natürlich Ihr Vater, mein junger Freund. Ihr Vater. Als ich mit ihm zusammengearbeitet habe.«

Ein dicker Kloß schnürte meine Kehle zu. In der kalten Luft war das Zittern meiner Stimme zu hören.

»Wo war das?«

Sie musterte mich, wie man einen Idioten mustert:

»Nun, in Auschwitz. Wir gehörten zum medizinischen Trupp und unterstanden Doktor Mengele. Und Ihre Mutter...«

»Seien Sie still!«

Doch sie ignorierte meinen Einwurf und kostete voll ihre Rache aus:

»Zum damaligen Zeitpunkt wog Ihre Mutter nur noch fünfunddreißig Kilo und hatte einen ungeheuren Lebenshunger. Ich muß zugeben, daß es ihr nicht an Phantasie mangelte... Für eine Jungfrau...«

Ich hob die Hand, bereit, zuzuschlagen. Sie senkte ihren Blick und fuhr rasch fort:

»Als wir kurz vor dem Einmarsch der hysterischen Amerikaner aufbrachen, ist sie uns gefolgt. Sie hat sich an Lukas gehängt, wie ein Hund an die Hand, die ihn ernährt. Und irgendwann hatte er genug von ihr... Die Eiserne Rose beanspruchte seine ganze Energie. Er hat sie zurückgeschickt. Mit neuem Namen. Zu dem Zeitpunkt war sie leider schon mit Ihnen schwanger, was wir nicht wußten, denn sonst hätten wir sie gezwungen, abzutreiben. Sie ist untergetaucht, und wir haben ihre Spur erst wiedergefunden, als Sie im Waisenhaus landeten.«

Sie sah mich ruhig an, eine lächelnde, liebe Dame, eine herzallerliebste, reizende Oma! Dieses ruhige Lächeln hatte sie mit Sicherheit auch gehabt, als sie mit dem Skalpell hantierte, und vielleicht war sie es sogar gewesen, die die entsetzlichen Fotos gemacht hatte, die das Büro meines *Vaters* zierten... Meine Finger krampften sich um den Abzug, und einen

Moment lang war ich versucht, sie einfach auszulöschen, sie wie eine widerliche Schabe zu vernichten. Sie sah mich an und meinte:

»Das ist doch amüsant, finden Sie nicht? Fünfzig Jahre später hält uns ein Jude in Schach ...«

»Wegen meines Vaters und wegen Ihnen war meine Mutter ein Wrack, sie war ständig sturzbetrunken und mit Morphium vollgepumpt. Und daran ist sie zugrunde gegangen!«

Sie sah mich von unten an und sagte:

»Als Ihre liebe Mutter Sie in eine Mülltonne geworfen hat, Herr von Klausen, haben wir begriffen, daß sie ... den Kopf verloren hatte, wie man so schön sagt. Sie war ein Sicherheitsrisiko. Also hat Ihr Vater es vorgezogen, sie auf die letzte, große Reise zu schicken. Auf jeden Fall war das doch in Anbetracht ihres Zustands besser, als sie endlos leiden zu lassen, nicht wahr?«

Der Tod der Prinzessin ging also auf das Konto dieser Scheißkerle. Deshalb war ich im Waisenhaus gelandet, und zwar im gleichen Jahr, in dem mein Bruder ausgesetzt wurde ... Ich unterdrückte den Ekel und das unwiderstehliche Verlangen, »Fräulein« Markus wie einen Hund abzuknallen, denn ich wollte noch mehr wissen.

»Wer hat meinen Vater getötet?«

Sie sah mich an, als sei ich verrückt geworden. Vielleicht war der Alte ja einfach durch einen Unfall ums Leben gekommen? Völlig verwundert sagte sie:

»Aber, wenn Sie es nicht gewesen sind ... Also ...«

Ich packte sie unsanft am Kragen ihres Mantels und schüttelte das alte, zerbrechliche Skelett:

»Was sagen Sie da?«

»Du warst es, du. Du kleiner Mistkerl hast deinen Vater umgebracht. Um die Liste zu stehlen!«

In meinem Kopf drehte sich alles. Hatte mein Bruder das getan? War er fähig gewesen, seinen eigenen Vater umzubringen? Jenen Mann, der seine Mutter erniedrigt und auf dem

Gewissen hatte? Warum nicht? Ja, dieser Mord war gerecht. Hastig fuhr sie fort:

»Dein Vater war störrisch wie ein Maulesel. Hundertmal hatte ich ihm gesagt, er solle die Liste vernichten. Doch hartnäckig erwiderte er mir stets, daß er sie an einem sicheren Ort aufbewahre. Unauffindbar. Doch die Wahrheit ist, daß dein Vater allmählich verkalkte, und er hatte uns alle in der Hand. Silbermann versuchte schon seit längerem, den Platz ausfindig zu machen. Ein junger Mann mit großer Zukunft, dieser Silbermann. Wenn du den alten Dickkopf Lukas nicht beseitigt hättest, wären wir gezwungen gewesen, eine für alle zufriedenstellende Lösung zu finden. Es gibt übrigens etwas, was du für mich tun könntest, mein Junge, auch wenn du mich nachher töten solltest: Ich würde zu gerne wissen, wo diese verdammte Liste versteckt war. Silbermann hat das Haus heimlich mehrmals durchsuchen lassen, doch nichts gefunden...«

Dazu war ich leider wirklich außerstande. Also meinte ich achselzuckend:

»Antrag abgelehnt. Ich muß Sie jetzt leider verlassen, ›Fräulein‹ Markus.«

Sie schenkte mir ein boshaftes Lächeln:

»Und mein lieber Jude, was gedenken Sie jetzt zu tun?«

»Ich werde die Liste veröffentlichen. Sie sind zu weit gegangen. Und Sie widern mich zu sehr an.«

»Es ist nicht schwer, von den Sünden anderer angewidert zu sein. Ich weiß nicht, junger Mann, wie Sie sich zum Beispiel entschieden hätten, wenn Sie vor der Wahl gestanden hätten, fünfunddreißig Kilo zu wiegen oder in lebendiges Fleisch zu schneiden.«

»Ersparen Sie mir Ihre Jammertiraden. Sie sind hier nicht im Fernsehen, Professor Markus. Sie sind ein lebendes Stück Dreck und nichts weiter. Sie bedauern überhaupt nicht das Geringste. Außer vielleicht, Ihr Werk nicht fortführen zu können. Und deshalb werde ich die Eiserne Rose vernichten. Wegen dieses zur Doktrin erhobenen, egomanischen Wahnsinns.«

»Und ersparen Sie mir Ihre Moralpredigt. Töten Sie mich, aber bitte ohne langes Gerede!«

Wir steckten in der Sackgasse. Ich sah hinunter in das dreckige Wasser mit den tiefen Strudeln. Die Entscheidung war nicht leicht. Nein, wirklich nicht. Als ich wieder aufblickte, sah ich die Angst in ihren Augen.

»Ich werde Ihnen noch eine Chance geben, Professor Markus, eine winzigkleine Chance im Gedenken an meine Mutter: Entweder schieße ich Ihnen aus allernächster Nähe eine Kugel ins Gesicht, oder Sie springen.«

»Was?! Aber ich werde sterben, wenn ich springe!«

»Vielleicht nicht. Vielleicht gelingt es Ihnen, zu schwimmen und zu überleben. Das ist Ihr Problem. Nicht meins.«

Sie starrte mich wütend an. Dann spiegelte sich Angst auf ihrem Gesicht wider. Eine schreckliche Angst, gegen die ich mich innerlich wappnete, damit ich nicht doch noch Mitleid mit ihr bekam. Schließlich – nach einer entsetzlich langen Minute, in der ihre Lippen zitterten – zog sie den Mantel aus und legte ihn über das Geländer. Ein Lkw voll mit betrunkenen Soldaten fuhr vorbei. Sie warfen uns eine Flasche Bier zu, die auf dem Zementboden zerschellte. Automatisch folgte ich ihr mit den Augen. Als ich wieder zum Brückengeländer sah, war es leer. Kalter Regen tropfte wie schimmernde Perlen auf Professor Markus' Mantel. Ich beugte mich hinab. Es war nichts zu sehen. Außer wirbelnden Strudeln. Rasch ging ich davon.

Fünfzehnter Tag – Donnerstag, 22. März

Ohne weitere Zwischenfälle erreichte ich Genf. Das Wetter war mild, die Sonne schien zaghaft. Die ersten Sonnenstrahlen seit Tagen. Ein Omen?

Seit Beginn meiner Reise hatte ich mich nicht mehr rasiert, und inzwischen bedeckte ein kurzer, dichter Bart meine Wangen. Bevor ich Dresden verlassen hatte, hatte ich mir sicherheitshalber Bart und Haare gebleicht, die nun ein Allerweltsbraun hatten. Doch ich gab mich keiner großen Illusion bezüglich der Wirksamkeit dieser Maskerade hin. Aufmerksam ließ ich meinen Blick durch die Flughafenhalle schweifen, konnte jedoch nichts Verdächtiges entdecken. Offen gestanden hatte ich nicht die geringste Ahnung, wie die Gefolgsleute von Gruber und Silbermann aussehen könnten. Ich vermutete einfach nur, daß nicht alle mit kahlrasiertem Schädel und mit zum Gruß erhobener Hand herumlaufen würden. Vielleicht war ja dieser harmlos wirkende, wohlbeleibte Mann dort drüben, dessen Hund ein wenig hinkte, einer von ihnen. Oder diese elegante, aufgeregte Dame mit Turban? Das einzige, was ich ihnen voraus hatte, war die Tatsache, daß sie nicht wußten, unter welchem Namen ich reiste.

Ich durchquerte die Halle und bestieg ein blitzblankes Taxi, das mich in die Innenstadt brachte. Alles wirkte so sauber und ordentlich in der Sonne. Richtig schmuck. Ich fühlte mich fehl am Platz – wie ein gebrauchtes Papiertaschentuch in einer strahlend sauberen Küche.

In der Innenstadt erledigte ich wie gewöhnlich zuerst ein paar Einkäufe, dann rief ich Cheng Ho an. Ich erklärte ihm, ich sei gerade angekommen und brauche dringend einen Wagen, möglichst beladen. Er wußte, was ich damit sagen wollte, und erwiderte, ich würde den Wagen in einer Stunde in der Nähe der Passage des Ormeaux geparkt finden. Außerdem sagte ich ihm noch, daß er den Paß auf den Namen Franz Mayer im Auto deponieren sollte, und legte auf.

Eine Stunde später stand ich auf den Stufen der Kathedrale und beobachtete, wie ein Fahrer eines dunkelblauen Thunderbird zwei oder drei Runden drehen mußte, bis er schließlich einen Parkplatz fand. Ein kleiner, drahtiger Asiate stieg aus dem Wagen und ging mit raschen Schritten davon. Ich wartete noch zehn Minuten, dann ging ich zu dem Auto, bückte mich unauffällig und tat so, als wolle ich etwas kontrollieren. Unter der Stoßstange holte ich die dort versteckten Zweitschlüssel hervor und stand wieder auf. Die Zeit reichte, um zu erkennen, daß dort noch ein anderes, wesentlich größeres Paket zu finden war. Ich fuhr los, und nach einigen Umwegen, die ich machte, um sicherzugehen, daß mir niemand folgte, kam ich zu dem verlassenen Häuschen, in dem angeblich Marthas Mutter wohnte.

Martha ... Ich seufzte tief, als ich an sie dachte. Es war ihre Schuld, daß ich in diesen Alptraum geraten war, aber trotzdem konnte ich ihr nicht böse sein. Vorher war ich nie richtig verliebt gewesen, und nun führte ich mich wie eine dieser lächerlichen Romanfiguren auf, die von einer Hexe verzaubert und willenlos gemacht werden und blindlings in ihr Verderben rennen – was jedem Leser gleich nach ihrer ersten Begegnung sonnenklar ist.

Ich holte mir das Paket, das unter dem Kühlergrill befestigt war, und, obwohl sich meine Schulter heftig beschwerte, stieg ich, wie schon beim ersten Mal, wieder durch das Fenster in das Haus ein. Da ich keine Spuren in der dicken Staubschicht sah, ging ich davon aus, daß seit meinem ersten Besuch wohl niemand hier gewesen war. Ich stellte meine Sporttasche, in der sich ein superleichter Schlafsack und einige Vorräte befanden, im Zimmer ab und öffnete das von Cheng Ho sorgfältig zugeklebte Paket. Eine schwarze, kompakte Automatikpistole rollte zusammen mit zwei Magazinen und dem Paß auf die nackte Matratze.

Ich lud die Waffe und streckte mich dann auf der quietschenden Matratze aus, um die Tageszeitungen, die ich am Flughafen gekauft hatte, zu studieren: Die Krisenherde in Afrika, die Börse und der Ärger der französischen Landwirte waren die vorherrschenden Themen. Doch dann wurde ich in einer belgischen Tageszeitung fündig. Auf Seite acht entdeckte ich eine Meldung, die mich betraf:

»Auf unsere Fragen hin erklärte Kommissar Malinois, es sei nur noch eine Frage der Zeit. Die Schweizer Spur scheint sich zu bestätigen. Wie bereits gemeldet, fand einer der Gangster, Benjamin Irons, bei einer Schießerei in der Genfer Innenstadt den Tod. Einer seiner Komplizen ist allem Anschein nach ein Terrorist, der an verschiedenen, großen Banküberfällen in ganz Europa beteiligt gewesen sein soll, um sich auf diese Weise die finanziellen Mittel für seine politische Gruppe – Brüder der islamistischen Revolution – zu beschaffen.«

Ich hatte mit meinen Vermutungen also ins Schwarze getroffen! Ich beglückwünschte mich zu meinem Spürsinn und genehmigte mir daraufhin einen halben Liter Milch. Anschließend sah ich mir meine Wunde genauer an. Sie schmerzte zwar noch immer, doch sie schien ordentlich zuzuheilen. Ich puderte sie sorgsam mit Sulfonamid ein, machte einen neuen Verband und legte mich hin.

Am Vortag hatte ich nach dem Verschwinden von Professor Markus den nächsten Flug nach München genommen und dort in einem Hotel in der Nähe des Flughafens von 5.00 Uhr nachmittags bis 6.00 Uhr morgens geschlafen, bevor ich mit der Frühmaschine nach Genf zurückflog. Trotz der dreizehn

Stunden Schlaf fühlte ich mich durch die sich überschlagenden Ereignisse der letzten Tage erschöpft, schmutzig und ausgelaugt. Ich taumelte benommen umher wie ein Boxer, der zu viele Schläge hatte einstecken müssen. Martha mit einem anderen, Martha selbst eine andere, Gruber, Silbermann, Markus, der Unteroffizier, mein Vater, Gregory, Sarah Levy, auf mich angesetzte Killer, und Max, Benny und Phil, die vor meinen brennenden Augen eine wilde Sarabande aufführten. Bis hin zu Lanzmann, der sich hämisch grinsend über mich beugte und fragte: »Na, mein lieber Georges, haben wir Probleme?« Mein Kopf dröhnte, und weiße Schmetterlinge tanzten vor meinen Augen.

Ich schüttelte mich, keine Zeit zum Nachdenken, ich mußte weiter, immer weiter wie eine rasende Lokomotive, die bis obenhin mit Kohle vollgestopft war. Die Meute war mir auf den Fersen, Malinois leckte sich schon die Lippen, und ich konnte mich nur auf mein schnelles Reaktionsvermögen verlassen. Ich wollte aufstehen, doch mir wurde schwindlig, und ich sank wieder aufs Bett. In meinem Kopf tobte ein irrsinnig stechender Schmerz, und ich hatte das Gefühl, als ob jemand mit dem Preßlufthammer meine Schläfen bearbeitete. Ich gab mich geschlagen und blieb mit ausgebreiteten Armen liegen. Ich beschloß, mir zwei Stunden Ruhe zu gönnen.

Exakt zwei Stunden später wurde ich wieder wach. Mein ganzer Körper tat mir noch von den diversen Schlägen weh, die ich in den letzten Tagen hatte einstecken müssen, doch ich war so gut in Form, wie es unter diesen Umständen eben möglich war. Es war 17.00 Uhr und dämmerte bereits. Ich zog mir schwarze Sachen an, trank die restliche Milch, aß einen Müsliriegel und ging.

Ich fuhr bis zur nächsten Telefonzelle, atmete einmal tief durch und wählte meine eigene Nummer. Marthas Stimme traf mich wie ein Hieb in den Magen:

»Ja?«

»Ich will dich sehen.«

Ihre Stimme verriet keine Überraschung, als sie erwiderte: »Tut mir leid, aber Sie haben sich verwählt.«

Sie legte auf. Ich lehnte mich gegen die gläserne Wand der Telefonzelle. Martha hatte nicht sprechen können. Es war jemand bei ihr. Die Polizei? Silbermanns Schergen? Martha hatte nicht versucht, mich in eine Falle zu locken: Sie hatte aufgelegt. Was hatte das zu bedeuten? Eine verrückte Hoffnung ließ mein Herz wie wild schlagen. War es möglich, daß Martha... Nein, ich durfte mich jetzt nicht irgendwelchen Hirngespinsten hingeben. Martha war eine Agentin, die im Dienste dieser Bluthunde stand. Als Menschen verkleidete Bestien... War das nicht der Titel einer griechischen Sage? Egal, ich konnte auf jeden Fall nicht nach Hause. Gut, daß ich aufs Land gefahren war.

Zwei Männer mußte ich unbedingt noch treffen, bevor ich meinen Lebensabend in Südfrankreich verbrachte. Und von diesen Unterredungen würde es abhängen, ob ich das aufrecht stehend erleben oder sechs Fuß unter der Erde liegen würde... Lanzmann und Silbermann... Lanzmann verfügte über mir unbekannte Informationen, die mir aber bei meiner Begegnung mit Silbermann von Nutzen sein würden. Ich beschloß, in seine Praxis zu fahren. Er arbeitete immer bis spätabends.

Ich parkte einen Häuserblock vor seiner Praxis und ging den Rest des Wegs zu Fuß, wobei ich ständig ein wachsames Auge auf die Passanten hatte. Die Eingangstür, die in ein Vestibül führte, war immer offen. Ich ging in den ersten Stock hinauf und lauschte an seiner Tür. Undeutlich hörte man Stimmen. Lanzmann hatte einen Patienten. Ich stieg ein paar Stufen höher hinauf, setzte mich ins Dunkle und hoffte inständig, daß niemand die Treppe benutzte.

Es war ein ruhiges Wohnhaus, und der Fahrstuhl wurde in den nächsten zwanzig Minuten nur einmal betätigt. Plötzlich öffnete sich die Tür. Ein kleiner, verschlagen aussehender

Mann kam heraus, schüttelte überschwenglich die Hand des großen Meisters und stieg unter den Blicken des Arztes in den Fahrstuhl. Ich machte mich zum Sprung bereit. Die Fahrstuhltür schloß sich hinter dem Patienten. Im Schutz des dunklen Treppenhauses stürmte ich los. Mein verehrter Guru hob den Kopf, und so traf ihn meine Faust mit voller Wucht zwischen die Augen. Er taumelte und fiel nach hinten auf den makellosen, grünen Teppichboden. Dabei schluckte er genauso überrascht wie ich: Es war nicht Lanzmann! Egal, jetzt konnte ich nicht mehr zurück. Ich schloß die Tür mit einem Fußtritt und packte den Unbekannten, der noch immer am Boden lag, an den Haaren und beugte mich über ihn. In der Hand hatte ich ein Messer, das ich ihm an die Kehle drückte:

»Wo ist Lanzmann?«

Der Mann, ein großer, hagerer Typ, zwinkerte nervös und schluckte:

»Wieso haben Sie das gemacht? Lassen Sie mich los!«

Ich stieß die Messerklinge einen halben Zentimeter in seinen Hals, und Blut tropfte auf den weißen Kragen seines Kittels.

»Hören Sie auf!«

Seine Stimme überschlug sich plötzlich, er stammelte:

»Er ist nicht da, ich vertrete ihn ...«

»Wo ist er?«

»Hinter Ihnen, mein lieber Georges.«

Die spöttische Stimme kam von hinten. Ich fuhr zusammen.

»Lassen Sie dieses alberne Messer fallen, und stehen Sie auf!«

War er bewaffnet oder bluffte er?

»Ich bluffe nicht. Wenn Sie nicht augenblicklich das Messer fallenlassen, schieße ich. Ich will kein Risiko eingehen.«

Seine Stimme klang ruhig. Konnte dieser Teufelskerl meine Gedanken lesen? Ich ließ das Messer fallen, und der Mann rappelte sich schreckensbleich auf. Eine Hand hielt er an seinen Hals gepreßt.

»Danke, Henriot«, sagte Lanzmann. »Sie können uns jetzt allein lassen. Ich rufe Sie, wenn ich Sie brauche.«

Besagter Henriot strich über seine Wunde und betrachtete angewidert seine blutverschmierten Finger. Wortlos ging er zu einer der Türen und schloß sie sorgfältig hinter sich.

Ich spürte das Metall einer Revolvermündung in meinem Kreuz, begleitet von der Aufforderung meines Analytikers:

»Stehen Sie auf, Georges. Gehen wir in mein Behandlungszimmer. Wir müssen miteinander reden.«

Ich ging in das Sprechzimmer und setzte mich automatisch auf die Couch – stummer Zeuge zahlreicher Sitzungen. Lanzmann nahm wie gewöhnlich in seinem Sessel Platz. Er trug einen eleganten grauen Kammgarnanzug und hielt eine P 38 auf mich gerichtet. Seine grauen Strümpfe paßten farblich perfekt zum Anzug. Er setzte die Brille ab und massierte sich mit seiner freien Hand die Nasenwurzel.

»Georges, Sie machen mir wirklich große Sorgen!«

Ich fühlte mich wie ein ungehorsamer Schüler, der seinem wohlmeinenden, aber verärgerten Schuldirektor gegenübersitzt. Dieser Kerl war wirklich unglaublich dreist. Ich öffnete den Mund, doch er unterbrach mich:

»Kommen Sie mir jetzt nicht mit dieser lächerlichen Entführungsgeschichte. Sie haben einen Mord begangen, dabei wollte ich Ihnen lediglich helfen...«

»Diese Absicht konnte ich nur schwerlich erraten, mir scheint...«

»Georges, Georges, noch immer diese Paranoia! Nun, ich bringe Sie vor den Killern, die Ihnen auf den Fersen waren und gerade einem jungen Arzt die Kehle durchgeschnitten haben, in Sicherheit; ich pflege Sie, und alles, was Ihnen dazu einfällt, ist, wie ein Schwerverbrecher zu flüchten und mein Pflegepersonal umzubringen!«

»Sie haben mich eingesperrt und unter Drogen gesetzt!«

»Machen Sie sich doch nicht lächerlich. Sie waren im Delirium wegen des Fiebers.«

Er schnippte ein unsichtbares Staubkorn von seiner Hose. Ich spürte, wie ich unsicher wurde. Ich hörte mich mit kleinlauter Stimme fragen:

»Und warum haben Sie mich verfolgt?«

»Um Sie zu schützen.«

»Vor wem zu schützen?«

»Vor sich selbst natürlich! Mein armer lieber Georges, verstehen Sie denn nicht, ich bin doch kein Vollidiot. Als Sie nach Ihrem Unfall in meiner Klinik allmählich wieder auf die Beine kamen, haben Sie einiges über Ihre, sagen wir... unstatthaften Aktivitäten geäußert. Dann haben Sie beschlossen, mich anzulügen, und ich habe beschlossen, der Sache nachzugehen. Ich habe also meine eigene kleine Untersuchung durchgeführt, oh, ganz diskret, das dürfen Sie mir glauben. Dann merkte ich, wie Sie sich in einen Verfolgungswahn hineinsteigerten, und da dachte ich, es sei an der Zeit, einzuschreiten. Sie drohten, eine Persönlichkeitsspaltung zu durchleben, mit allen Risiken, die das mit sich bringt...«

»Ihnen war also vollkommen klar, daß ich nicht phantasierte, und Ihnen war auch klar, daß man mir nach dem Leben trachtete!«

Aufgebracht hatte ich mich erhoben, Lanzmann bedeutete mir mit der Waffe, mich wieder zu setzen.

»Ich weiß nicht, in welchen Schlamassel Sie geraten sind, und ich will es auch gar nicht wissen. Ehrlich gesagt, ich möchte Sie überhaupt nicht wiedersehen, Georges. Alles, was ich will, ist, daß Sie aufhören, mich als Ihren Feind zu betrachten, daß Sie meine Praxis verlassen und daß Sie nie wieder einen Fuß über diese Schwelle setzen.«

Ich fühlte mich ausgelaugt, zugleich wütend und verlassen. Ich war wütend auf ihn, weil er mich im Stich ließ, ohne jedoch das kindische Gefühl unterdrücken zu können, von ihm verstoßen worden zu sein. »Von seinem Analytiker verstoßen, drehte er durch!« Vollkommen lächerlich. Lanzmann fuhr fort:

»Ich werde ohnehin Genf verlassen. Doktor Henriot übernimmt die Praxis. Ich fühle mich erschöpft und habe beschlossen, ein Jahr Pause zu machen.«

»Woher der plötzliche Sinneswandel?«

»Ich bin Ihnen keine Rechenschaft schuldig.«

Plötzlich hörte ich mich sagen:

»Meine Mutter war Jüdin.«

Es war einfach so passiert, ohne daß ich es wollte. Vielleicht lag es daran, daß ich hier saß, in diesem friedlichen Zimmer...

Er seufzte.

»Georges! Ich dachte, sie war eine deutsche Prostituierte!«

»Sie war ein jüdisches Mädchen aus bestem Hause. Sie wurde nach Auschwitz deportiert. Dort begegnete sie meinem Vater, Lukas von Klausen. Und später bekam sie dann meinen Bruder Gregory und mich.«

»Ah, wie ich sehe, nimmt Ihre persönliche Geschichte immer wieder neue Wendungen...«

Sein sarkastischer Ton hinderte mich nicht daran, mich ihm anzuvertrauen. Mein Bedürfnis, mit jemandem zu sprechen, war einfach zu stark.

»Doktor, ich bin nach Dresden gefahren, um dort einen Mann zu treffen, der meinen Bruder kannte. Er hat mir bestätigt, daß mein Bruder einer konspirativen Gruppierung auf der Spur war. Man hat, ich weiß nicht wie oft, versucht mich umzubringen, das ist die Wahrheit! Sie sind hinter mir her; sie halten mich für ihn...«

Lanzman sah mich prüfend an:

»Wer ›sie‹?«

»Die Nazis...«

»Die Nazis, ja natürlich... Sie haben Wahnvorstellungen, Georges, besser gesagt nostalgische Wahnvorstellungen...«

»Alte Nazis, die an ihren Überzeugungen festhalten. Sie haben eine Geheimorganisation gegründet – die Eiserne Rose –, die sich über die ganze Welt erstreckt...«

»Und Nosferatu und Fantomas gehören auch dazu...«

Ich sah ihn haßerfüllt an:

»Sie waren es doch, der mir gesagt hat, daß Lukas von Klausen ein Faschist war...«

»Die Art, wie Ihr verwirrtes Gehirn mit den Informationen umgeht, die ich ihm gebe, ist allein Ihre Sache, Georges...«

Erst jetzt bemerkte ich, daß er Handschuhe trug. Braune Handschuhe, die nicht zu seinem grauen Anzug paßten. Warum trug er Handschuhe? In der Praxis war es warm. Er folgte meinem Blick und lächelte. Es war ein strahlendes Lächeln:

»Die behandschuhten Hände des Mörders... Ich wollte gerade nach draußen gehen und meinen Wagen nehmen, ist das besser?«

Eine eigenartige Gewißheit stieg in mir auf wie eiskaltes Wasser: Er würde nicht seinen Wagen nehmen, er würde mich töten. Ich schüttelte mich, um diese Vermutung wieder loszuwerden. Lanzmann war kein Mörder, er war mein Analytiker, wir waren in seiner Praxis, und ich befand mich in Sicherheit. Wenn er eine P 38 auf mich richtete, dann nur, weil er glaubte, es mit einem gefährlichen Irren zu tun zu haben. Und ich verstand ihn. Ich war vielleicht irre und mit Sicherheit gefährlich. Ich atmete tief durch und versuchte, mich zu entspannen. Lanzmann lächelte mich an:

»Besser?«

»Ein bißchen...«

»Gut. Entschuldigen Sie, aber ich muß gehen.«

Er bedeutete mir mit der Waffe, mich zu erheben.

»Gehen Sie vor, Georges... Man kann nicht vorsichtig genug sein bei einem Nazi-Sohn.«

Sein Versuch zu scherzen, kam nicht an. Mein ganzer Körper war wie blockiert und schickte mir die einfache, aber dringliche Botschaft: »Dreh ihm auf keinen Fall den Rücken zu.« Ja, vielleicht war ich verrückt und gefährlich, aber ich hatte bis jetzt überlebt, weil ich mich stets auf meine Intuition verlassen hatte. Ich erhob mich halb von der weichen Couch mit der betrübten Miene eines Mannes, der nicht mehr weiß, woran er ist, und in der nächsten Sekunde sorgte ich mit einem gezielten Fußtritt dafür, daß ein niedriger Tisch den guten Doktor Lanzmann in Höhe der Schenkel traf. Er verlor das Gleichgewicht und schoß. Die Kugel streifte mein Ohr, ich warf mich zwischen seine Beine, er taumelte, und ich hörte mit großem Vergnügen, wie sein Kopf gegen die Wand krachte. Wir kämpften eine Weile. Ich, weil ich die Waffe an mich bringen wollte, er, damit er mich in der Schußlinie behielt, doch gegen die Kraft meiner Verzweiflung war er machtlos.

Mit seiner Waffe in der Hand erhob ich mich in dem Augenblick, als der hagere Henriot aufgeregt in das Zimmer stürmte. Er sah die Pistole und drückte sich an die Wand. Lanzmann wischte sich den Mund ab, aus dem ein dünner Blutfaden rann.

»Sie benehmen sich wie ein Idiot, Georges!«

Er verbreitete einen säuerlichen Schweißgeruch, und ich wußte, daß es Angst war. Der große Doktor Lanzmann kam mir in diesem Augenblick alt, zerbrechlich und schwach vor. Ich deutete auf einen Sessel und meinte zu Henriot:

»Setzen Sie sich da hin.«

Er gehorchte augenblicklich, während er seinem Kollegen verängstigte Blicke zuwarf. Lanzmann setzte seine Brille wieder auf, die ihm während unserer Auseinandersetzung heruntergefallen war.

»Und was wollen wir jetzt machen? Scharaden spielen?«

Ich antwortete nicht. Lanzmann sah mich an, seine großen hellen Augen waren fest auf mich gerichtet. Ich fühlte mich unwohl unter seinem stechenden Blick. Er begann wieder mit dieser sanften und gleichzeitig kalten Stimme zu sprechen, die einem metallischen Wiegenlied glich:

»Georges, glauben Sie nicht, daß Sie nun genug Dummheiten angestellt haben? Die Polizei ist Ihnen auf den Fersen. Ich wollte Ihnen helfen zu fliehen. Werden Sie denn nie erkennen, wer Ihr Freund und wer Ihr Feind ist?«

Ich wollte ihm gerne antworten, aber ich fühlte mich schwach, die Waffe lag schwerer und schwerer in meiner Hand, eine unbezwingbare Benommenheit überkam mich. Eine Vorstellung aus meiner Kindheit drängte sich mir auf: »Mandrake, Mandrake der Zauberer...« Mandrake und sein langes, schwingendes Cape, sein durchdringender Blick, seine Eleganz... In jenem Augenblick ließ mich das schrille Läuten der Eingangstür unwillkürlich zusammenzucken, und ich wandte den Kopf leicht nach dem Geräusch um. In der nächsten Sekunde verspürte ich einen heftigen Schlag auf meiner Schläfe und verlor das Bewußtsein. Mein letzter Gedanke war, daß ich langsam zum Spezialisten für Kopfverletzungen wurde. Ich war eine lebende Anthologie für die verschiedensten Arten, Schläge einzustecken.

Ich öffnete langsam die Augen. Der Schmerz, den ich dadurch auslöste, strahlte vom Nacken bis zu den Augenbrauen. Der niedrige Tisch lag umgestürzt am Boden, und die Vase lehnte an meiner mit Blumen übersäten Wange. Daraus schloß ich, daß ich noch immer in Lanzmanns Sprechzimmer war. Kein einziges Geräusch war zu hören. Meine Wange war feucht. Erst dachte ich, ich hätte geweint, doch dann merkte ich, daß es sich um das Blumenwasser handelte, das auf den Teppichboden gelaufen war. Zum Glück war die Vase nicht kaputtgegangen und hatte mir nicht den Schädel zerschnitten...

Steh auf, befahl mir mein Gehirn, mach schon! Unmöglich, erwiderten meine Arme und Beine apathisch. Da lag ich nun und fragte mich, ob ich meine Tage auf diesem angenehm frischen Teppichboden beschließen würde, als ich Türenschlagen hörte. Mehrere Fahrzeuge hielten, eine Stimme erteilte Befehle... Die Bullen! Mit einem Schlag war ich hellwach und versuchte, rasch auf die Beine zu kommen, doch ich schlug der Länge nach hin: Meine Arme und Beine waren mit einer kräftigen Nylonschnur umwickelt!

Dieser Dreckskerl Lanzmann hatte mich also verpfiffen. Ich hatte gespielt, ich hatte verloren, jetzt blieb mir nichts anderes mehr übrig als aufzugeben.

Als ich hinter mir ein dumpfes Geräusch hörte, drehte ich den Kopf so weit wie möglich herum: Zwei Füße, die in schwarzen Turnschuhen steckten, landeten auf der Couch, und durch das Fenster tauchte eine dunkle Silhouette auf. Großartig, Arsène Lupin, der Meisterdieb, eilte zu meiner Rettung herbei. Ich lag noch immer flach auf dem Bauch, und er beugte sich über mich und durchtrennte die Fesseln an meinen Füßen. Hastige Schritte im Treppenhaus. Geflüster. Die Gestalt lief zur Tür, und ich hörte, wie der Schlüssel im Schloß herumgedreht wurde. Die Gestalt kam zu mir zurück, stellte mich mit einem Ruck auf die Beine und sah mich mit ihren kleinen, bösen Augen fest an. Ach, in diesen schweren Zeiten hatte sich Arsène Lupin anscheinend genötigt gesehen, das Schweinsgesicht von Gruber anzunehmen. Ich kam aus dem Staunen gar nicht mehr heraus und ließ mich wortlos zum Fenster ziehen.

Irgend jemand machte sich diskret an der Tür zu schaffen. Dann wurde dagegen gehämmert. Schon hatte Gruber mich auf das Fensterbrett gehievt und stieß mich auf das darunterliegende Dach wie ein Bündel schmutziger Wäsche. Er sprang zu mir herunter und während erstaunte Rufe aus der Wohnung drangen, packte er mich am Ellenbogen und lief gebückt mit mir zu einem Schornstein. Dort war ein Seil befestigt, das zu einer Seitenstraße hinunterhing, in der ein schwarzer Mercedes, das neueste Modell, mit laufendem Motor wartete. Hinter uns ertönte ein Schrei. In dem Moment packte mich Gruber, umklammerte mich mit einem Arm und ließ sich am Seil hinunter. Ich wog rund siebzig Kilo, und er trug mich wie ein leichtes Kopfkissen. Ich für meinen Teil folgerte daraus, daß er zu der Sorte Leute gehörte, mit der man besser keinen Streit anfing. Das einzige Problem bestand darin, daß dieser Primat sich offensichtlich meine Frau aneignen wollte, und das konnte ich nicht hinnehmen.

Wir landeten etwas unsanft. Als Gruber mich in den Wagen stieß, tauchte am Dachrand ein wütendes Gesicht auf. Die Tür schlug zu, der Mercedes fuhr an, Schüsse ertönten, und ich zog den Kopf ein. Gruber, der neben mir saß, hatte eine Waffe gezogen und feuerte ein paarmal durch die Heckscheibe. Ich fragte mich, welcher hinterhältige Zauberspruch dafür gesorgt hatte, daß ich in diese Abfolge seichter B-Movies geraten war. Vielleicht war ich ja einer bösen Fee auf den Fuß getreten, ohne es zu bemerken und nun in alle Ewigkeit dazu verdammt, mein Dasein in James Bond-Filmen und Spaghetti-Western zu fristen...

Der Mercedes raste mit hoher Geschwindigkeit durch die Straßen, und Gruber schien ruhiger zu werden. Er beugte sich vor, um dem Fahrer etwas zu sagen, der daraufhin sofort, wie in den besten Verfolgungsjagden im Kino, mit quietschenden Reifen abbog. Irgendwo hinter uns hörte man Sirenengeheul. Wir rasten mit mehr als hundert Stundenkilometern durch die kleinen verlassenen Straßen des Genfer Vororts, dann drosselte der Fahrer das Tempo. So fuhren wir drei oder vier Minuten, bis ein metallicblauer Mercedes 230 SE sich uns näherte und bremste. Innerhalb weniger Sekunden hatten Gruber und ich das Fahrzeug gewechselt. Der schwarze Mercedes düste nach links und der blaue nach rechts. Das Sirenengeheul schien uns einzuholen, doch dann wurde es leiser. Gruber lächelte wie ein zufriedener kleiner Junge, dem es gelungen war, einer Katze einen Topf an den Schwanz zu binden. Ich hatte Kopfschmerzen und fragte mich, was sie wohl mit mir machen würden. Doch ich hätte mich eher in Stücke schneiden lassen, als diesem Kerl auch nur eine Frage zu stellen.

Wir fuhren noch eine Weile durch das Genfer Stadtrandgebiet, bevor wir auf die Autobahn bogen. Gruber, der kerzengerade neben mir auf der Rückbank saß, schwieg und beobachtete aufmerksam unsere Umgebung. Mir war klar, daß er mir bei der kleinsten unachtsamen Bewegung eins mit dem Gewehrkolben über den Schädel schlagen würde, und meinem schmerzenden Kopf stand nicht der Sinn danach. Ich räusperte mich:

»Schöner Tag heute, nicht wahr?«

»Ersparen Sie mir Ihr dummes Geschwätz, von Klausen.«

Ich seufzte. Wieder jemand, der mich für Gregory hielt! Ein Satz von den Kriminalschriftstellern Boileau/Narcejac fiel mir wieder ein. Es sei unmöglich, meinten sie, heutzutage noch das Zwillingssujet in einem Krimi zu verwenden, so abgedroschen sei es inzwischen. Leider hatte sich das anscheinend nicht bis zu Gruber und den anderen Idioten herumgesprochen, die meinen Skalp wollten. Ich startete einen neuen Versuch:

»Sagen Sie mir, Major, stört es Sie nicht, Ihre Frau an andere auszuleihen?«

Er zuckte nicht mit der Wimper und drehte sich auch nicht zu mir um.

»Sie sind lächerlich, von Klausen.«

Entschlossen spielte er seine beste Rolle weiter: den harten Kerl, den so leicht nichts umhaut. Ich lehnte mich ans Fenster und beschloß, ein Nickerchen zu machen, um mich wenigstens etwas zu erholen.

Das typisch knirschende Geräusch der Reifen auf Kiesboden riß mich aus dem Schlummer. Wir waren vor einem kleinen, mit wildem Wein überwucherten Herrenhaus aus dem 18. Jahrhundert angekommen. Bewundernd pfiff ich durch die Zähne:

»Na, Sie lassen es aber krachen, mein lieber Gruber!«

Er stieß mich aus dem Wagen und zerrte mich eine lange, mit blühenden Forsythien bestandene Allee entlang. Am dunklen, wolkenlosen Himmel waren viele Sterne zu erkennen. Der Fahrer, ein Roboter in Menschengestalt, den man in einen grauen Polyamidanzug gesteckt hatte, folgte uns mit gezogener Pistole, die auf meinen Nacken gerichtet war. Wir stiegen die drei Stufen der Freitreppe hinauf, und Gruber läutete. Die Tür öffnete sich fast augenblicklich, und ich sah in ein Gesicht, das ich nur zu gut kannte.

Martha blickte mich an, ohne auch nur die leiseste Gefühlsregung zu zeigen. Ich fühlte, wie mein Herz zum Zerspringen klopfte und mußte mich sehr beherrschen, um sie nicht anzuschreien, zu beschimpfen, ihr meine ganze unterdrückte Wut an den Kopf zu werfen. Sie trat zur Seite, um uns in ein großes Zimmer mit Gewölbedecke und Palisandertäfelung treten zu lassen. Englische Möbel, luxuriös und teuer, gaben dem Ganzen das Gepräge eines feudalen Landhauses. Im großen Kamin aus behauenem Stein prasselte ein Feuer. Ein beruhigendes Ambiente, in dem ich, die Hände gefesselt, mit verschwollenem Gesicht und in blut- und dreckverschmierter Kleidung wohl mehr als fehl am Platz wirkte. Martha wandte sich an Gruber:

»Was ist passiert?«

Er schenkte sich aus einer Kristallkaraffe ein Glas Orangenlimonade ein. Ich merkte, daß ich vor Durst fast umkam.

»Dieser Idiot wäre beinahe von Holtz und Malinois geschnappt worden. Ich hatte keine andere Wahl. So lange wie das Ganze schon dauert, ist es jedenfalls sowieso an der Zeit, endlich eine Entscheidung zu treffen. Wir können uns doch nicht dauernd von diesem kleinen Scheißer auf der Nase herumtanzen lassen.«

»Kann ich ein Glas Orangenlimonade haben?«

Beide drehten sich zu mir um wie zwei Hunde, die gleich zuschnappen wollen. Martha seufzte. Das war also alles, was sie noch für mich empfand. Ich mußte daran denken, daß es noch nicht mal eine Woche her war, daß ich diese Frau geliebt hatte. Und nun seufzte sie, weil ich Durst hatte ... Sie gab mir dennoch ein Glas, das sie, während ich trank, halten mußte, da meine Hände ja noch auf dem Rücken gefesselt waren. Ihre

Finger streiften meine Lippen, ich roch ihr Parfum, den Duft ihres Haars. Wie konnte sie mir das antun?

Gruber wirkte verärgert, so als sei ich ein besonders ungezogenes Kind. Die Orangenlimonade war kühl und tat mir gut. Ich fragte Martha:

»Darf ich mich setzen, oder muß ich stehend sterben?«

Gruber deutete auf ein geblümtes Kanapee und ging dann zu Martha hinüber, der er rasch und leise – zu leise für mich – etwas auf deutsch ins Ohr flüsterte. Sie nickte, wobei sie sich eine Zigarette anzündete – ihre übliche Marke. Wenigstens in diesem Punkt war sie treu…

Gruber schien auf etwas zu warten. Wahrscheinlich auf Silbermann. ›Hoffentlich kommt er bald, damit die ganze Sache ein Ende hat‹, dachte ich. Als hätte jemand meinen Wunsch erhört, bremste ein Wagen auf dem Kies. Knirschende Schritte, dann zwei gebieterische Klingeltöne. Martha ging öffnen. Es war Silbermann in einem eleganten, zerknitterten Anzug. Er hatte Tränensäcke unter den Augen und stellte ein breites Lächeln zur Schau. Betont fröhlich streckte er mir die Hand entgegen, während er sich mühsam auf uns zubewegte:

»Mein lieber Gregory, wie geht es Ihnen?«

»Es könnte nicht besser sein, und Ihnen? Ihre Orangenlimonade ist fabelhaft. Gruber ist ein perfekter Gastgeber. Und Martha ist wie immer hinreißend.«

Sein Lächeln wurde breiter. Er setzte sich auf die Armlehne eines breiten Ledersessels, stellte seinen Stock ab und zündete sich gemächlich ein schwarzes, zerdrücktes Zigarillo an. Ich beobachtete ihn, wie er seine Show abzog, und wartete darauf, daß er zum eigentlichen Thema kam. Er blies den Rauch lange und sehr fotogen durch die Nase. Martha und Gruber standen unbeweglich, die Arme auf dem Rücken verschränkt, da wie beim Appell. Silbermann betrachtete mich aufmerksam wie ein wohlwollender, aber etwas ratloser Vater:

»Nun, was machen wir jetzt?« fragte er mich.

»Sie werden es mir sicher sagen …«

»Aber, aber, Gregory, Sie werden es mir sagen …«

»Was?«

»Die Nummer des Safes, in dem Sie die Liste deponiert haben natürlich.«

Ich zuckte mit den Achseln.

»Wie Sie sicher bereits vermuten, existieren einige Kopien dieser Liste. Und falls ich sterbe, gehen diese sogleich an die Chefredakteure aller Zeitungen der Welt. Denken Sie sich was Neues aus, Silbermann!«

»Tja, und deshalb werden wir Sie auch nicht umbringen, mein lieber Gregory. Sie sehen, wir haben uns das reiflich überlegt. Es gibt andere Mittel als Ihren Tod, um Sie davon abzuhalten, uns weiter Schaden zuzufügen …«

»Falls ich verschwinden sollte, gehen die Kopien ebenfalls in alle Welt. Ich habe alles bedacht, Silbermann. Lassen Sie mich gehen, und beenden wir diese lächerliche Unterredung.«

Er verbeugte sich liebenswürdig, und auf seinem gutgeschnittenen Gesicht zeichnete sich ein breites Lächeln ab:

»Sie haben recht, diese Unterhaltung ist lächerlich. Und wir werden Sie in der Tat gehen lassen.«

Ich hob den Kopf und sah ihn verwundert und argwöhnisch an. Er fuhr fort, wobei er sich jedes einzelne Wort auf der Zunge zergehen ließ:

»Zuvor jedoch wird Gruber – reine Formsache, Sie verstehen – Sie ausführlich befragen. Und Sie wissen ja, es gibt heutzutage derart ausgefeilte Verhörmethoden, daß ihnen wirklich niemand widerstehen kann … Dann, nachdem Sie uns all Ihre Geheimnisse ausgeplaudert haben, mein lieber Gregory, werden wir Sie freilassen. Ach ja, ein winziges Detail habe ich vergessen: Zu dem Zeitpunkt werden Sie nicht mehr in der Lage sein, das kleine Einmaleins aufzusagen, aber ist das heute, wo es Taschenrechner gibt, überhaupt noch nötig?«

Er lachte schallend. Da ich schwieg, fuhr er fort:

»Haben Sie schon von PZ 40 gehört? Nun, das ist ein Derivat, das zur Familie der Halluzinogene gehört, und wurde von den Sowjets entwickelt. Aber es gibt ja keine Sowjets mehr, ha ha ha! Sie verwendeten es in ihren psychiatrischen Anstalten. Bei ›gefährlichen‹ Kranken, Sie verstehen? Mit diesem Mittel wird das Hirn vollständig geleert, und nach einer einmonatigen Behandlung ist selbst ein Nobelpreisträger nicht mehr in der Lage, mit dem Löffel zu essen. Der Vorteil ist, daß das äußere Erscheinungsbild sich nicht verändert. Die Schäden greifen nur auf das Gehirn über. So haben Sie, wie Jacques Brel sagte, das unsägliche Glück, zugleich schön und blöd zu sein, allerdings mit dem Unterschied, daß dieser Zustand nicht nur eine Stunde anhält, sondern für den Rest Ihres Lebens ... Aber man könnte eigentlich nicht behaupten, daß Sie verschwunden sind, oder?«

Martha sagte nichts, ihre Augen waren ausdruckslos. Gruber lächelte, er war offensichtlich von diesem Programm begeistert. Ich beschloß, meinen Joker auszuspielen:

»Das ist wirklich hochinteressant, Maître Silbermann. Ich sehe da nur ein winziges Problem.«

»Und welches wäre das?«

»Sie sind doch sicher mit mir einer Meinung, wenn ich Ihnen sage, daß man ein Schaf nicht dazu bringen kann, sich in einen Wolf zu verwandeln, oder ein Horoskop dazu, daß es Ihnen tatsächlich die Zukunft vorhersagt?«

»In der Tat, von Klausen, in der Tat. Kommen Sie auf den Punkt, ich habe es eilig.«

»Nun, ganz einfach, ich bin nicht Gregory von Klausen.«

Gruber brach in schallendes Gelächter aus. Martha sah mich betrübt an, wie eine Lehrerin, die sich für die Antwort ihres Schülers vor dem Schulinspektor schämt. Silbermann klopfte die Asche von seinem Zigarillo und seufzte:

»Sie enttäuschen mich, von Klausen.«

»Ich heiße Georges Lyon. Gregory war mein Bruder. Er

kam vor ungefähr sechs Jahren bei einem Unfall ums Leben. Auf der Flucht vor Ihren Schergen.«

»Diese Geschichte ist grotesk. Warum tritt nicht auch noch Zorro auf den Plan, wenn Sie schon dabei sind? Gruber, bringen Sie Monsieur in den Keller.«

Wütend erhob ich mich:

»Hören Sie! Ich bin nicht Gregory. Ich bin ein Bankräuber.«

»Ja, das haben wir auch schon erfahren. Eine nette Umschulung!«

»Ich bin nicht Gregory. Wenn ich Gregory wäre, würde ich Sie erpressen, und wenn ich Sie erpreßte, bräuchte ich keine Banküberfälle zu verüben, um Geld zu verdienen!«

»Es gibt Menschen, die den Hals nicht voll genug kriegen. Gut, Gruber, bringen Sie ihn nach unten, er langweilt mich. Ach übrigens, viele Grüße von Professor Markus...«

»Glauben Sie, daß ich es riskiert hätte, nach Deutschland zurückzukehren, wenn ich Gregory wäre? Hören Sie mich, verdammt noch mal, wenigstens eine Minute an!«

Er zögerte, dann gab er Gruber überdrüssig ein Zeichen, mich loszulassen. Wirr begann ich zu erzählen und versuchte dabei, so überzeugend wie möglich zu sein. Doch während ich sprach, wurde mir klar, daß die Wahrheit leider nicht immer besonders glaubwürdig klingt. Als ich geendet hatte, senkte Martha den Kopf. Gruber trat unruhig von einem Fuß auf den anderen, da er endlich das PZ 40 an mir ausprobieren wollte. Silbermann schien nachzudenken:

»Wie gerne ich Ihnen glauben würde... Mit einem toten von Klausen wären wir all unsere Sorgen los. Doch wie Professor Markus Ihnen schon erzählte, erpreßt uns leider jemand. Wenn ich annehme, daß von Klausen tot ist – ich sage ›wenn‹ –, dann folgt daraus: a) daß irgend jemand anderer die Liste in seinem Besitz hat; b) und daß dieser Jemand sehr gut Sie sein könnten, da Sie ja, wenn ich Ihnen Ihre Geschichte glaube, sein Bruder sind.«

»Aber ich wußte doch gar nicht, daß er am Leben ist!«

»Und ich weiß nicht, warum Sie an dieser grotesken Geschichte festhalten. Gehen Sie!«

Er schnippte mit den Fingern. Gruber packte mich und warf mich über seine Schulter wie eine Jungfrau, die gleich geopfert werden soll. Silbermann knöpfte sein Jackett zu.

»Ich möchte nicht zu spät zur Abendgesellschaft beim Staatsanwalt kommen. Sind Sie bereit, meine Liebe?«

Er reichte Martha, die in einen Silberfuchsmantel schlüpfte, die Hand. Dabei hatte sie doch immer behauptet, Pelzmäntel zu verabscheuen! Noch eine Lüge, die zu jenem Lügengebäude hinzukam, das sie für mich errichtet hatte. Mein Gott, was war ich für ein Idiot gewesen! Gruber stieß eine Tür auf, die zu einer kalten Treppe führte. Ich schrie:

»Silbermann, ich bin es nicht, der Sie erpreßt! Martha, sag es ihm, verdammt! Martha!«

Das letzte, was ich von Martha sah, bevor die Tür hinter uns zufiel, war ihr zarter Knöchel, der in einem schwarzen Pumps steckte. Ich wehrte mich nach Leibeskräften, aber Gruber hatte mich eisern im Griff. Er öffnete wieder eine Tür, diesmal war sie gepanzert, und wir kamen in ein kahles, kaltes Zimmer. Über einem weißen Plastikspülbecken aufgereihte, blitzende Instrumente, ein Metallstuhl und ein Operationstisch erstrahlten im grellen Schein einer Neonlampe. Langsam wurde die Sache langweilig. Ich bekam allmählich den Eindruck, daß der Klinik-Look sich in den Parallelwelten größter Beliebtheit erfreute.

Er warf mich auf den Operationstisch. Bevor ich Gelegenheit hatte, ihm einen Tritt ins Gesicht zu versetzen, hatte er meine Beine auch schon mit einem Lederriemen festgezurrt, dann schnürte er meinen Oberkörper fest. Meine Hände, die bereits seit Stunden gefesselt waren, spürte ich schon nicht mehr.

Er beugte sich über mich, und ich roch seinen säuerlichen Atem. Ohne jegliche Vorwarnung versetzte er mir einen herben Schlag in die Magengrube, und ich spürte, wie ein Schwall Galle in meinen Mund schoß. Ich keuchte vor Schmerz:

»Armseliger Wicht!«

Er betrachtete mich aufmerksam, dann ließ er blitzartig seine beiden massigen Fäuste zwischen meine Beine sausen und löste einen unerträglichen Schmerz aus. Ich schrie, als hätte mich jemand mit einem glühenden Eisen verbrannt. Die Hände in die Hüften gestützt, lächelte er mich an. Mit seinem starken Akzent murmelte er.

»Das war nur das Vorspiel... Jetzt geht es erst richtig los...«

Er hob eine seiner kokosnußgroßen Fäuste, und alles, was nun folgte, war purer Schmerz, bis ich schließlich das Bewußtsein verlor.

Kaltes Wasser lief mir über das Gesicht. Mein Mund schmeckte nach Blut. Ich roch Erbrochenes. Aber ich lebte. Vorsichtig öffnete ich die Augen. Gruber trat mit einer Wasserkaraffe in der Hand zufrieden einen Schritt zurück. Der Alptraum war also noch nicht zu Ende, es handelte sich nur um eine Unterbrechung. Ostentativ zog er eine ordentlich große Spritze auf und drückte leicht auf den Kolben. Aus der Nadel tropfte etwas von einer bräunlichen Flüssigkeit. Ich begriff. Seltsamerweise bereitete mir der Gedanke, meine Persönlichkeit, mein Ich zu verlieren mehr Angst als zu sterben. Wenn ich mir vorstellte, wie ein lebender Toter ohne Seele umherzustreifen, lief mir ein kalter Schauer über den Rücken. Was nützte es zu leben, wenn man sich dessen nicht mehr bewußt war? Mein ganzes Wesen sträubte sich gegen diese Spaltung, die man mir antun wollte. Ich spürte, wie ich auf diesem Operationstisch anfing zu zittern – wie ein Hund im Versuchslabor. Ich hatte Angst. Eine panische Angst, die mir den Magen zuschnürte. Gruber, der einen Walzer von Strauß vor sich hinsummte, näherte sich mir möglichst langsam, um sein Vergnügen länger auskosten zu können. Sein dämliches Gesicht führte mir vor Augen, daß Dummheit eine verkürzte Version der bitteren Ironie des Lebens war.

Ich tat das einzige, wozu ich in meiner Situation noch in der Lage war: Ich spuckte ihm ins Gesicht. Er wischte den Speichel mit dem Handrücken weg und krempelte meine Ärmel hoch. Ich wollte nicht, ich wollte keine stumpfsinnige Kreatur werden, ich wollte ich bleiben, mein ganzer Körper bäumte sich auf, wehrte sich. Gruber konnte sich gar nicht satt sehen an meinem panischen Entsetzen. Dieses Schwein hatte mich noch nicht einmal verhört, er brannte nur darauf, mich zu vernichten! Er stieß mir die Nadel brutal in den Arm, wobei er noch immer diesen dämlichen Walzer – wenn auch falsch – vor sich hinträllerte.

Ich schloß die Augen und begann langsam *Die Ballade der Gehängten* aufzusagen, wobei ich mich an jede einzelne Silbe wie an einen Talisman klammerte und darauf wartete, daß die Flüssigkeit in meine Venen drang. Doch nichts passierte – abgesehen davon, daß ich irgendwo im Zimmer einen heftigen Luftzug spürte. Ich zählte bis zwanzig. Gruber wollte sicher meine Qualen noch vergrößern. Er war verstummt. Ich zählte wieder bis zwanzig. Noch immer nichts, außer einem leichten Druck gegen meine Wange. Was hatte er mit mir vor? Ich beschloß, obwohl ich es eigentlich nicht wollte, die Augen zu öffnen – ich mußte einfach wissen, was hier vor sich ging.

Gruber sah mich an. Er hockte auf dem Rand des Spülbeckens, außerhalb des Lichtkreises. Seine blauen Augen hatten einen überraschten Ausdruck. Oben schlug eine Tür. Was war geschehen? Erwartete mich ein neues, grausames Spiel? Die Nadel steckte noch immer in meinem Arm, doch Gruber starrte mich, ohne sich zu rühren, an. Ich riß die Augen weit auf, um besser sehen zu können, aber das Licht blendete mich. Mir kam es so vor, als neige Gruber den Kopf. Er neigte ihn noch mehr, so daß das Kinn beinahe seine Brust berührte. War die Bestie eingeschlafen? Oder konzentrierte er sich, um mir den Todesstoß zu versetzen? Ich grinste höhnisch:

»Na, mein lieber Gruber, erschöpft?«

Er antwortete nicht. Er neigte lediglich den Kopf noch etwas mehr.

Dann, ganz allmählich, löste er sich und fiel ihm in den Schoß.

Ich lag staunend da.

Grubers durchtrennter Hals war genau gegenüber von mir, das Blut sprudelte, und in seinem Fleisch steckte die breite Klinge eines Fleischermessers. Sein blonder Kopf ruhte auf seinen Schenkeln. Das Messer hatte mit einem sauberen Schnitt seinen Hals und den Kehlkopfmuskel durchtrennt. Für einen Moment mußte der Kopf auf der Klinge gelegen haben wie auf einem silbernen Tablett! Doch nun schoß zu meinem großen Entsetzen das Blut wie aus einem Geysir in die Luft und spritzte auf mein Gesicht wie rote, gierige Mücken.

Hektisch versuchte ich, meinen Kopf von diesem ekelerregenden Schauspiel abzuwenden. Dabei fühlte ich an meiner Wange einen kalten Gegenstand. Ein Skalpell! Jemand war mir zu Hilfe gekommen. Ich nahm den Griff des Skalpells zwischen die Zähne und richtete die Klinge auf den Gurt, der meinen Oberkörper fesselte. Ich kam mir vor, als würde ich für ein Zirkusplakat der Mund- und Fußakrobaten posieren... Bis es mir endlich gelang, die Klinge unter das Leder zu bugsieren, war ich schweißgebadet. Ich begann zu schneiden. Der Plastikgriff rutschte ständig zwischen meinen Zähnen hin und her, und mit der scharfen Klinge schnitt ich mich ein paarmal ganz ordentlich. Doch ich biß die Zähne zusammen und machte weiter. Nach einer Ewigkeit gab der Gurt mit einem knallenden Geräusch nach. Mein Oberkörper war voller Blut von den vielen, brennenden Schnittwunden, die ich mir zugefügt hatte.

Das Skalpell noch immer zwischen den Zähnen machte ich

mich daran, den Gurt, der meine Beine umschloß, zu durchtrennen. Diesmal paßte ich besser auf und war auch schon geübter, so daß ich mich rasch befreien konnte.

Nun richtete ich mich auf und versuchte, blind die Fesseln um meine Hände zu durchschneiden. Ich beeilte mich, denn ich fürchtete, jeden Moment Schritte zu hören. Es dauerte nicht lange, dann gab die Nylonschnur nach. Endlich konnte ich meine nun zwar zerschnittenen, aber wieder frei beweglichen Arme nach vorne strecken. Ein brennend heißer Schmerz durchfuhr mich, als das Blut bis in meine Fingerspitzen strömte. Ich rieb die Handflächen aneinander und krümmte die Finger, bis ich den Eindruck hatte, meine Hände würden gleich explodieren, doch allmählich legte sich dieses Gefühl.

Ich zog die Nadel heraus, die noch immer in meinem Arm steckte, und zerquetschte sie mit dem Absatz wie ein giftiges Insekt.

Dann näherte ich mich Grubers Leichnam, der noch immer brav auf dem Rand des Spülbeckens hockte. Wie hypnotisiert packte ich seinen Kopf bei den Haaren. Seine Augen, die tot auch nicht mehr Ausdruckskraft besaßen als lebendig, sahen mich an, sein Mund mit den leicht geschürzten Lippen schien nach mir schnappen zu wollen. Angewidert ließ ich den Kopf auf den Boden fallen, wo er weiterrollte, bis er an der Wand liegenblieb wie ein Ball nach einem Spiel.

Ich öffnete sein Jackett, entdeckte den Halfter dieses Schweinehundes und griff mir seine Waffe, eine Walther P 38. Ich prüfte, ob sie geladen war und zog sachte die gepanzerte Tür zu mir heran, die sich geräuschlos in den Angeln drehte.

Es herrschte Totenstille. Der Weg schien frei zu sein. Immer zwei Stufen auf einmal nehmend, stieg ich die Treppe hinauf. Meine blutverschmierten Hände, die die Waffe umklammert hielten, sahen aus, als gehörten sie dem verfolgten Helden in einem Kriminalfilm. Ich lauschte an der Tür des Salons. Nichts. Langsam drehte ich den Türknauf herum, jederzeit darauf gefaßt, eine Kugel in den Kopf gejagt zu bekommen, doch das Zimmer war leer. Ein leichter Duft von Marthas Parfum, »Rêve de Orient«, hing noch in der Luft. Das Zimmer wirkte so friedlich mit seinen Chesterfield-Sesseln, dem mit geblümtem Chintz bezogenen Kanapee und der Karaffe mit der Orangenlimonade, die auf einem weißen Deckchen stand... Es war so gar nicht in Einklang zu bringen mit dem Leichnam ohne Kopf, der unten im Keller lag. Und auch nicht mit einem Fliehenden wie mir. Blutverschmiert wie ich war, konnte ich mich allerdings nicht auf die Straße wagen. Ich entdeckte einen schwarzen Mantel an der Garderobe und zog ihn über. Draußen war es recht frisch, und so würde niemand meine Aufmachung verwunderlich finden.

Nachdem ich mir das Gesicht gesäubert hatte, öffnete ich die Haustür einen Spaltbreit und spähte hinaus. Die Allee lag verlassen da. Der Duft der Forsythien erfüllte die Nacht.

Sechzehnter Tag – Freitag, 23. März

Ich sah auf die Uhr: 0.12 Uhr. Um mich herum lag alles im Dunkel. Kein Lichtschein in der Ferne. Nur die hügeligen Tupfen eines dichten Waldes, in dem sich der Weg verlor, der vor dem Anwesen entlangführte. Ich hatte nicht die geringste Ahnung, wo ich mich befand. Das nächste Haus war möglicherweise kilometerweit entfernt, und daher hielt ich es nicht für ratsam, einfach aufs Geratewohl loszulaufen, außer ich hätte vor, mich in einen Einsiedler der Wälder zu verwandeln. Vermutlich war es das Klügste, hier auf Silbermann und Martha zu warten. Als sie gingen, hatte Silbermann »bis nachher« gerufen. Seine Worte klangen mir noch in den Ohren. Was meine Wenigkeit betraf, hatte er sicher nicht geahnt, wic recht er hatte.

Also richtete ich mich hinter der dichten Dornenhecke, die die Allee säumte, ein. Die Waffe in der Hand und warm in den Mantel gehüllt, den Rücken an den Stamm einer ehrwürdigen Weide gelehnt, war ich bereit, stundenlang zu warten. Der Gedanke, daß möglicherweise jemand hier frei herumlief, der Grubers Kopf von seinem muskulösen Körper abgetrennt hatte, beunruhigte mich, und so beschloß ich, auf keinen Fall einzuschlafen …

Erschreckt fuhr ich hoch. Scheinwerfer drangen durch die dunkle Nacht und huschten über das Gebäude. Wütend darüber, daß ich eingenickt war, sah ich auf die Uhr: 2.45 Uhr!

Na, die hatten sich ja gut amüsiert... Meine Finger umklammerten den Kolben der Pistole, und ich richtete mich ein wenig auf. Autotüren schlugen. Silbermanns Stimme war zu hören, er klang ausgesucht höflich:

»Bitte nach Ihnen. Martha, meine Liebe, gehen Sie doch voraus...«

Ich konnte im Scheinwerferlicht erkennen, wie Martha, von zwei Männern gefolgt, die Freitreppe hinaufstieg. Silbermann, der wie ein ungelenkes Insekt auf seinen Stock gestützt ging, und ein anderer Mann, der größer und hagerer war als er. Ein Gast, das war meine große Chance...

In diesem Augenblick machte der Chauffeur den Motor und die Scheinwerfer aus, und die kleine Gruppe war im gelben Schein der antiken Laterne zu sehen, die über der Eingangstür hing.

Ich schnappte überrascht nach Luft, als ich Lanzmann erkannte. Silbermann meinte:

»Wir haben uns ja so viel zu erzählen, nicht wahr, Doktor?«

»Ich fürchte, da irren Sie sich«, entgegnete Lanzmann höflich.

Martha schloß die Tür auf, und alle drei gingen hinein.

Was hatte dieses Theater zu bedeuten?

Der Chauffeur stieg aus dem Wagen. Er wandte mir den Rücken zu und zündete sich eine Zigarette an, wobei er seine Hände wegen des eisigen Windes schützend um das Feuerzeug hielt. Ich sprang hinter der Hecke hervor und schlug ihm mit dem Pistolenkolben über den Schädel. Er sackte wortlos zusammen. Ich kniete mich hin, drehte ihn um, zog ihm seine Jacke und seine Hose aus und fesselte ihn mit diesen Kleidungsstücken. In Ermangelung eines Knebels stopfte ich ihm noch seine zusammengerollten Socken in den Mund und hoffte, daß er den Gestank überleben würde. Anschließend schleifte ich ihn zum Heck des Wagens. Er war nicht gerade leicht, und es bereitete mir einige Mühe, ihn in den Kofferraum zu hieven, doch schließlich hatte ich es geschafft und ihn einigermaßen verstaut. Die Schlüssel der Limousine steckten noch. Ich nahm sie, schloß den Kofferraum ab und schob sie in meine Tasche. Nun näherte ich mich einem der Fenster, das von wildem Wein überwuchert war, der mich vor neugierigen Blicken schützen würde.

Im Salon hatte Silbermann inzwischen eine Flasche Champagner und Kristallflöten geholt und schenkte Lanzmann, der es sich in einem der Ledersessel bequem gemacht hatte, ein Glas ein. Martha hatte ihren Mantel aus dem Fell eines toten Fuchses abgelegt und stand nun in einem schmal geschnittenen Kleid aus purpurfarbener Seide, das bis an die geschwungenen Schenkel geschlitzt war, an den Kamin gelehnt und rauchte. Sie sah phantastisch aus. Alles wirkte so friedlich und harmonisch. Die Hitze des Kaminfeuers rötete sanft die Gesichter der Anwesenden. Plötzlich zuckte ich zurück, da Martha auf mich zuzukommen schien, doch sie ging nur zum Fenster hinüber, um es einen Spaltbreit zu öffnen. Ihr blasses Gesicht hob sich deutlich gegen die Dunkelheit draußen ab. Tief sog sie wie ein gefangenes Tier die kühle Luft ein. Ich wußte nicht warum, aber ihr Anblick rührte mich. Metallisch ertönte Silbermanns Stimme:

»Martha, sehen Sie doch mal nach, was unser Freund Gruber macht...«

Martha würde nach unten gehen!

Sie holte – was ich als einziger bemerken konnte – einmal tief Luft und schloß anscheinend mit Bedauern das Fenster wieder, ließ es aber unabsichtlich einen winzigen Spalt offen, so daß ich nun das Gespräch belauschen konnte.

Nur noch ein paar Minuten, und sie würden wissen, daß ich geflohen war. Das versprach, interessant zu werden. Ich spitzte die Ohren. Silbermann nippte mit kleinen Schlucken an seinem Champagner, Lanzmann putzte mit einer mir vertrauten Geste seine Brille.

»Nun, mein Lieber«, nahm Silbermann honigsüß die Unterhaltung wieder auf, »kommen wir zu unserer Angelegenheit...«

»Ich bin gespannt zu erfahren, worüber Sie unbedingt mit mir sprechen wollen, verehrter Maître, denn, soweit ich weiß, haben wir eigentlich nicht die gleichen... Ansichten.«

»Es handelt sich nicht um unsere politischen Standpunkte, Doktor, sondern um einen Ihrer Patienten, der unglücklicherweise uns beiden im Weg steht...«

Lanzmann war hellhörig geworden. Ich sah, wie sein klarer Blick auf einmal wach und aufmerksam wurde:

»Ich hoffe, Sie erwarten nicht von mir, daß ich meine Schweigepflicht breche...«

In diesem Augenblick kehrte Martha zurück. Ihr Gesichtsausdruck war vollkommen gefaßt und ruhig. Mein Herz fing wie wild zu schlagen an. Silbermann wandte sich zu ihr um:

»Nun, und Gruber?«

»Er muß außer Haus gegangen sein, ich finde ihn nirgends.«

Silbermann schien darüber sehr ungehalten zu sein:

»Wie, außer Haus! Aber...«

»Die Tür ist abgeschlossen.«

Abgeschlossen? Das war mir neu! War die Person, die die ausgezeichnete Idee gehabt hatte, Gruber zu enthaupten, zurückgekommen, um die Auffindung seines Leichnams zu verzögern? Silbermann wirkte verärgert, doch Lanzmanns Anwesenheit, der die beiden sehr interessiert beobachtete, hinderte ihn daran, das Thema zu vertiefen. Martha nahm wieder ihren Platz am Kamin ein. Von den Flammen in ein goldenes Licht getaucht, war sie der verführerischste Teufel, den die Hölle je entlassen hatte.

Silbermann wollte Champagner nachschenken, doch Lanzmann lehnte mit einer Handbewegung ab.

»Doktor, kommen wir ohne Umschweife zum Thema. Sie sind ein intelligenter Mensch. Ich bin ein praktisch denkender Mensch. Sie werden also verstehen, daß ich gute Gründe habe, Ihnen die folgenden Fragen zu stellen.«

Lanzmann, der offensichtlich ganz in die Betrachtung des komplizierten Musters auf dem blauschwarzen Perserteppich vertieft war, sagte nichts. Silbermann fuhr fort:

»Erklären Sie mir, warum Sie heute nachmittag einen Ihrer Patienten bei der Polizei angezeigt haben?«

Lanzmann sah Silbermann direkt in die Augen:

»Dieser Mann war gefährlich. Ein Geisteskranker. Aber das geht Sie überhaupt nichts an. Erklären Sie mir lieber, warum Sie mich überwachen lassen...«

»Na, na, wir wollen doch nicht übertreiben... Nicht, daß wir uns falsch verstehen, Ihr Patient wird von mir überwacht. Und über ihn wollte ich auch mit Ihnen sprechen.«

»Tut mir leid, aber ich habe Ihnen nichts zu sagen.«

»Doktor, Doktor, treiben Sie mich nicht dazu, Maßnahmen zu ergreifen, die uns später beiden leid tun werden...«

»Ach, Sie drohen mir? Ich glaube, es ist an der Zeit, mich zu verabschieden. Entschuldigen Sie mich.«

Lanzmann hatte sich würdevoll erhoben – er wirkte wie ein englischer Geistlicher in seinem Prince-of-Wales-Anzug. Silbermann tat es ihm nach. Er schlug nun jenen offenen und aufrichtigen Ton an, den man von einem Mann erwartet, der es gewohnt ist, den Stier bei den Hörnern zu packen:

»Doktor, dieser Patient, Ihr Patient, hat mir großen Schaden zugefügt. Und das ist auch der Grund, warum ich mir die Freiheit nehme, bei Ihnen Erkundigungen über ihn einzuholen. Sie sagen selbst, er ist gefährlich. Und ich habe allen Grund zu der Annahme, daß ich mich wegen dieses Mannes in großer Gefahr befinde. Hat er Ihnen jemals von einem gewissen Gregory von Klausen erzählt?«

Nun kamen wir zum Kern der Sache. Ich hielt den Atem an. Martha schien das alles zu langweilen. Lanzmann war stehengeblieben.

»Mein Patient ist geistesgestört. Er ist davon überzeugt, einen Zwillingsbruder zu haben, der wegen irgendeines unglaublich klingenden Geheimnisses von Killerkommandos gejagt wird. Sie dürfen sich nicht in diese Phantasiewelt hineinziehen lassen.«

War Grubers Kopf auf seinen Oberschenkeln ein Trugbild meiner Phantasie?! Lanzmann steuerte auf die Tür zu, und ich machte mich bereit, in Aktion zu treten, denn nun hatte ich alle Akteure beisammen, als Silbermann mit schneidender Stimme sagte:

»Ich bitte Sie, Doktor, bleiben Sie doch noch.«

»Nein, danke. Wir haben uns nichts mehr zu sagen.«

»Tut mir leid, aber da muß ich Ihnen widersprechen. Wenn Sie sich freundlicherweise umdrehen würden...«

Lanzmann seufzte, bevor er sich zu Silbermann umwandte und auf die Beretta sah, mit der letzterer auf den flachen Bauch meines ungemein tüchtigen Analytikers zielte. Lanzmanns angespanntes Gesicht verkrampfte sich noch mehr.

»Was hat diese groteske Komödie zu bedeuten?«

»Doktor Lanzmann, ich weiß nicht, was Ihnen unser gemeinsamer Freund anvertraut hat, aber es ist mit Sicherheit viel zuviel, als daß Sie erwägen könnten, Ihre Arbeit fortzuführen, ohne mir vorher ein paar Garantien gegeben zu haben...«

»Garantien? Aber wovon sprechen Sie?«

»Ich möchte Ihre Notizen, die Sie sich zu diesem Patienten gemacht haben, und die Aufzeichnungen Ihrer Sitzungen.«

»Niemals!«

Silbermann zuckte die Achseln.

»Nehmen Sie den Mund nicht zu voll, mein Lieber. Wir werden hier ruhig warten, bis mein Freund Gruber zurückkommt, und der wird Sie dann in Ihre Praxis begleiten, um die Dokumente zu holen. Glauben Sie mir, ich werde mich für Ihre Mitarbeit erkenntlich zeigen.«

»Sie glauben wohl, Sie können sich alles erlauben!«

Lanzmann betrachtete Silbermann angewidert. Silbermann zuckte die Achseln und wandte sich an Martha:

»Martha, schenken Sie uns doch noch ein wenig Champagner nach...«

Sie gehorchte. Als sie die Gläser füllte, drehte sie ihnen den Rücken zu. Von meinem Beobachtungsposten aus konnte ich sehen, wie sie in eines eine Tablette warf. Sicher etwas, um Lanzmann ruhig zu stellen. Wenn sie auf Gruber warteten, würden sie allerdings ewig warten. Ich hielt den Zeitpunkt für gekommen, mich einzumischen.

Ich wartete, bis Martha zu Lanzmann hinübergegangen war und ihm sein Glas reichte, das er diesmal gerne annahm, um mit gezückter Waffe – sie war auf Silbermanns Rücken gerichtet – in den Salon zu stürmen.

»Wenn Sie bitte die Hände heben wollen, danke!«

Silbermann fuhr herum, den Finger am Abzug, und ich schoß im gleichen Augenblick wie er. Meine Kugel zerschmetterte ihm das Handgelenk. Mit einem Schrei, in dem sich Zorn und Schmerz mischten, ließ er die Waffe fallen. Dann sank er auf das Kanapee. Seine kleinen, lebhaften Augen rollten aufgeregt in ihren Höhlen.

»Sie sind verrückt!«

»Das hat Ihnen der Doktor doch gerade gesagt. Martha, Lanzmann, setzt euch auf das Kanapee.«

Die Hände gut sichtbar erhoben, gehorchten sie langsam. Martha wirkte eigenartig ruhig. Blut tropfte aus Silbermanns Wunde auf den schönen geblümten Chintz seines eleganten Kanapees und durchtränkte seinen Hemdsärmel. Er preßte sein gelbseidenes Taschentuch auf die Wunde und versuchte, eine gute Figur zu machen, doch er war vor Schmerz leichenblaß geworden. Ich ging auf sie zu, achtete jedoch darauf, daß zwischen uns ein gehöriger Abstand blieb. Ich griff mir den Champagner und trank in langen Zügen direkt aus der Flasche. Es schmeckte erfrischend und perlte angenehm. Ich fühlte mich wie neugeboren. Alle Protagonisten des Dramas waren versammelt. Der letzte Akt konnte beginnen. Ich setzte mich auf die Armlehne eines der Sessel und hielt die Pistole auf das Trio gerichtet. Sie sahen mich an, saßen starr und unbeweglich da – wie Figuren aus Meißner Porzellan. Zunächst wandte ich mich an Lanzmann:

»Nun, Doktor, glauben Sie noch immer, daß ich paranoid bin?«

Er zuckte mit den Schultern. Ich fragte Silbermann:

»Und Sie, Maître, glauben Sie noch immer, daß ich Gregory von Klausen bin?«

»Wer Sie auch sein mögen, Sie sind die Brut des Abschaums!«

»Wenn man es recht bedenkt, scheint mir, daß diese Bezeichnung durchaus gerechtfertigt ist. Haben Sie dem Doktor gesagt, wonach Sie suchen?«

»Das geht ihn nichts an.«

»Ganz im Gegenteil. Seine unparteiische Analyse könnte eine wertvolle Hilfe sein. Mit Ihrer Erlaubnis, werde ich ihm kurz die Einzelheiten schildern. Sehen Sie, Doktor, diese junge Frau neben Ihnen ist meine Frau Martha.«

Lanzmann setzte sich seine Brille auf, so als wolle er in einem Museum ein seltenes Insektenexemplar genauer studieren. Martha, den Kopf an die Rückenlehne gelehnt, rührte sich nicht. Sie wirkte abwesend. Ich fuhr fort:

»Aber sie ist nicht meine Frau. Sie gehört zu Silbermanns Gefolgsleuten, und ihre Aufgabe bestand darin, mich auszuspionieren, um herauszufinden, wo ich ein gewisses Dokument versteckt haben könnte, das diese Herrschaften suchen und das sich mit einer nichtoffiziellen und geheimen Organisation beschäftigt: der Eisernen Rose. Mein Vater, der verstorbene Lukas von Klausen, war der Chef dieser Gruppe. Und mein Bruder Gregory, von dem ich stets annahm, er sei als Kind gestorben, hat diese Organisation entdeckt, meinen Vater getötet und das Dokument in seinen Besitz gebracht. Offensichtlich ist Gregory inzwischen tatsächlich verstorben. Aber diese Idioten sind felsenfest davon überzeugt, daß ich er bin und daß ich sie erpresse.«

Wütend unterbrach mich Silbermann:

»Und wenn Sie es nicht sind, wer ist es dann?«

»Warum nicht Gruber oder Martha oder irgendein anderer von Ihren Spionen, der mit Gregory in Kontakt stand?«

»Magdalena ist ihm niemals begegnet, bevor sie Sie traf!«

»Und Gruber?«

Verunsichert wiederholte er mit leiser Stimme »Gruber...« und wandte sich dann beinahe hilfesuchend zu Martha-Magdalena um. Seine Wunde blutete nicht mehr, aber er hatte große Schmerzen, der Knochen war zersplittert. Ich fuhr fort:

»Doktor, Sie kennen mich seit langer Zeit. Ich habe mich Ihnen anvertraut und oft von meinem Bruder erzählt. Bestätigen Sie diesen armseligen Meisterspionen, daß ich nicht Gregory von Klausen bin, sondern tatsächlich Georges Lyon!«

Lanzmann sah mich lange an, ließ seine Fingergelenke knacken und meinte, während er sich zu Silbermann umdrehte:

»Nun, Maître, so wie die Lage jetzt ist, kann ich Ihnen gestehen, daß dieser Mann...«

Er machte eine Pause und trank einen Schluck Champagner:

»Oh, ein Cristal-Roederer, Jahrgang 1963... ausgezeichnet, Maître, ... daß dieser Mann sehr wohl Gregory von Klausen ist!«

Ich glaubte, meinen Ohren nicht zu trauen!

»Scheißkerl!« brüllte Silbermann in meine Richtung und erhob sich wutentbrannt.

»Setzen Sie sich!« befahl ich ihm.

Ein Knall, und er fiel der Länge nach auf den Boden.

Verdutzt sah ich auf meine Waffe. Da fiel ein zweiter Schuß, und ich hatte das Gefühl, daß mir gleichzeitig der Arm und die Pistole weggerissen würden. Ich sank zu Boden wie eine Strohpuppe.

Lanzmann grinste, und der Lauf einer Automatikwaffe,

die er in seiner Jackentasche gehabt hatte, kam zum Vorschein. Silbermann, dieser selbstgefällige Idiot, hatte ihn noch nicht einmal durchsucht! Und Lanzmann hatte soeben meinen zweiten und letzten Arm ruiniert.

Nun tropfte mein Blut auf den Perserteppich. Die Kugel hatte, ohne großen Schaden anzurichten, meinen Unterarm durchschlagen, aber ich würde sicherlich wochenlang niemandem mehr einen Kinnhaken verpassen können!

Ich richtete mich unter Lanzmanns amüsiertem Blick mühsam auf. Im Salon roch es nach Pulver. Die Walther war unter das Kanapee gerutscht und damit außer meiner Reichweite. Martha saß noch immer auf ihrem Platz. Ich fragte mich verzweifelt, was ich tun könnte, falls Lanzmann sie angreifen sollte. Silbermann lag bäuchlings auf dem Boden, ein großes Loch im Rücken, und röchelte, seine Augen waren glasig. Und obwohl er mein Leben ruiniert hatte, fühlte ich einen Anflug von Mitleid, als ich diesen Mann in seinem Todeskampf dort liegen sah. Ich deutete auf ihn und sagte zu Lanzmann, der mich mit dem kalten Blick eines Insektenforschers beobachtete:

»Er wird sterben.«

Lanzmann zuckte die Achseln.

»Stört es Sie?«

»Man kann doch niemanden einfach so verrecken lassen, das ist niederträchtig.«

»Sie haben recht«, antwortete er mit einem dreckigen Grinsen, legte seelenruhig seine Waffe an Silbermanns Kopf und drückte ab.

Die Kugel zerschmetterte die Schädeldecke, und die Hirnmasse spritzte heraus. Die Überzeugung, daß Lanzmann vollkommen verrückt war, ließ mich erstarren. Er wandte sich zu Martha um, ich konnte nicht anders und schrie:

»Martha, Vorsicht!«

Lanzmann brach in schallendes Gelächter aus.

»Machen Sie sich keine Sorgen, ich wollte meine Freundin

Martha lediglich bitten, mir etwas zu trinken zu geben. Diese Unterhaltung hat mich durstig gemacht.«

Martha stand auf und schenkte ihm ein Glas Champagner ein. Als sie es ihm reichte, ergriff er behutsam ihr Handgelenk und drückte einen Kuß auf ihren Handrücken. Ein glühender Strom tobte hinter meinen Schläfen. Martha ließ es tatsächlich geschehen, Martha lächelte! Blitzartig sah ich mich wieder in Lanzmanns Praxis, wo ich geglaubt hatte, Marthas Stimme an der Tür zu hören. Die beiden steckten unter einer Decke, Martha hatte mich hintergangen, und sie hatte Silbermann hintergangen! Wutentbrannt versuchte ich, mich zu erheben.

»Martha und Sie …« stammelte ich.

»Martha und ich haben eine Vereinbarung getroffen. Sehen Sie, sie hat schnell begriffen, daß Sie tatsächlich nicht wußten, wo sich die Liste befand. Und genauso schnell hat sie begriffen, bei wem alle Fäden dieser Geschichte zusammenlaufen. Aber es war sehr viel praktischer, Silbermann und Konsorten in dem Glauben zu lassen, Sie seien der Erpresser.«

»Weil …«

»Bravo, mein guter Georges. Ich war es, der unseren verstorbenen Freund Silbermann hereingelegt hat. Dank dieses Idioten Gregory, der sich freundlicherweise in meine Hände begeben hat.«

Endlich! Er gab es zu! Der gute Doktor Lanzmann bedrohte mich mit einer Pistole! Er erinnerte mich an Raminagrobis, eine Gestalt aus Kinderbüchern, honigsüß und selbstzufrieden. Ich fragte ihn:

»Wie haben Sie mit Gregory Kontakt aufgenommen?«

Er betrachtete mich amüsiert:

»Er hat mit mir Kontakt aufgenommen. Man hatte ihm meinen Namen als örtlicher Verbindungsmann zu den Herrera-Brigaden genannt.«

»Herrera-Brigaden?«

Ich mußte ziemlich dumm ausgesehen haben, denn Martha

lächelte flüchtig, und ich fühlte, wie ich errötete. Ja, sogar in jenem Augenblick war mir die Meinung dieses Luders, das mich hintergangen hatte, wichtiger als die Tatsache, daß ich in Lebensgefahr schwebte. Lanzmann setzte schulmeisterlich zu einer Erklärung an:

»Die Herrera-Brigaden haben es sich zur Aufgabe gemacht, Kriegsverbrecher zu jagen und, ohne lange zu fackeln, unsere arme Welt von ihnen zu befreien. Ihr Begründer, Luis Herrera, ein Jude aus Madrid, war nach 1936 nach Frankreich geflüchtet und später von den Franzosen an die Gestapo ausgeliefert worden. Er hatte am 3. Juni 1944 in Auschwitz gemeinsam mit den ersten Mitgliedern feierlich diesen Eid abgelegt. Zwei Tage später wurde er den Schweinen von der SS wegen eines winzigen Fehlers ausgeliefert.

Mein Vater, Julius Lanzmann, Kürschner von Beruf, gehörte zu diesem Kreis. Ich habe in meiner Kindheit immer von dieser Jagd, von in Südamerika untergetauchten Kriegsverbrechern, von neuen Spuren und Hinrichtungen reden gehört, und sobald ich alt genug war, habe ich meinen Platz in den Brigaden eingenommen. Martha, Champagner bitte.«

Martha tat, wie ihr geheißen. Von Lanzmanns Erzählung gefesselt, hatte ich fast meinen bluttriefenden Arm vergessen. Er trank und fuhr dann mit klarer Stimme fort, so als würde er vor seinen Studenten einen Vortrag halten:

»Da es Sie zu interessieren scheint, werde ich Ihnen die ganze Geschichte erzählen, die erbauliche Geschichte von Gregory von Klausen. Irgendwelche Einwände?«

Ich schüttelte den Kopf. Dieser Dreckskerl machte sich über mich lustig. Aber ich wollte es wissen. Er fuhr fort:

»Als es ihm gelungen war, in die Schweiz zu kommen, setzte Gregory sich mit mir in Verbindung. Er war bei diesem Flugzeugabsturz nicht verunglückt. In Wahrheit war es ein fingierter Unfall, um seine Verfolger irrezuführen. Er hat mir seine Geschichte erzählt und wie er gezwungen gewesen war, von Klausen zu töten, weil dieser ihn enttarnt hatte.

Schrecklich, nicht wahr? Wie es scheint, hat ihm der Alte keine andere Wahl gelassen. Gregory oder er... Der arme Gregory hatte sich von diesem Schock noch nicht wieder erholt. Er sagte mir mit tränenerstickter Stimme: ›Ich bin ein Vatermörder.‹ Viel zu sensibel, dieser Gregory.«

Ich unterbrach ihn:

»Gregory wuchs in Deutschland auf. Ich nehme an, daß Sie sich auf deutsch unterhalten haben...«

»So ist es. Wie Sie wissen, beherrsche ich diese Sprache. Mein Vater hat sie mir beigebracht, als ich noch ganz klein war. Um allerdings möglichst wenig aufzufallen, hat Gregory meistens Französisch gesprochen, das er fließend beherrschte, ebenso wie Russisch und Englisch aufgrund seiner Zugehörigkeit zu dieser Spezialeinheit, der HVA. Wie dem auch sei, auf einigen Umwegen war es Gregory gelungen, eine Spur seines geliebten Bruders Georges zu finden, der vor langer Zeit verschwunden war.«

»Aber wie?!«

Gregory hatte mich wiedergefunden! Warum hatte er sich dann nicht mit mir in Verbindung gesetzt?

»Ich weiß es nicht. Auf jeden Fall hat mir Gregory viel von Georges erzählt und mir erklärt, daß niemand von der Existenz seines Zwillingsbruders wisse. Nicht einmal von Klausen. Dieser alte Sadist hatte über seine gute Freundin und Weggefährtin Greta Markus zwar vom traurigen Schicksal Gregorys erfahren, es aber für besser gehalten, sich nicht für das Los eines kleinen Halbjuden zu interessieren.«

Ich fühlte Haß in mir aufsteigen, wenn ich nur an diesen grausamen alten Mann dachte, der mein Vater gewesen war. Und ich fühlte Scham. Ich schämte mich, sein Sohn zu sein. Ich hatte Angst, ihm in irgendeiner Hinsicht zu ähneln.

Lanzmann lächelte:

»Sie sind wütend... Vielleicht sollte ich besser aufhören, von diesen schmerzlichen Ereignissen zu sprechen.«

»Fahren Sie fort!«

Meine Stimme klang rauh und trocken. Lanzmann schien erfreut, seine Erzählung fortsetzen zu können. Er fuhr mit seiner ausführlichen Darstellung fort, und je länger er sprach, desto besser fügten sich die verschiedenen Teile des Puzzles zusammen.

In der Schweiz angekommen, hatte sich Gregory von Klausen also mit Lanzmann getroffen, um ihm anzuvertrauen, was er über die Eiserne Rose in Erfahrung gebracht hatte. Lanzmann, der ein gutes Geschäft witterte, hatte nach einem Beweis für die Existenz dieser Liste verlangt. Gregory hatte ihn geliefert. Daraufhin hatte Lanzmann Gregory versichert, daß er seine Spürhunde aus den Herrera-Brigaden auf die Sache ansetzen würde und ihm empfohlen, unterzutauchen. Was war einfacher, als Silbermann zu erpressen, der mit Hilfe eines kleinen, fotokopierten Auszugs aus der Liste auf einmal außerordentlich kooperationsbereit geworden war?

Doch Gregory war unbequem. Deswegen war Lanzmann – der diensthabender Psychologe in der Klinik war, in die ich nach meinem Autounfall am 25. Mai eingeliefert wurde – hocherfreut, als er erfuhr, daß ich Georges Lyons hieß und man aus den Trümmern meines Fahrzeugs den Leichnam eines Unbekannten geborgen hatte. Gregory hatte Lanzmann erzählt, daß er mir auf der Spur sei und an eben jenem Tag Kontakt mit mir aufnehmen wolle. Und nun, Doppeltreffer, war Gregory verschwunden, und ich erinnerte mich an nichts!

Silbermann, der glaubte, ich sei der echte Gregory und habe eine andere Identität angenommen, hatte Martha auf mich angesetzt, um die Liste wiederzubekommen. Martha hatte, logischerweise, nichts finden können, war aber auf Lanzmann gestoßen, der sie seither reichlich für ihr Schweigen bezahlte.

Das einzige, was zum Problem hätte werden können, war

die Tatsache, daß Gregory seine Bank und einen Notar angewiesen hatte, für den Fall, daß er ihnen nicht wie sonst einmal jährlich ein Foto schickte, auf dem er mit einer aktuellen Zeitung zu sehen war, den versiegelten Umschlag, der in einem Safe deponiert war, zu öffnen und seinen Inhalt zu veröffentlichen. Dieser Safe durfte aus keinem anderen Grund geöffnet werden, selbst wenn er es persönlich verlangen sollte. Gregory hatte unglücklicherweise Lanzmann diese Details anvertraut, der nach dessen Tod diese Schwierigkeit umgangen hatte, indem er mich ohne mein Wissen fotografiert hatte: Denn tatsächlich saß ich mindestens einmal im Jahr zeitungslesend in seinem Wartezimmer.

Lanzmanns Plan hatte also hervorragend funktioniert.

Und deshalb kauerte ich jetzt auf einem Perserteppich, von Angesicht zu Angesicht mit einer Leiche, meiner Frau und meinem Analytiker und verlor in einer friedlichen Schweizer Nacht mein Blut.

Lanzmann verstummte, um ein großes Glas Champagner hinunterzustürzen. Er schien die Wirkung zu genießen, die sein Bericht bei mir auslöste, und beobachtete aufmerksam meine Reaktion. Ich war aufgewühlt und sehnte mich danach, mich auszuruhen und meine Verletzung zu versorgen. Ich hatte viel Blut verloren und fühlte mich sehr geschwächt. Warum, warum hatte Lanzmann mich in seiner Praxis töten wollen? Lebend war ich ihm doch viel nützlicher als tot. Hatte er Angst bekommen? Angst davor, daß ich... daß ich...

»Georges, sehen Sie mich an...«

Automatisch hatte ich meinen Kopf in seine Richtung gedreht, seine gebieterischen Augen fixierten mich.

»Nein!«

Ich hatte mein Gesicht hinter meinem unverletzten Arm verborgen und geschrien.

»Das ist ein Befehl, Georges!«

Eine Kraft, der ich nicht widerstehen konnte, zog mich magisch an. Martha! Wo war Martha? Es kostete mich unendliche Anstrengung, aber ich bewegte mich auf sie zu:

»Martha…«

Lanzmanns Stimme gellte in meinem Kopf:

»Rühren Sie sich nicht von der Stelle! Wirklich, Georges, ich glaube, ich bin gezwungen, mich von Ihnen zu trennen. Ich habe genügend Geld zusammengetragen, um in den wohlverdienten Ruhestand zu treten und mir nicht länger das Gejammer von Leuten wie Ihnen anhören zu müssen.«

Er deutete mit der Waffe auf Silbermanns Leichnam:

»Die Polizei und die Freunde Silbermanns werden denken, daß Sie sich gegenseitig umgebracht haben. Ich hoffe, Sie bekommen ein schönes Begräbnis. Leider werde ich den Feierlichkeiten nicht beiwohnen können, da Martha und ich uns auf den Galapagos-Inseln erholen werden.«

»Warum haben Sie Gruber daran gehindert, mich umzubringen?« fragte ich ihn.

»Was?«

Er wirkte ernstlich überrascht. Ich redete weiter, setzte alles auf eine Karte: »Warum haben Sie ihn getötet?«

»Gruber? Aber ich habe ihn nicht…«

Er drehte sich zu Martha um:

»Was redet er da? Geben Sie mir was zu trinken, ich komme um vor Durst.«

Er war bleich und naßgeschwitzt. Der Schweiß lief ihm in dicken Tropfen über seine grauen Schläfen. Ich fragte mich, warum die Andeutung von Grubers Tod diese Wirkung auf ihn hatte. Er leerte sein Glas in einem Zug und hielt es Martha sofort wieder hin, die ihm unverzüglich nachschenkte. Dann kam er zu mir zurück. Mir war es in der Zwischenzeit gelungen, mich bis auf wenige Zentimeter an Silbermanns Beretta heranzurobben, die dieser im Fallen verloren hatte.

»Georges, was ist das wieder für eine Geschichte?«

»Irgend jemand hat Gruber enthauptet.«

Mir waren bisher noch nie die dunklen Tränensäcke unter seinen Augen aufgefallen. Er blieb abrupt stehen, sah mich durchdringend an, während seine Finger sich um den Griff der Waffe krallten.

»Sie erfinden einfach irgendwas, um Zeit zu schinden...« Ich zuckte die Achseln: »Wenn Sie mir nicht glauben, gehen Sie doch einfach in den Keller, und sehen Sie nach.«

Lanzmann lachte verkrampft:

»Ihr Trick ist genauso durchsichtig für mich wie Ihre Psyche, mein lieber Georges.«

Die Schweißtropfen liefen ihm nun schon auf sein fein gestreiftes Hemd. Da wurde mir schlagartig klar, daß er krank war. Physisch krank. Und ich wußte auch warum. Im gleichen Moment sagte die einzige Person, die Gelegenheit gehabt hätte, Gruber zu töten und Lanzmann eine Droge zu verabreichen, mit rauher Stimme:

»Geben Sie mir Ihre Waffe, Doktor, wenn Sie wollen, daß ich Ihnen das Gegengift gebe.«

»Das Gegengift?«

Bestürzt drehte sich Lanzmann zu Martha um. Ganz ruhig streckte sie ihm die Hand entgegen:

»Sie haben gerade in konzentrierter Form ein Phencyclidin-Derivat zu sich genommen, das innerhalb der nächsten fünfzehn Minuten Ihren Tod verursachen wird, das heißt (sie sah auf ihre Uhr) genau um halb. Ich bin im Besitz des Gegengifts. Aber zunächst geben Sie mir Ihre Waffe, die Sie bald kaum noch werden halten können.«

Ich hatte Martha noch nie auf diese eisige und distanzierte Art reden hören, und ich wußte nun, woher ich diesen Ton und diesen Stil kannte: Es war die kalte Stimme eines Profis ohne jeden Skrupel.

Lanzmann klammerte sich an den Revolver wie ein Kind an seine Rassel. Unauffällig näherte ich mich Silbermanns Beretta. Lanzmann versuchte zu bluffen, aber seine Stimme klang bereits schwerfällig:

»Sie haben zu viele ... Comics gelesen, ... Martha. Und Sie haben Ihre eigenen ... Interessen nicht genau bedacht.«

Seine Beine gaben nach, und er mußte sich am Sessel festhalten, um nicht zu stürzen. Martha nutzte die Situation und schnappte sich seine Waffe. Gleichzeitig gelang es mir, die Beretta zu fassen zu bekommen. Wir richteten uns beide auf und standen uns – Auge in Auge – mit gezückten Waffen gegenüber. Martha lachte hämisch, und ihre wie Perlmutt schimmerden Zähne funkelten:

»Mit links willst du schießen, Georges? Glaubst du nicht, daß du dich da etwas überschätzt?«

»Auf diese Distanz werde ich mein Ziel sicher nicht verfehlen, Liebling.«

Lanzmann wurde ganz grau im Gesicht. Er fuhr sich mit der Hand an die Kehle:

»Ich habe Durst ... ich habe so einen Durst. Geben Sie mir das Gegengift ...«

»Wo ist die Kopie der Liste, die Sie besitzen?«

Lanzmann zwinkerte mit den Augen wie eine Eule bei Tageslicht:

»Also dann haben Sie ... rein gar nichts ... verstanden!«

Martha und ich, wir sahen uns beide an. Er lachte hämisch:

»Was für ein hübsches Paar! Bereit, sich gegenseitig umzubringen für ein Stück Papier, das ich nie gesehen habe!«

»Was haben Sie da gesagt?«

»Ich habe es ... niemals gesehen! Niemals! Ah, das ist zu ... komisch!«

Ich stammelte: »Aber was ist mit der Kopie, die Silbermann geschickt bekommen hat?«

»Ein Auszug, den Gregory mir ... gegeben hatte, um mir ... zu beweisen, daß er ... die Wahrheit sagt. Meine Lieben, was seid ihr doch ... dumm!«

»Aber wo ist dann die Liste?«

Martha hatte sich über ihn gebeugt und schüttelte ihn. er

hustete, fing an zu zittern und verdrehte die Augen. Sie ließ ihn los. Er sprach abgehackt, und seine Stimme war schmerzverzerrt:

»Meine Kehle brennt … Sie sind ein ausgemachtes … Biest, Martha, doch ich muß Ihnen eins gestehen: Es amüsiert mich … ich mag keine … Durchschnittsmenschen …«

Sein ganzer Körper zuckte unter den unerträglichen Schmerzen, und er preßte die Hände auf sein Herz.

»Oh, es tut so weh … Ich weiß nicht … wo … die Liste ist. Es gibt nur eine Person, die es weiß … aber die wird es … Ihnen niemals … sagen können.«

»Warum?« fragten wir beide gleichzeitig.

»Weil dieser Jemand … komplett … verrückt … ist.«

»Wer?«

Ich schüttelte ihn. Sein Gesicht war dunkelblau angelaufen, seine Lippen zogen sich nach oben. Er hauchte:

»Safe 288 … 52357, Banque Fédérale … Sie werden … überrascht sein …«

Sein Körper bäumte sich auf, ein Ruck fuhr durch ihn hindurch, und Speichel sonderte sich in seinen Mundwinkeln ab. Ich drehte mich zu Martha um und schrie:

»Martha, das Gegengift, schnell!«

Doch schon sank er mit starrem Blick in meine Arme – seine hellen Augen vorwurfsvoll auf mich gerichtet. Das war nun bereits der zweite Tote innerhalb von zwölf Stunden, der mich anstierte. Lanzmann! Ich konnte gar nicht glauben, daß seine Lippen sich nie mehr zu einem gehässigen Grinsen verziehen sollten. Martha kam und hob seine Augenlider.

»Sein Herz hat nicht mehr mitgemacht.«

Für einen Moment hatten sich unsere Hände auf der Wange des toten Lanzmann flüchtig berührt. Und ich hatte den Eindruck gehabt, daß Marthas Hand leicht zitterte. Ich sah sie prüfend an:

»Es gab überhaupt kein Gegengift, oder?«

»Doch, aber ich weiß nicht, ob ich es ihm gegeben hätte.

Dieser Dreckskerl hat das gesamte Netz gefährdet, er hat uns Jahre gekostet.«

»Uns?«

»Die Herrera-Brigaden«, erwiderte sie.

Ich war so überrascht, daß mir der Mund vor Erstaunen offenblieb. Martha im Dienste Silbermanns, Martha im Dienste Lanzmanns, Martha im Dienste der Brigaden, das ging mir alles etwas zu schnell... Ich verstand überhaupt nichts mehr. Ich hatte das Gefühl, in einen Brunnen ohne Boden zu fallen.

»Wir wußten, daß ein Dokument von ungeheurem Wert existierte, mit dem wir in der Lage wären, die führenden Mitglieder der berühmt-berüchtigten Eisernen Rose in Erfahrung zu bringen. Um diese Liste zu finden, bin ich in Silbermanns Organisation eingeschleust worden. Ich habe mich Grubers bedient, indem ich ihm glauben machte, daß ich vollkommen hinter ihren Idealen stünde. Und dieser Schwachkopf hat es nicht gemerkt. Er war verrückt nach mir und hat mir sehr bald vorgeschlagen, mich ihnen doch anzuschließen. Dann hatte Silbermann die Idee, mich dazu zu benutzen, dich zu überwachen. Ich dachte zuerst auch, daß du derjenige bist, der sie erpreßt, und hatte vor, mir die Liste für die Herrera-Brigaden zu beschaffen. Doch mit der Zeit wurde mir klar, daß du sie gar nicht hattest. Daß es einen Verräter im Netz gab. Ich habe lange nachgedacht.«

Ich hörte ihr gespannt zu.

»Eines wußte ich mit Bestimmtheit: Gregory von Klausen war es gelungen, in die Schweiz zu kommen. Er war gezwungen gewesen, seinen Vater zu töten, und er war untergetaucht, nachdem er diese Liste an sich gebracht hatte. Doch ganz offensichtlich hattest du von alldem keine Ahnung: also konntest du nicht Gregory sein!«

Endlich! Endlich wollte es jemand einsehen! Sie fuhr fort:

»Jemand hatte Gregory ausspioniert und diese verdammte Liste entwendet. Jemand, der dich gut genug kannte, um dich – ohne es zu wissen – die Rolle von Gregory spielen zu lassen. Jemand, der zu den Brigaden gehörte und dem Gregory sich anvertraut haben könnte! So bin ich Lanzmann auf die Spur gekommen.«

Sie lachte, doch es klang bitter. Mit einem Mal sah ich sie, wie sie wirklich war: Eine junge, abgespannt aussehende Frau – zerbrechlich und unglücklich. Ganz unpassend verspürte ich plötzlich den verrückten Wunsch, sie in die Arme zu schließen. Doch ich rührte mich nicht von der Stelle. Sie erzählte weiter:

»Ich tat so, als stünde ich hinter ihm. Ich mußte Zeit gewinnen. Einen Schlachtplan entwickeln. Ich konnte ja nicht ahnen, daß es diese Komplikationen geben würde...«

Sie deutete mit dem Kinn auf die Leichen von Silbermann und Lanzmann. Zwei tote Männer vor einem knisternden Kaminfeuer. Und das Schlimmste war, daß mich diese Situation nach den vielen, sich überstürzenden Ereignissen der letzten Tage überhaupt nicht mehr erschütterte. Als wenn der Tod einen immer und überall ereilen könnte, und vor allem in meiner Nähe. Ich sah ihr direkt in die Augen und fragte sie:

»Hast du Gruber getötet?«

Sie wich meinem Blick nicht aus:

»Bevor ich aktives Mitglied der Brigaden wurde, habe ich eine Spezialausbildung absolviert. Eine wirklich sehr spezielle Ausbildung. Ich bin ein Profi-Killer, Georges. Damit verdiene ich meinen Lebensunterhalt. Nicht sehr romantisch, was? Um auf Gruber zurückzukommen: Ich sagte Silbermann, ich hätte meine Handtasche vergessen. Er wartete draußen auf mich, in der Limousine. Ich holte mir aus der Küche das Messer und bin nach unten gegangen. Es mußte alles sehr rasch und möglichst leise geschehen. Ich habe die Tür einen Spalt geöffnet, ohne daß er etwas bemerkte. Er hatte mir den Rücken zugewandt und trällerte vor sich hin. Ich hob das Messer und stieß es mit aller Macht mitten durch den zweiten und dritten Halswirbel. Ohne ein Wort zu sagen, sackte er in sich zusammen.

Ich hastete nach oben und wir fuhren zu der Abendeinladung. Habe ich dich schockiert?«

»Ich glaube, mich schockiert so leicht nichts mehr.«

Sie kam zu mir und berührte mich. Ich sog den betörenden Duft ihrer Haut ein. Ein Profi-Killer. Sie vollstreckte die Urteile, die in Abwesenheit gegen flüchtige Kriminelle gefällt worden waren. Meine sanfte Kunsthistorikerin... war so gefährlich wie eine Klapperschlange. Sie schob meinen Hemdsärmel nach oben:

»Ich werde dir einen Verband machen. Halt still.«

»Martha...«

Ich hielt sie mit meiner unverletzten Hand fest. Sie befreite sich sanft: »Georges, du bist der Sohn von Lukas von Klausen... dem Schlächter!«

»Du weißt genau, daß ich von dieser ganzen Geschichte nicht die geringste Ahnung hatte!« wandte ich ein.

»Meine ganze Familie wurde im Krieg ausgelöscht, Georges, verstehst du? Einschließlich meiner Urgroßnichten und -neffen. Mein Vater war der einzige Überlebende einer zweiundfünzigköpfigen Familie. Er war zehn Jahre alt, und er wartete im Krankenrevier darauf, daß er wieder an die Reihe kam, um von Klausen und seinen Helfershelfern als Versuchskaninchen zu dienen.

Als ich geboren wurde, war mein Vater fünfundzwanzig, er sah aus wie fünfzig und starb, noch bevor er dreißig war. Er war während seiner Inhaftierung radioaktiven Bestrahlungen ausgesetzt worden. Weißt du, manchmal habe ich den Eindruck, daß unsere Rache zu einer regelrechten Obsession geworden ist. Wenn doch nur nicht so viele Leute wie Lukas von Klausen von den Gerichten nach dem Krieg freigesprochen worden wären! Und du, du bist sein Sohn!

Zunächst glaubte ich, daß du wie sie wärst, einer dieser kleinen, miesen Faschisten, ja sogar noch schlimmer als sie, weil du sie verrietst, um dich zu bereichern. Und dann, mit der Zeit und obwohl ich mich dagegen wehrte, merkte ich, wie ich mich ... in dich verliebte. Ich liebe dich Georges. Wer immer du auch bist.«

Tränen stiegen mir in die Augen. Ich schluckte und versuchte, mich wieder zu fassen.

»Ich war nur eine unbedeutende Schachfigur in dieser Geschichte, Martha.«

»Oh! Bitte, Georges, laß uns jetzt nicht davon anfangen. Komm, sehen wir zu, daß wir von hier verschwinden.«

Und im Handumdrehen war sie wieder wie die perfekte Spionin aus einem Fortsetzungsroman.

Nachdem sie mir einen Verband gemacht hatte, brachen wir Richtung Genf – Richtung Banque Fédérale auf. Zurück ließen wir drei Leichen und Silbermanns Chauffeur, den wir noch aus dem Kofferraum befreit hatten, aber gefesselt ließen.

Ich lehnte mich erschöpft in den Sitz des Autos, während Martha in halsbrecherischem Tempo fuhr. Trotzdem schlief ich ein. Als wir vor der Bank hielten, weckte sie mich. Da ich sehr mitgenommen aussah, beschlossen wir, daß sie in die Bank gehen sollte. Es dauerte einige Zeit, bis sie zurückkam, doch bevor ich wirklich unruhig wurde, öffnete sich die Autotür und Martha legte einen dicken, braunen Umschlag in meinen Schoß.

»Gut, daß du hiergeblieben bist. In der Bank wimmelt es von Polizisten in Zivil. Du wirst steckbrieflich gesucht.«

Wir überlegten, wo wir hinfahren und in aller Ruhe den Inhalt des Umschlags durchsehen konnten. Schließlich schlug ich ihr vor, zum Haus ihrer Mutter zu fahren.

Alles war noch so, wie ich es zurückgelassen hatte. Gierig trank ich die Milch und verschlang die Kekse, die ich bei meinem letzten Aufenthalt hiergelassen hatte. Martha wollte nichts, sie hatte sich mit dem Umschlag aufs Bett gesetzt und riß ihn auf. Eine Menge maschinenbeschriebener Blätter kamen zum Vorschein. Ich setzte mich neben sie, wobei wir vermieden, uns zu berühren. Auf dem obersten Blatt stand:

AKTE G.V.K.
Protokoll der wichtigsten Gespräche

Das Ganze wirkte wie eine Sammlung. Jede Sitzung bei Lanzmann war ein neues Kapitel. Ein ganz schön dicker Packen Papier war da zusammengekommen ... Ich ließ mich auf dem Bett nach hinten fallen, und Martha fing an vorzulesen.

> *20. Dezember 1984:* Ich habe einen neuen Patienten. Gregory von Klausen hat sich schließlich doch entschlossen, mich aufzusuchen, und zwar in meiner Funktion als Arzt und nicht mehr nur als Mitglied der Herrera-Brigaden. Ich kenne Gregory seit fast einem Monat, und sein Zustand verschlechtert sich zusehends. Ich habe ihm erklärt, daß er ohne psychiatrische Behandlung auf eine Katastrophe zusteuert und sicher nicht mehr in der Lage wäre, seine Mission durchzuführen. Dieses Argument hat ihn überzeugt. Er verfolgt geradezu verbissen die Idee, die Geheimorganisation der Eisernen Rose zu zerstören. Rein körperlich gesehen, ist G.V.K. bei bester Gesundheit. Die Ursache seiner Beschwerden ist offensichtlich psychischer Natur. Zu dem ursprünglichen Trauma, das von seiner schlechten Behandlung durch die Mutter und deren Verlust herrührt, gesellt sich nun das Trauma, seinen Vater getötet zu haben. Doch G.K. bemüht sich nach Kräften, und zwar mit der ganzen Kraft seines Unterbewußtseins, diese beiden Ereignisse zu verdrängen, und hat sich eine Verteidigungsstrategie ausgedacht, indem er einen Doppel von sich, einen »Zwillingsbruder«, ins Spiel bringt.

Also hatte Lanzmann geglaubt, daß Gregory log, daß er mich »erfunden« hatte. Martha blätterte ein paar der Sitzungen nur durch, denn sie enthielten nichts Neues, doch dann kam sie zum

3. Januar 1985: In den ersten Sitzungen hatte Gregory deutsch gesprochen, doch inzwischen unterhalten wir uns immer auf Französisch, eine Sprache, die Gregory perfekt beherrscht, ebenso wie Russisch und Englisch. Das ist auf seine Ausbildung in der Spezialeinheit zurückzuführen. Die Verweigerung seiner Muttersprache erscheint mir symptomatisch.
Auszüge aus der Sitzung:
ICH: Nun, Gregory, woran denken Sie?
G.K.: Ich bin meinem Bruder Georges auf der Spur. Er lebt hier ganz in der Nähe. Ich muß ihn wiederfinden.
ICH: Georges von Klausen…
G.K.: Nein! Georges Lyons. Einer dieser Hurensöhne, ein amerikanischer GI, mit dem meine Mutter für eine Tafel Schokolade schlief, hatte Georges in sein Herz geschlossen und eingewilligt, ihm seinen Namen zu geben, und mich, mich hat sie in die Mülltonne geschmissen. Als wenn ich niemals existiert hätte. Selbst im Waisenhaus hat mir niemand geglaubt, daß ich einen Bruder habe. Nicht mal dieser Dreckskerl, der sich mein Vater nennt, hat es geglaubt. Als ich herausgefunden hatte, daß mein Vater seine Organisation von Basel aus leitet, wußte ich, was ich zu tun hatte. Ich mußte die Liste wiederfinden. Ich mußte Georges wiederfinden.
ICH: Warum haben Sie Ihren Vater getötet?
G.K.: Es hieß, er oder ich! Er sah mich an, sah mich mit diesen Augen eines Perversen an. Ich stand vor seinem Schreibtisch, die Liste lag vor mir, und um uns herum waren all diese entsetzlichen Fotos… Wissen Sie, wo er die verdammte Liste versteckt hatte? In der Kloschüssel der Toilette neben seinem Büro. Sie war in eine Plastikhülle eingewickelt und mit Tesafilm in das Porzellanrohr der Schüssel geklebt. Man mußte die Hand in die Schüssel stecken und in dem Abflußrohr wühlen, bis man sie

zu fassen bekam. Ziemlich clever, nicht wahr? Aber ich hatte genügend solcher Fundberichte in den Jahren studiert, die ich im Archiv verbrachte, um all diese Möglichkeiten in Betracht zu ziehen. Außerdem hatte ich bemerkt, daß er diese Toilette niemals benutzte. Schließlich hatte er mich mehrere Tage bei sich beherbergt, so daß mir das auffiel. Er dachte, ich hätte mich aus Sohnesliebe auf die Suche nach ihm gemacht.

ICH: Wie kam es zu der Tat?

G.K.: Es war ein Unfall, er stand da, mit dem chirurgischen Messer in der Hand, er hatte immer seine Bestecktasche mit den Instrumenten bei sich. Und ich war unbewaffnet, er dachte, ich hätte sein Schlafmittel eingenommen, doch da hatte sich der alte Dreckskerl getäuscht. Er richtete die Waffe auf mich, sah kurz zu seinen Fotos hinüber – seine Erinnerungen, wie er sie liebevoll nannte – und lächelte mich bedauernd an. Ich begriff, daß er mich töten würde. Und daß er das gerne tun würde. Da klingelte das Telefon. Er sah kurz zu dem Apparat hinüber, ich griff nach dem Aschenbecher aus Bronze und schlug ihm damit auf den Schädel. Ich wollte ihn nicht umbringen, ich wollte ihn lediglich außer Gefecht setzen, aber er war alt, so alt ...

Ich schluckte. Nun wußte ich endlich, wie mein Vater, der Schlächter, umgekommen war!

Hastig blätterten wir die Akte weiter durch. Das Überraschendste war die Erkenntnis, daß Lanzmann zu dem Schluß gekommen war, daß es mich gar nicht gab. Und daß Gregory im lästig wurde. Mein Bruder fand, daß die Herrera-Brigaden zu langsam an der Sache arbeiteten, denn er wußte ja nicht, daß Lanzmann lieber die Eiserne Rose erpreßte, als die Geschichte weiterzuleiten. Da kam Lanzmann auf die Idee, Gregory so zu manipulieren, daß er sich tatsächlich für Georges hielt. Dann würde er ihn in Ruhe lassen!

Mich brachte das alles sehr auf. Ich warf die Seiten auf den Boden und brüllte wütend:

»Er lügt, dieser Dreckskerl! Lanzmann lügt, er ist verrückt, nicht Gregory! Wenn ich daran denke, wie viele Jahre ich diesem Mann bedingungslos vertraut habe!«

Doch das war noch nicht alles. Wir kamen zum 20. Mai. In dieser Sitzung erzählte Gregory, daß er sich mit mir am 25. Mai im *Chez Nicolas* in der Nähe von Wessenstein treffen wollte. Ich drehte mich zu Martha:

»Ich kann mich an dieses Treffen einfach nicht erinnern.«

»Vielleicht liegt das an dem Unfall. So etwas kommt doch häufiger vor. Warst du denn in dem Lokal?«

»Ich glaube, ja. Ich habe dort ein Bier getrunken. Das Letzte, was ich noch weiß, ist, daß ich den Mietwagen abgeholt habe.«

Dann lasen wir den Eintrag vom 26. Mai. Offensichtlich hatte Lanzmann Gregory vor dem *Chez Nicolas* beobachtet. Er sah, wie er in einem grauen Anzug aus dem Auto stieg und in das Lokal ging. Die Zeit nutzte Lanzmann, um sich an der Bremsleitung zu schaffen zu machen! Wie beabsichtigt, hatte Gregory mit dem Wagen einen Unfall. Lanzmann hatte Schicksal gespielt. Ich konnte es nicht fassen.

»Er hat ihn umgebracht. Martha, er war es!«

»Woher willst du das mit Sicherheit wissen? Hier steht nur, daß er einen Unfall hatte.«

»Aber es war mein Auto, das er manipuliert hat, nicht Gregorys! In den Krankenhausunterlagen steht, daß ich in einem grauen Anzug eingeliefert wurde. Lanzmann hat mich vor dem Lokal gesehen, und da er nie an Georges' Existenz geglaubt hat, dachte er natürlich, ich sei Gregory. Und dieser Unfall ist Gregory, meinem Beifahrer, zum Verhängnis geworden. Als Lanzmann mich dann in der Klinik sah, paßte es natürlich sehr gut in seinen Plan, daß ich das Gedächtnis verloren hatte. Er ahnte ja nicht, daß ich Georges war! Er hat die Erinnerung an unsere erste Begegnung nach all den Jahren einfach ausgelöscht! Das erklärt auch, warum ich mich bis zum heutigen Tag nicht daran erinnern kann. Hätte sich Gregory doch bloß nicht Lanzmann anvertraut. Dann wären wir wieder zusammen. Oh, Martha, ich habe ihn ein zweites Mal getötet …«

»Georges, das war alles zuviel auf einmal. Du bist erschöpft und ich auch. Du solltest dich etwas ausruhen, du hast sehr viel Blut verloren. Hör auf, dir Gewissensbisse zu machen. Morgen sehen wir weiter.«

Ich wußte, sie hatte recht. Aber es war nicht leicht, damit fertig zu werden, daß jemand meine Identität hatte zerstören wollen. Ich hatte eine Vergangenheit, und die gehörte nur mir und sonst niemandem. Doch schließlich fiel ich trotz aller Grübelei in einen bleiernen Schlaf.

Siebzehnter Tag – Samstag, 24. März

Jemand klopfte an die Tür, jemand wollte herein ... Ich mußte fliehen, mußte Martha warnen, uns in Sicherheit bringen ... Sie waren da, hinter der Tür ... Martha, wo war Martha? Ihr Platz im Bett war leer. Ich schrie: »Martha!«, bevor ich in Angstschweiß gebadet, aus dem Schlaf hochschreckte.

Martha saß neben mir und gab mir ein Glas Milch. Sie strich über meine feuchte Stirn.

»Du hattest einen Alptraum ... Du hast meinen Namen gerufen ...«

»Ich habe geträumt, daß jemand an die Tür klopft ... Hör doch!«

Dasselbe leise Klopfen! Meine Muskeln spannten sich an, doch dann wurde ich wieder gelassen. Es war ein Zweig, der in regelmäßigen Abständen gegen das Fenster schlug. Es regnete wieder, ein trister Regen, der einen an Ertrunkene denken ließ, die eintönige Flüsse hinabtrieben.

Martha hielt noch immer das Glas in der Hand:

»Trink. Und dann wechsle ich deinen Verband.«

Ich gehorchte. Während wir uns weiter unterhielten, machte sie sich mit präzisen und gekonnten Handgriffen an meiner Schulter zu schaffen. Ich war nervös, dachte wieder und wieder an diesen blöden Unfall.

»Verdammt, Martha, wie kommt es, daß ich einen Anhalter mitgenommen habe, mich aber nicht daran erinnere, daß es mein eigener Bruder war?«

»Darüber haben wir doch schon geredet. Du hast alles vergessen, was vor, während und nach dem Unfall passiert ist. Eine traumatische Amnesie, typisch für diese Art von Schock.«

»Aber an Gregory, verdammt noch mal, würde ich mich erinnern!«

»Nicht, wenn du wirklich geglaubt hast, einen Anhalter mitzunehmen... Gregory ist vielleicht nicht zum verabredeten Treffen im *Chez Nicolas* erschienen. Du darfst nicht vergessen, daß er auf der Flucht war, eine spezielle Ausbildung hatte, er war daran gewöhnt, auf der Hut zu sein und Tricks anzuwenden. Vielleicht hat er sich weiter weg an den Straßenrand gestellt. Er wollte vielleicht incognito bleiben, erst einmal sehen, wie du bist, bevor er sich zu erkennen gegeben hätte...«

»Und er soll an jenem Tag gestorben sein, an meiner Seite, ohne daß wir Zeit hatten, über uns zu sprechen – eine entsetzliche Vorstellung!«

Martha legte eine Hand auf meine Schulter und drückte sie sanft. Sie wechselte das Thema, das war allerdings auch nicht amüsanter:

»Wer war eigentlich der Typ, der versucht hat, uns in unserem Haus umzubringen?«

»Phil, mein Kompagnon. Ich habe mich in dieser Sache wie ein Anfänger von Max, einem anderen Partner, manipulieren lassen. Mein Gott, all das scheint mir jetzt so weit zurückzuliegen...«

»Der Banküberfall in Brüssel, das wart ihr, nicht wahr?«

»Ja. Ich habe eine Spionin geheiratet und du einen Dieb...«

»Du hast noch nicht um meine Hand angehalten...«

Ich drehte den Kopf, damit ich Martha ansehen konnte, die sich stur mit meinem Verband beschäftigte.

»Ich glaube nicht, daß ich der ideale Ehemann bin. Und was machen wir mit den Kindern, wenn ich im Knast sitze und du Kriegsverbrecher jagst?«

Martha lächelte, während sie ein großes Heftpflaster sorgsam über den Verband klebte.

»So, fertig! Georges, warum gehen wir nicht beide einfach weg? Bevor es zu spät ist. Vergiß diese Geschichte! Mir ist es egal, wer du bist, ich will es nicht wissen. Laß uns in den Süden fahren, bevor du die Bullen auf den Fersen hast. Silbermann ist tot, Gruber ist tot. Bis die Eiserne Rose das mit dir in Verbindung bringt, wird es noch einige Zeit dauern. Laß uns zusammen weggehen.«

»Ich dachte, du hättest dein Leben der Sache der Brigaden gewidmet.«

»Nun, jetzt widme ich es eben dir. Ich glaube, ich habe keine Lust mehr, mein ganzes Leben lang Rachegefühle zu hegen. Ich glaube, ich muß die Vergangenheit ruhen lassen.«

»Aber ich kann nicht zusehen, wie diese Dreckskerle ihr Werk heimlich fortführen, ich kann es nicht.«

»Aber was willst du tun?«

»Ich will die Liste finden und sie veröffentlichen. Ich will diese Leute vernichten.«

Martha seufzte:

»Georges! Wir werden diese verdammte Liste niemals finden. Gregory ist gestorben und hat sein Geheimnis mit sich genommen. Du wirst nur dich zerstören, das ist alles. Dich... und uns.«

Ich wußte, daß Martha recht hatte. Ich wußte, daß es nichts brachte, sich in den Kampf gegen solche Phantome zu verbeißen. Aber da war dieser Schmerz in meinem Schädel. Dieses Bedürfnis nach Gewißheit. Und nach Rache. Wie gut konnte ich die Brigaden verstehen, die ihr unterirdisches Werk der Rache seit fast fünfzig Jahren verfolgten! Ich dachte an meine Mutter, an dieses sadistische Wrack, das ich zur Mutter gehabt hatte, und die sicherlich früher eine junge Studentin im Frühlingskleid gewesen war. Nein, ich konnte die Geschichte nicht ruhen lassen.

Ein stechender Schmerz, den ich nur zu gut kannte, fing an,

hinter meinen Schläfen zu pochen. Martha beugte sich über mich:

»Geht es dir nicht gut?«

»Ich hab Kopfschmerzen, das ist alles. Als wenn jemand mit einer Bohrmaschine versucht, sich einen Weg durch meinen Schädel zu bahnen.«

Draußen wurde es allmählich Tag. Das kleine Zimmer wirkte grau. Ein grauer und düsterer Tag wie nach einer durchzechten Nacht brach an. Wir sahen in unseren schmutzigen Kleidern und in diesem kahlen Zimmer aus wie zwei, die die Welt vergessen hat und saßen auf der nackten Matratze wie in einem ziellos dahintreibenden Boot. Ich versuchte ein Lächeln:

»Ich bin gespannt, auf welcher Insel wir stranden...«

»Jeder Mensch ist seine eigene einsame Insel, nicht wahr?« entgegnete Martha und erhob sich.

Sie zog ihr Kleid aus, das viel zu elegant war, und schlüpfte in eine Jeans und ein Sweat-Shirt von mir. Die Jeans waren ihr zu groß, und sie hielt sie mit einem Gürtel in der Taille zusammen. Ich stand ebenfalls auf, zog das schmutzige Hemd aus und ein sauberes Polo-Shirt an. Dann reinigte ich mein Gesicht mit Watte und etwas Wasser. Martha hatte recht. Wir konnten uns nicht hier im leerstehenden Haus ihrer Mutter verkriechen wie Ratten, die das Licht scheuen. Ich schnallte den Gürtel zu.

»Ich bitte dich um vierundzwanzig Stunden. Danach gehen wir.«

Sie sah mich an:

»Einverstanden. Womit fangen wir an?«

»Damit.«

Ich zog sie an mich und küßte sie leidenschaftlich. Damit der Tag wenigstens mit einem guten Vorzeichen begann...

Wir brachen im Morgengrauen auf. Der Geruch der nassen Blätter und der feuchten Erde wirkte beruhigend – wie eine kühle Hand auf einer fieberglühenden Stirn. Wir rannten im Regen durch Pfützen bis zum Wagen. In der Ferne bellte ein Hund. Das Gebimmel einer Kuhglocke antwortete ihm. Die Schornsteine im Dorf rauchten, unwillkürlich dachte man an dampfendheißen Kaffee, dick mit Butter bestrichene Brote und die tägliche Runde des Briefträgers. Offenbar würde ich niemals diese Art friedlichen und beschaulichen Lebens kennenlernen, wo jede Geste gestern, heute und morgen gleich ist.

Mir ging es noch zu schlecht, um fahren zu können, und so setzte sich Martha ans Steuer. Unterwegs erzählte sie mir, daß die Polizei bei uns gewesen war, und zwar an dem Tag, als ich sie anrief. Kommissar Holtz, Malinois' Kollege in Genf, war persönlich erschienen und hatte ihr eine Reihe verfänglicher Fragen gestellt, wobei er aber stets sehr höflich geblieben war. Martha hatte die Unwissende gespielt. Aber das Haus wurde mit Sicherheit seither überwacht. Wir konnten nicht dorthin fahren, um unsere Sachen zu holen.

Ich bat Martha, an der nächsten Telefonzelle zu halten und rief die Immobilienagentur an. Sie hatten etwas, das meinen Vorstellungen entsprach und außerdem einen Vermittler vor Ort, in Frankreich. Perfekt. So war mein unrechtmäßig erworbenes Geld wenigstens zu etwas nutze.

Aus dem Bericht von Lanzmann hatte ich zwei mögliche Rückschlüsse gezogen: Nehmen wir an, Gregory hatte die Liste bei sich gehabt, dann war sie entweder mit ihm im Wagen verbrannt, oder aber er hatte noch Zeit gehabt, sie mir anzuvertrauen. Wenn die zweite Hypothese stimmen sollte, wo hatte ich sie dann versteckt? Martha hatte in meiner Abwesenheit das Haus mehrmals gründlich auf den Kopf gestellt und nichts gefunden. Blieb noch die Bank. Meine Bank. Die, in der ich meine kleinen Geheimnisse versteckte. Ich konnte unter den jetzigen Umständen nicht hingehen, Martha hingegen sehr wohl. Ich mußte ohnehin alles abholen, was sich im Safe befand. Ich sagte ihr die Nummer und die Kombination. Um 9.12 Uhr parkte Martha in einer Nebenstraße der Bank den Wagen und machte sich, nachdem sie mich zum Abschied geküßt hatte, mit raschen Schritten auf den Weg. Ich gewöhnte mich allmählich daran zu warten.

Während Martha in der Bank beschäftigt war, ging ich in eine Telefonzelle und rief Cheng an. Drei Minuten später rief er zurück. Mein Paß lag bereit. Ich dankte ihm, und er schien zu spüren, daß wir uns nie mehr wiedersehen würden, denn er wünschte mir Glück. Nachdenklich legte ich auf. Eine Seite im Buch meines Lebens war umgeschlagen. Schon übermorgen würden wir faul in der Sonne liegen …

Als ich zum Auto zurückkam, erschien auch Martha, deren große Tasche prallgefüllt war.

Sie setzte sich hinters Steuer.

»Dort war auch Polizei. Sie müssen eine Personenbeschreibung von dir haben, denn sie haben sich alle Kunden genau angesehen. Glücklicherweise wissen sie nicht, welches Konto sie überwachen müssen. Ich habe alles abgehoben.«

Ich öffnete die Tasche. Bündelweise Geldscheine, ein Säckchen mit wertvollen Edelsteinen: Das kleine Vermögen, das ich beiseite gelegt hatte, würde uns jetzt zugute kommen. Als erstes, um Cheng zu bezahlen. Ich zählte ein paar Geldscheine ab und steckte sie in eine kleine Plastikhülle.

»Halte vor dem Palace.«

Das Palace war ein altmodisches Kino, in dem nur noch Pornofilme gezeigt wurden. Martha sah mich verdutzt an:

»Hältst du das jetzt für einen geeigneten Moment?«

Ich grinste sie an.

»Ich hab dir doch immer gesagt, daß du mit mir so manche Überraschung erleben wirst.«

Sie bremste vorsichtig vor dem altehrwürdigen Gebäude mit seiner marmornen Fassade. Die vom Regen durchweichten Plakate hingen in Fetzen an der Hauswand herunter. Martha beugte sich vor:

»Mal sehen, was sie spielen: *Naschhafte Kätzchen* … Oh,

du mußt dich beeilen, Georges, die Vorstellung beginnt um 10.45 Uhr.«

Das Palace hatte von 10 Uhr bis Mitternacht geöffnet und diente vielen Clochards als Unterschlupf. Ich steckte die kleine Hülle mit den Geldscheinen in meine Tasche, in der sich schon eine Rolle Tesafilm befand, die ich immer dabei hatte. Ich finde, Tesafilm ist für den modernen Abenteurer das, was früher die Karavelle für Christoph Kolumbus war.

»Warte hier auf mich, ich bin in zehn Minuten zurück.«

»Du wirst von Tag zu Tag schneller!«

Ich schlug die Autotür zu und stieg rasch die drei mit rotem, völlig abgetretenem Linoleum belegten Stufen hinauf, die zur Kasse führten. Die Kassiererin, eine füllige Frau, die damit beschäftigt war, eine orangefarbene Mütze mit grünem Bommel zu stricken, schob mir, ohne hinzusehen, die Eintrittskarte hinüber.

Im Saal war es dunkel, es roch leicht nach Staub und Schimmel. Auf der Leinwand machten sich zwei junge, muskulöse Männer eifrig an einem Mädchen zu schaffen, das mit einer unglaublichen Oberweite ausgestattet war. Ohne mich weiter mit den vorgetäuschten Ekstaseschreien der armen Schauspielerin zu beschäftigen, suchte ich die zehnte Reihe und setzte mich auf den ersten Platz auf der rechten Seite. Ich wartete fünf Minuten, bis die Handlung den Höhepunkt erreichte und die beiden Männer nun von den Diensten eines dritten Anhängers der Freikörperkultur profitierten, um meine Hand unter den Sitz vor mir gleiten zu lassen und einen Umschlag hervorzuholen. Zugleich klebte ich statt dessen die Hülle mit dem Geld mit Tesafilm an derselben Stelle fest. Cheng mußte im Saal sein. Sobald ich gegangen war, würde er sie sich holen. Gewöhnlich trafen wir uns hier, und bisher hatte das auch wunderbar funktioniert, denn die Zuschauer waren viel zu sehr vom Geschehen auf der Leinwand gefesselt oder vom Treiben ihres Sitznachbarn in Anspruch genommen, als daß sie sich für unser Kommen und Gehen interessiert hätten.

Fünf Minuten später verließ ich das Kino und bemerkte beim Hinausgehen, daß die Kassiererin nun mit einem zweiten Bommel – in einem schönen, kräftigen Gelb – beschäftigt war. Martha wartete mit laufendem Motor. Sobald ich eingestiegen war, fuhr sie los.

»Und, wie war's?«

»Phantastisch!«

Ich zog den Paß aus dem Umschlag und zeigte ihn ihr kurz.

»Du wärst ein ideales neues Mitglied für die Brigaden! Gut, wohin?«

»Fahr auf die Autobahn in Richtung Grenze. So hab ich Zeit, mir die Sachen genauer anzusehen, die du aus der Bank mitgebracht hast.«

Denn meine einzige Hoffnung bestand darin, daß ich die Liste, die mir Gregory gegeben hatte, noch hatte verstecken können, mich dann aber auf Grund meines Komas nicht mehr erinnern konnte, wo – genauso wie ich mein Treffen mit Gregory überhaupt vergessen hatte. Ich durchsuchte hektisch die Geldscheine und entdeckte einen kleinen versiegelten Umschlag. Martha warf mir einen fragenden Blick zu, den ich gleich verneinte:

»Nein, ich erinnere mich, da drin ist die Liste meiner verschiedenen Pseudonyme, mehrere Kreditkarten, Führerscheine, Eigentumsurkunde des Hauses und ähnliches mehr.«

»Sieh trotzdem nach.«

Ich warf einen Blick in den Umschlag. Es waren genau die Sachen drin, an die ich mich erinnerte, sonst nichts. Entmutigt wollte ich den Umschlag wieder in die Tasche schieben, als etwas meine Aufmerksamkeit erregte. Ein offizielles Dokument mit schwarz versengten Rändern. Das war mein Führerschein auf den Namen Franz Mayer – meine ›saubere‹ Identität –, der Führerschein, den ich benutzt hatte, um das Auto zu mieten, das Gregory zum Verhängnis wurde. Auf dem Foto war mein Gesicht viel schmaler, und ich hatte dunkle Ringe unter den Augen. Mein Blick vertiefte sich in den meines Abbilds. Blitzartig erinnerte ich mich auf einmal an den Gewitterhimmel über der Straße und wie mich die Sonne blendete, die unvermittelt durch die Wolken blitzte. Instinktiv schloß ich die Augen. Martha legte eine Hand auf meinen Arm:

»Alles in Ordnung?«

»Gerade ist mir wieder eingefallen, wie das Wetter an jenem Tag war. Riesige dunkle Wolken, durch die hin und wieder die Sonne drang. Beim Betrachten dieses Fotos fiel es mir plötzlich ein...«

Ich schaute das Foto noch einmal an, und wieder überflutete mich eine Woge von Bildern: meine Hände auf dem Lenkrad, das stählerne Band der kurvenreichen Straße vor mir, ein strahlendweißes Schild, auf dem *Chez Nicolas, 100 Meter links* stand. Eine entsetzliche Angst überkam mich, und ich spürte, wie mein Magen sich wie vor einem unmittelbar bevorstehenden Schock zusammenzog. Martha beobachtete mich beunruhigt. Sie streckte die Hand nach dem Führerschein aus:

»Hattest du den bei dir, als du den Unfall hattest?«

»Ja, deshalb ist er auch so ramponiert.«

»Und der Anhalter?«

»Sie haben ihn nie identifizieren können. Logisch, wenn es Gregory war...«

»Und du erinnerst dich nicht an ihn?«

Ich wollte gerade »nein« sagen, als mich ein Krampf durchfuhr und ich eine Hand auf einer verdreckten Cordhose sah. Eine Hand mit schwarzen, abgebrochenen Fingernägeln. Eine Stimme ertönte in meinem Kopf, eine Stimme, die ich nicht kannte und die wieder und wieder die gleichen Worte sagte: »Danke, das ist sehr freundlich, danke, das ist sehr freundlich, danke, das ist...«

»Nein!« schrie ich.

Martha drosselte das Tempo und fuhr auf den nächsten Rastplatz.

Ich war schweißgebadet und zitterte am ganzen Körper, ich

biß die Zähne so fest zusammen, daß ich das Gefühl hatte, gleich würde mein Kiefer brechen. Der Wagen kam vorsichtig zum Stehen, und Martha beugte sich über mich:

»Georges! Was ist los mit dir?«

»Ich weiß nicht. Mir ist kalt. Ich habe Kopfschmerzen. Ich habe das Gefühl, daß ich mir gleich die Seele aus dem Leib kotze...«

Während ich sprach, glitten meine Finger mechanisch über das Foto von Franz Mayer, und plötzlich hörte ich auf zu sprechen.

»Was? Was ist denn?«

»Das Foto...«

Das Foto fühlte sich merkwürdig dick an. Ich drehte mich zu Martha um:

»Mein Gott, Martha!«

Und ohne weiter nachzudenken, riß ich das kleine Viereck ein. Ein winziges Stück Papier fiel mir in den Schoß. Wir sahen uns beide wortlos an. Ich ergriff es und faltete es behutsam auseinander. Es war Seidenpapier, das aussah, als sei es mit Fliegendreck übersät. Ich hielt es dicht vor meine Augen und stieß ein zufriedenes Grunzen aus: Es war eine stenographierte Liste, eine richtige Liste mit Namen und Adressen. Es war DIE Liste. Ganz oben, in der linken oberen Ecke stand eine einzelne Zeile. Ich entzifferte sie mühsam, und auf einmal war aller Schmerz wie weggeblasen:

Für Georges, dein Bruder Gregory. Möge Gott dich besser beschützen als mich.

Martha umschlang lachend meinen Hals:

»Oh, Georges, das ist phantastisch! Wir fahren über die Grenze, du kannst, wenn dir daran liegt, die Liste an alle Zeitungen schicken, wir werden frei sein und endlich zusammen sein können...«

Ich drückte sie ganz fest an mich. Mein Herz war von einer unerklärlichen Traurigkeit erfüllt, so als hätte ich, ohne es zu wissen, jemanden zu Grabe getragen.

Als es mir etwas besser ging, fuhr Martha weiter. Wir mußten so schnell wie möglich über die österreichische Grenze gelangen. Dann wollten wir nach Italien bis ins Piemont, von wo wir nach Frankreich, in die Region Alpes-de-Haute-Provence, weiterreisen würden. Das war mit Sicherheit der längste und umständlichste Weg, aber nur so konnten wir mögliche Verfolger in die Irre führen. Ich faltete das winzige Dokument aus Seidenpapier wieder zusammen, öffnete Marthas Tasche und versteckte es im Zerstäuber ihres Parfumflakons. In der Tasche war auch ihr Paß. Neugierig öffnete ich ihn. Er war auf den Namen Magdalena Gruber ausgestellt.

»Warst du mit Gruber verheiratet?«

»Nein, das sind gefälschte Papiere, um meine Reisen von und nach Europa leichter zu machen. Warum fragst du, würde es dich stören?«

»Um die Wahrheit zu sagen, ich kann mir nichts Schlimmeres vorstellen, als eine Gruber zu heiraten!«

»Idiot! Als du mich das erste Mal in Brüssel gesehen hast, war ich dort, um mich mit Franz zu treffen. Er machte ein Riesentheater, weil wir uns so selten sahen. Da mußte ich hin. Im übrigen hast du keinen Grund, auf ihn eifersüchtig zu sein. Der Kerl war eine Niete, und ich habe mich so wenig wie möglich mit ihm getroffen. Bei diesen Gelegenheiten benutzte ich Silbermanns Privatjet. Damals bin ich nur zwanzig Minuten vor dir zu Hause angekommen! Das Schlimmste aber war, daß ich zu dem Zeitpunkt noch nicht wußte, daß du mich erkannt hast. Das begriff ich erst später, als du dir im Fernsehen die Sendung über den Banküberfall angesehen hast. Du warst der Blinde, nicht wahr?«

»Du wärst eine gute Polizistin! Und an dem Tag des Überfalls?«

»Ich war mit jemandem von den Herrera-Brigaden verabredet, der Zwischenstation in Brüssel machte. Als ich dich auf der Straße sah, habe ich gedacht, ich werde ohnmächtig. Ich habe sofort den nächstbesten Flug nach Genf genommen!«

Wir mußten beide schallend lachen, und ich dachte bei mir, daß wir es vielleicht mit etwas Glück nach und nach schaffen könnten, unsere Lebensfreude zurückzugewinnen. Ich lehnte mich entspannt zurück und betrachtete gedankenverloren die Landschaft, als mich ein Schild aus meinen Tagträumereien riß: NÄCHSTE AUSFAHRT – SUMISWALD. Martha hatte meinen Blick bemerkt und beschleunigte das Tempe. Ich legte meine Hand auf ihren Arm.

»Fahr langsamer, das ist der Ort, in dem ich groß geworden bin.«

»Ich weiß«, sagte sie.

Ich betrachtete die Gegend jetzt genauer, und nach kurzer Zeit hatte ich das große, backsteinfarbene Gebäude, das einer alten Fabrik oder einem Gefängnis ähnelte, entdeckt.

»Siehst du da hinten das rote Gebäude?«

»Ein schönes Plätzchen für Kinder«, meinte sie ironisch.

Der Gedanke, dort eingesperrt gewesen zu sein, war für mich immer eine derartige Horrorvorstellung gewesen, daß ich manchmal glaubte, ich hatte mir das alles nur eingebildet.

»Fahr die nächste Ausfahrt raus. Ich möchte mir das Ganze mal aus der Nähe ansehen. Und danach, das verspreche ich dir, fahren wir weiter. Und all das wird vorbei sein.«

Ja, all das würde ein Ende haben, meine Mutter, der Schlächter, Professor Markus, Gregory, für immer vorbei. Ich würde endlich von meiner Vergangenheit befreit sein.

Martha seufzte zwar, doch sie verlangsamte das Tempo und bog von der Autobahn ab. Vor dem Gebäude angekommen, wollte ich unbedingt aussteigen und mir alles aus der Nähe ansehen. Doch merkwürdigerweise fühlte ich nichts, als wir auf das Waisenhaus zugingen. Keine Wut, keine Angst, gar nichts. Auf dem Rasen vor dem Heim spielten ausgelassen ein paar Kinder. Zwei Männer kamen uns auf dem Weg zum Haus entgegen. Einer von ihnen erkundigte sich höflich:

»Können wir Ihnen behilflich sein?«

»Nein, eigentlich nicht. Mein Name ist Georges Lyons, ich war früher Zögling dieses Heims. Wissen Sie, ich war damals noch sehr klein, erst vier Jahre alt, und es ist eine Zeit, an die ich nicht gerne denke.«

»Mit vier Jahren... Erlauben Sie, daß ich mich vorstelle, ich bin der neue Direktor, Martin Godard. Wenn ich Ihnen irgendwie helfen kann...«

»Ich kam kurz nach Kriegsende hierher, als meine Mutter starb. Könnte ich vielleicht einen Blick in meine Akte werfen?«

Diese Idee kam für mich selbst überraschend, aber wenn ich schon mal hier war, wollte ich gerne etwas sehen, was meine Kindheit zurückholte.

»Wann waren Sie denn hier?« erkundigte sich der Direktor.

»Ich bin 1952 gekommen, und 1966 habe ich das Heim verlassen.«

Martha, die sehr ungeduldig wirkte, zog mich leicht am Ärmel und meinte mahnend:

»Georges, wir müssen uns beeilen. Wir haben noch einen weiten Weg vor uns.«

Der Direktor zögerte einen Moment, doch dann bedeutete er mir, in sein Büro zu folgen, wo wir in gemütlichen alten Ledersesseln Platz nahmen. Er setzte sich an seinen Schreibtisch und erklärte mir, daß man die meisten Unterlagen des Heims seit zwei Jahren im Computer gespeichert habe und jederzeit abrufen könne.

»Wie war der Name? Lyons... Nein, ich finde nichts unter diesem Namen. Doch einige sehr alte Akten sind noch nicht eingespeist worden. Ich werde mich mal bei der Archivarin erkundigen. Einen Augenblick bitte...«

Er griff zum Telefon und sprach mit einer gewissen Suzanne wegen meiner Akte: Georges Lyons, 1952–1966.

»Ich fürchte, ich kann Ihnen nicht weiterhelfen«, meinte er, als er wieder aufgelegt hatte.

»Wieso nicht? Die Akte kann doch nicht verschwunden

sein. Wissen Sie, es wäre wirklich sehr wichtig für mich, einen Blick hineinwerfen zu können.«

»Ich würde Ihnen ja gerne helfen, aber es ist mir nicht möglich. Aus einem ganz einfachen Grund: Das Waisenhaus wurde erst 1958 eröffnet. Sie können also gar nicht seit 1952 hier gewesen sein. Da muß ein Mißverständnis vorliegen. Tut mir leid.«

Völlig verwirrt ließ ich mich vom Direktor hinausbegleiten. Ich war fassungslos. Ohne ein Wort zu sagen, ging ich bis zum Auto. Martha sah mich mit ernstem Gesicht an und griff nach meiner Hand.

»Komm, wir fahren. Laß es gut sein, Georges.«

Ich stieß sie zurück und schrie: »Du wußtest es, nicht wahr? Du wußtest es von Anfang an.«

Ich fühlte mich allein und verzweifelt. Mein Leben, oder was ich dafür gehalten hatte, schmolz dahin wie Schnee in der Sonne. Ich war so allein wie noch nie zuvor. Martha legte beruhigend ihre Hand auf meinen Arm und sagte:

»Nein, nicht von Anfang an. Erst seit gestern. Ich wollte nicht hierherfahren. Oh, Georges, ich wollte doch nur, daß dieser Alptraum endlich ein Ende hat.«

»Für mich beginnt er erst, und er wird noch lange andauern. Davor fürchte ich mich.«

Ich sah noch einmal zu dem großen, düsteren Gebäude. Es war unfaßbar. Ich war ganz sicher, hier aufgewachsen zu sein. Ich hatte diese Fassade, wer weiß wie oft, vor mir gesehen.

»Seit gestern, sagst du?«

Wortlos reichte sie mir ein paar maschinengeschriebene Seiten. Ich erkannte sofort das Schriftbild von Lanzmanns Manuskript wieder. Die Daten folgten nicht aufeinander. Ursprünglich mußten diese Seiten Teil des Gesamttextes gewesen sein. Martha sagte hastig:

»Sie sind unter das Bett gefallen. Deshalb hast du sie nicht gelesen.«

Obwohl ihre Erklärung einen bitteren Nachgeschmack bei mir hinterließ, griff ich gierig nach den Seiten:

10. April: Punkt 15 Uhr – wie wir es vereinbart hatten – klingelte es. Ich öffnete. Gregory stand vor der Tür. Er trug einen Anzug, den ich nicht kannte. Er hatte sich die Haare schneiden lassen. Er reichte mir die Hand: »Doktor Lanzmann, nehme ich an!«
Verblüfft nickte ich. Er trat ein und ging sofort ins Behandlungszimmer. er wirkte ruhig und selbstsicher. Ich folgte ihm. Er wandte sich um und stellte sich mir vor: »Georges Lyons. Ich habe Ihre Visitenkarte in meiner Brieftasche gefunden, erinnere mich allerdings nicht mehr, woher ich sie habe. Doch das trifft sich ganz gut, denn ich habe ein Problem. Darf ich mich setzen?«
»Selbstverständlich. Mein Honorar ist Ihnen bekannt?«
»Oh, das tut nichts zur Sache. Ich kann Sie mir leisten.«
»Und was ist nun Ihr Problem, Herr … Lyons?«
Ich amüsierte mich königlich. Dieser Gregory war wirklich ein interessanter Fall!
»Nun, ich werde von ständig wiederkehrenden Träumen gequält.«
»Was sind das für Träume?«
»Ich träume von meinem Zwillingsbruder, der seit über dreißig Jahren tot ist. Ich träume, daß er noch am Leben ist und sich mit mir in Verbindung setzen will.«
»Und das beunruhigt Sie?«
»Ja, denn er will mit entsetzliche Ereignisse und Geheimnisse anvertrauen. Er erzählt mir von Morden, Sekten und Komplotten. Und diese Träume sind erschreckend real. Als wenn diese Leute tatsächlich existierten. Als wenn sie mich in ihre Welt hineinziehen wollten.«
Ich beruhigte »Herrn Lyons«, so gut ich konnte, und wir vereinbarten regelmäßige Treffen, um ihn von seinen Alpträumen zu befreien. Er kann auf mich zählen!

Ein entsetzliches Gewicht drückte auf meine Brust. Ich bekam wieder diese fürchterlich stechenden Kopfschmerzen, schlimmer als jemals zuvor. Ich hätte schreien können. Die Worte tanzten vor meinen Augen wie die Flammen eines diabolischen Feuers, doch ich zwang mich, weiterzulesen.

6. Mai: Jetzt kommen Gregory und »Georges« abwechselnd zu mir in die Therapiestunden. Gregory erzählt nur noch von »Georges«, was »Georges« macht, wie er lebt; und »Georges« hat Gregory fast vollständig vergessen. Ich laviere vorsichtig zwischen den zwei Persönlichkeiten des Patienten hin und her, wobei ich mir bewußt bin, daß ich mit Dynamit hantiere, vor allem dann, wenn er im Laufe einer Sitzung unter Hypnose plötzlich von einer zur anderen Persönlichkeit wechselt. Ich darf nicht vergessen, daß Gregory in seiner Spezialeinheit eine besondere Ausbildung erhalten hat und daß er darüber hinaus außergewöhnlich intelligent ist... Ich erwarte mit Spannung den 25. Mai – den Tag, an dem er sich mit seinem imaginären Bruder treffen will –, um beobachten zu können, wie er es anstellt, endgültig in die angenehmere Haut seines Bruders »Georges« zu schlüpfen.

Das folgende Blatt war offensichtlich mit einer anderen Maschine geschrieben worden.

18. Juni: Es ist vollbracht! Gregory ist »tot«, Georges hat die Oberhand gewonnen. Er erinnert sich praktisch an nichts mehr, eine Amnesie auf Grund des Schocks. Ich habe die Situation genutzt, um etwas Ordnung in seinen armen Kopf zu bringen. Zufällig hat er sich die Nase gebrochen, das trifft sich gut, denn so hat sich sein äußeres Erscheinungsbild ein wenig verändert, was mir half, ihn davon zu überzeugen, daß er nicht Gregory ist. Er glaubt, daß Gregory vor langer Zeit gestorben ist und daß seine

Mutter ihn, Georges, niemals ausgesetzt hat; daß er in ein Waisenhaus kam, als die arme Frau starb. Wenn man weiß, daß sie noch versucht hat, ihren Sprößling umzubringen, bevor sie selbst, auf Anordnung von Gregorys Vater, von Professor Markus' Schergen aus dem Weg geräumt wurde … Ein wahres Schlangennest! Gregory hat die Erinnerung daran, daß er verlassen wurde, umgestaltet. Es ist interessant zu sehen, welche Arbeit der Patient – mit meiner Hilfe – geleistet hat, um diese höchst unangenehmen Erinnerungen umzuwandeln. Die Tatsache, daß seine Mutter ihn töten wollte, konnte er nicht ertragen. Eine Mutter, die keine Liebe für ihr Kind empfindet, das doch von ihr abhängig ist, ist für das Kind unbegreiflich. Deshalb übertrug er die Abneigung und den Haß, die seine Mutter ihm entgegenbrachte, auf sich selbst. Wenn sie ihn schlug oder bestrafte, dann geschah dies, weil er böse war. Doch da er nicht einzig und allein als »böser Junge« leben konnte, schuf er sich schon als ganz kleines Kind die Phantasiegestalt eines lieben Zwillingsbruders. Den bösen Gregory hatte die Mutter töten wollen, nicht den lieben Georges. Und der böse Gregory war es, der den Vater umgebracht hatte. Und jetzt, wo der böse Gregory nicht mehr existierte, existiert eben nur noch der liebe Georges. Gibt es etwas Einfacheres und gleichzeitig Genialeres als diese Methode?

Ich muß nun mit allen Mitteln verhindern, daß Gregory »zurückkehrt«.

Es war sehr amüsant für mich, ihm passable »Erinnerungen« zu liefern. Bei unseren Hypnose-Sitzungen – von denen er nicht weiß, daß sie stattgefunden haben – habe ich exzellente Resultate erzielt. Der Vorteil bei Kindern, die kurz nach Kriegsende geboren wurden, ist, daß meistens irgendwelche Dokumente fehlen.

Was für ein Vergnügen, ein quasi jungfräuliches und biegsames Gedächtnis zu formen! Ich habe übrigens das

Foto eins alten Waisenhauses in der Nähe von Bern entdeckt, das perfekt in seine »Kindheit« paßt. Ach, diese Arbeit weckt die Begeisterung meiner Studienjahre wieder in mir!

Auf alle Fälle ist sein Wunsch, »Georges« zu sein, so stark, daß ich von meiner Seite aus nur noch ein klein wenig nachhelfen mußte. Und so ist Gregory von Klausen gestorben. Vorhang auf für Georges Lyons!

Auf der letzten Seite stand ein einziger Satz:

ICH BIN STOLZ AUF MEIN WERK!

Stolz! Ich glaubte fast, sein hämisches Lachen zu hören. Ja, Doktor Lanzmann, Sie können stolz auf Ihr Werk sein.

Ich öffnete die Hand, und die Blätter fielen auf den Rasen. Meine Kopfschmerzen waren verschwunden. Martha sah mich mit ihren großen, strahlenden Augen an. Ich wußte, daß es wahr war. Daß alles wahr war. Aber ich war nicht in der Lage, mich daran zu erinnern.

Und so mußte ich mich damit abfinden: Ich, Georges Lyons, existiere nicht und habe nie existiert. Mein ganzes Leben ist das Phantasiegebilde eines Schizophrenen, in dem ich für immer gefangen sein werde.

Für Martha, die trotz allem eingewilligt hat, meine Frau zu werden, und die soeben unseren kleinen Gregory zur Welt gebracht hat.

Saint-Paul-de-Vence
27. Oktober 1991
G. Lyons-von Klausen